Sur l'auteur

M.J. Arlidge travaille pour la télévision britannique depuis quinze ans. Il dirige également une maison de production indépendante, qui a permis à plusieurs séries policières de voir le jour. Après *Am stram gram*, *Il court, il court, le furet* et *La Maison de poupée*, *Au feu, les pompiers* est son quatrième roman à paraître en France.

Du même auteur
aux Éditions 10/18

AM STRAM GRAM, n° 5047
IL COURT, IL COURT, LE FURET, n° 5179
LA MAISON DE POUPÉE, n° 5303
AU FEU, LES POMPIERS, n° 5412

M.J. ARLIDGE

LA MAISON DE POUPÉE

Traduit de l'anglais
par Séverine Quelet

10
18

LES ESCALES

Titre original :
The Doll's House

© M. J. Arlidge, 2015
Première édition publiée par Penguin Books Ltd, Londres.

© Éditions Les Escales, un département d'Édi8, 2017,
pour la traduction française
ISBN 978-2-264-07093-7
Dépôt légal : mars 2018

1

Ruby commença à remuer dans son lit après une nuit de sommeil agité. Elle avait l'impression d'avoir somnolé pendant des heures, navigué entre conscience et inconscience – pas tout à fait éveillée mais pas vraiment endormie non plus ; en proie à des rêves anxiogènes et tourmentés qui se télescopaient avec la sensation étrange d'avoir été mise au lit par sa mère. Un sentiment agréable, certes, mais peu probable : Ruby vivait seule et cela faisait plus de quinze ans que ses parents ne l'avaient pas bordée.

Elle regrettait ses excès de la veille au club Revolution. Aigrie et d'humeur autodestructrice, elle n'avait pas su, et pas voulu, refuser les verres que lui payaient des types pleins d'espoir. Sans compter les cachets et la cocaïne qu'elle avait pris… Au final, toute la soirée s'était déroulée dans un brouillard ouaté. N'empêche, cette quantité d'alcool et de drogue n'expliquait pas qu'elle se sente aussi mal maintenant.

Elle se tourna de l'autre côté, enfouit sa tête douloureuse dans les draps. Avec la visite de sa mère en perspective, elle avait du pain sur la planche aujourd'hui, mais là, elle n'avait pas l'énergie d'y faire face. Elle avait juste envie de se cacher du monde, de paresser en cuvant son vin, loin de sa famille intrusive, des responsabilités, de la trahison et des larmes. Elle voulait échapper à sa vie, au moins pour quelques heures.

La tête enfoncée dans l'oreiller, elle poussa un petit gémissement. Bizarre… Le tissu lui paraissait plus frais et léger qu'à l'accoutumée, et l'espace d'une seconde, elle se sentit apaisée, revigorée. Un refuge idéal pour…

Quelque chose clochait. Cette odeur. Le parfum des draps. Ils ne sentaient pas comme d'habitude.

Malgré son esprit embrumé, l'inquiétude commença à la gagner. Son linge dégageait toujours un parfum citronné. Elle utilisait le même adoucissant que sa mère. D'où venait cette odeur de lavande ?

Ruby garda les yeux fermés, l'oreiller pressé sur sa tête. Le cerveau en ébullition tandis qu'elle passait en revue les événements de la veille. Elle avait roulé des pelles à un mec, flirté avec deux ou trois autres… mais elle n'en avait suivi aucun chez lui, si ? Non, elle était rentrée seule chez elle. Elle se revoyait jeter ses clés sur la table, boire de l'eau directement au robinet de la cuisine, avaler un Nurofen puis s'écrouler dans son lit. Ça datait bien d'hier soir, hein ?

Elle sentit sa respiration se raccourcir, sa poitrine se comprimer. Il lui fallait son inhalateur. Elle tendit le bras pour le récupérer à tâtons sur la table de chevet – soûle ou pas, elle gardait toujours son inhalateur à portée de main. Pourtant, il n'y était pas. Il n'y avait rien, pas même cette foutue table de nuit. Sa main cogna le mur. Des briques. Le mur de sa chambre n'était pas en br…

Ruby repoussa l'oreiller et se redressa d'un bond. Bouche bée, elle ne parvint à émettre qu'un faible hoquet de stupeur. Son corps se figea sous l'effet de la panique qui lui coupa le souffle. Elle était allée se coucher chez elle dans son lit douillet, et elle se réveillait dans une cave sombre et humide.

2

Le soleil brillait haut dans le ciel et la plage de Carsholt resplendissait, long banc de sable doré s'enfonçant avec douceur dans les eaux calmes du Solent. En son for intérieur, Andy Baker se félicita : Carsholt se situait pratiquement au milieu de nulle part, si bien qu'elle avait beau être magnifique, il n'y avait jamais un chat sur cette plage. Cathy, les enfants et lui l'avaient rien que pour eux, et un agréable dimanche en bord de mer se profilait. À l'horizon : pique-nique, frisbee, et quelques bières. Déjà, la tension de la semaine commençait à s'envoler.

Délaissant les garçons occupés à creuser une tranchée – première étape avant la bataille rangée à suivre entre ses jumeaux turbulents –, Andy partit marcher de son côté au bord de l'eau. Qu'est-ce qui rendait cet endroit si apaisant ? Son isolement ? La vue ? Le bruit des vagues caressant le rivage ? Andy laissa la mer lui lécher les orteils. Il venait ici depuis tout petit. Il y avait amené sa première épouse et les garçons. Ce mariage avait été un fiasco, à l'évidence, mais en contemplant Cathy qui creusait le sable et plaisantait avec Tom et Jimbo, Andy se sentit béni des dieux.

Ce lieu était son sanctuaire et il avait attendu d'y venir avec impatience toute la semaine. Diriger une boîte de sécurité paraissait sympa sur le papier, mais se révélait en fait une contrariété permanente. Avant, on pouvait compter sur du personnel correct mais ça, c'était avant. La faute à la vie moderne peut-être ? Toujours est-il qu'un employé sur trois semblait être accro à la drogue ou souffrir d'un penchant au voyeurisme. Le mois dernier, il avait été assigné en justice par le propriétaire d'un bar de nuit qui avait surpris l'un de ses gars en train de dealer de la kétamine dans les toilettes du club. Il se faisait trop vieux pour ces conneries. Le moment était sans doute venu de passer la main.

Un bruit soudain lui fit brusquement relever la tête. Il venait de derrière. De l'endroit où se trouvaient les garçons. Ils criaient. Non, ils hurlaient.

Andy partit en trombe, le cœur battant à tout rompre. Se faisaient-ils agresser ? Il voyait Cathy, mais où étaient les garçons ?

— Cathy ?

Elle ne regarda même pas dans sa direction.

— CATHY ? !

Enfin, elle leva les yeux sur lui. Son visage était blême. Elle tenta de parler, mais avant qu'elle n'ait pu émettre le moindre son, les garçons se jetèrent dans ses bras, l'étreignant comme si leur vie en dépendait.

Andy les dévisagea sans comprendre, aussi déconcerté que terrifié. Tout en serrant les jumeaux contre son cœur, Cathy fixait résolument le fond de la tranchée à ses pieds. Quelque chose dedans avait dû les effrayer. Un animal mort ou…

Andy s'avança au bord de la fosse. Un mauvais pressentiment sur ce qu'il allait y découvrir l'assaillit.

Il le visualisait. Et pourtant, malgré cela, son cœur eut un raté quand il scruta l'intérieur du trou. Les parois étaient raides, la cavité profonde d'au moins un mètre, et tout au fond, auréolé de sable humide, apparaissait le visage pâle d'une jeune femme.

3

Sa vision commença à se brouiller et sa poitrine se serra davantage. Ruby était en pleine crise d'asthme, la terreur et l'angoisse rendant sa respiration courte et irrégulière. Son cœur battait à un rythme furieux et brutal, sur le point d'exploser. Que se passait-il ? Elle cauchemardait ou quoi ?

Elle se mordit le bras à pleines dents. La douleur irradia dans tout son corps, puis elle relâcha sa prise pour essayer d'aspirer un peu plus d'air. Elle ne rêvait pas. Elle aurait dû le savoir : elle était gelée. Grelottant, elle s'allongea sur le lit et tenta de se calmer. Ne pas avoir son inhalateur la faisait paniquer, mais il lui fallait réprimer sa peur sinon elle perdrait connaissance. Et ce n'était pas envisageable. Pas ici.

Calme-toi. Essaie de te détendre. Pense à des choses agréables. Pense à maman. À papa. À Cassie. Et à Conor. Pense à des champs et à des rivières. À la lumière du soleil. À quand tu étais petite. Aux aires de jeu. Aux étés dans le jardin. Quand tu courais à travers le jet de l'arroseur. Pense à des choses positives.

La poitrine de Ruby se souleva et s'abaissa moins brusquement, sa respiration se fit un peu moins sifflante. Reste calme. *Ça va aller. Il doit y avoir une explication toute bête.* Se redressant sur les oreillers, elle inspira un grand coup et appela :

— Il y a quelqu'un ?

Sa voix parut étrange à ses oreilles, les mots résonnant faiblement contre les murs de briques à nu. L'obscurité régnait, à l'exception de la lumière qui filtrait sous la porte, fournissant juste ce qu'il fallait d'éclairage pour lui dévoiler ce qui l'entourait. La pièce carrée devait mesurer quatre mètres cinquante de côté et ressemblait à une chambre meublée banale, avec un lit, une table et des chaises, une cuisinière, une bouilloire et des étagères... Sauf qu'il n'y avait aucune fenêtre. Les planches qui formaient le plafond bas au-dessus de sa tête étaient en bois, mais elles ne laissaient passer aucune lumière entre elles.

— Il y a quelqu'un ?

Sa voix trembla, malgré ses tentatives pour étouffer la crainte qui l'étreignait. Toujours pas de réponse, aucun signe de vie.

Soudain, elle se mit debout – tout plutôt que rester assise à broyer du noir. Elle traversa la pièce, essaya d'actionner la poignée de la lourde porte métallique, mais celle-ci était verrouillée. Elle fit à la va-vite le tour de la petite chambre, en quête d'une sortie, d'une échappatoire, en vain.

Elle frissonna. De peur et de froid. Son regard se posa sur la gazinière. C'était un vieil appareil avec deux fours et quatre feux. Tout à coup, elle ne songeait plus qu'à les allumer. Les brûleurs diffuseraient un peu de chaleur et de lumière. Elle tourna le bouton et appuya sur l'allumage. Rien. Ruby essaya le suivant puis les autres. Sans succès.

Elle regarda derrière. Elle n'y connaissait rien du tout en cuisinière, mais le problème lui sauta aux yeux : elle n'était pas branchée. Il n'y avait aucun tuyau relié à une arrivée de gaz. L'équipement de la chambre était factice ! Ruby se laissa tomber au sol, éclata en sanglots tandis que le désarroi le disputait à l'effroi.

Où était-elle ? Que faisait-elle ici ? Les questions tournoyaient dans son esprit à mesure qu'elle tâchait de donner un sens à cette étrange réalité. Elle était en train de sombrer dans le désespoir, les larmes roulaient sur ses joues sans discontinuer.

Puis, tout à coup, un bruit à proximité la fit sursauter.

Qu'est-ce que c'était ? Est-ce que ça venait d'au-dessus ou d'au-dessous ?

Ce bruit, encore. Des pas. Des pas, c'était certain. Ils se rapprochaient. S'arrêtèrent de l'autre côté de la porte. Ruby sauta sur ses pieds, ses sens aux aguets face au danger.

Silence. Et soudain, un panneau coulissa et des yeux apparurent dans l'espèce d'œil-de-bœuf de la porte. Ruby recula en trébuchant, se blottit dans un coin de la pièce, cherchant à s'éloigner le plus possible.

Un bruit de verrous qu'on tirait.

— Au secours ! hurla-t-elle.

Mais elle n'eut pas le temps d'ajouter autre chose. La porte s'ouvrit à la volée et la pièce fut inondée de lumière. Ruby pressa les paupières, aveuglée par ce brusque éclairage éblouissant. Puis, petit à petit, avec précaution, elle rouvrit les yeux.

Une grande silhouette s'encadrait dans l'embrasure de la porte, éclairée par-derrière, si bien que Ruby ne put discerner les traits de l'individu. Il n'était qu'une ombre, qui guettait et attendait.

Alors, aussi soudainement qu'elle s'était ouverte, la lourde porte se referma d'un coup sec. Ils se retrouvèrent tous les deux dans le noir.

Ruby se cacha le visage dans les mains et pria un dieu en qui elle ne croyait pas, l'implorant de la sauver. Mais malgré ses supplications, elle ne put refouler le bruit des pas qui avançaient vers elle.

4

Malmenée par le vent, le commandant de police Helen Grace roulait pleins gaz le long de la route côtière. Elle n'était jamais venue sur cette bande de terre retirée et ce qu'elle y découvrait lui plaisait. La nature sauvage, l'isolement ; le genre d'endroit qui lui correspondait. La route ouverte à l'infini devant elle, elle poussa encore sa moto, fendant le vent contraire.

Bientôt, la scène de crime apparut et elle relâcha l'accélérateur, faisant redescendre sa Kawasaki à une vitesse plus réglementaire de 50 kilomètres à l'heure. Près du ruban de police qui battait sous les bourrasques, le capitaine Lloyd Fortune l'attendait. Jeune, intelligent, figure emblématique de la diversité au sein des forces de l'ordre de Southampton, Lloyd était destiné à accomplir de grandes choses. Si Helen l'avait toujours apprécié et respecté, elle avait toutefois encore du mal à le considérer comme son bras droit. Charlie avait été temporairement nommée capitaine quand ils avaient traqué Ella Matthews, mais sa promotion n'avait jamais été rendue permanente. Et sitôt qu'elle avait annoncé sa grossesse, son avancement était devenu théorique : elle resterait à son ancien poste de lieutenant dans l'immédiat. Ce n'était pas juste, mais c'était comme

16

ça : les mères étaient à jamais défavorisées dans le milieu professionnel.

L'ancienne équipe se délitait. Tony Bridges avait quitté la police pour de bon, le lieutenant Grounds allait prendre sa retraite sous peu et Charlie était en congé maternité, à quelques jours d'accoucher. Lloyd était passé capitaine et ils avaient recruté deux nouveaux lieutenants – la brigade criminelle n'avait plus la même saveur désormais. Pour être honnête, ces changements mettaient Helen mal à l'aise. Elle n'avait pas encore cerné les nouveaux venus et continuait de chercher son rythme de croisière avec cette équipe fraîchement constituée. Mais le seul moyen d'y parvenir, c'était d'aller au charbon ensemble.

— Qu'est-ce qu'on a, Lloyd ?

Sans perdre une seconde, ils passèrent sous le ruban de délimitation et traversèrent la plage jusqu'à la fosse.

— Le corps d'une jeune femme. Enterré à environ un mètre de profondeur. Découvert par deux gamins il y a un peu plus d'une heure. Ils sont là-bas avec leurs parents.

Lloyd lui indiqua les quatre membres de famille, emmitouflés dans des couvertures fournies par la police, qui faisaient leur déposition à un agent en uniforme.

— Des liens avec la victime ?

— Aucun. Ils viennent ici les week-ends. En général, c'est désert.

— Il y a des gens qui vivent dans le coin ?

— Non, les premières habitations se trouvent à presque 5 kilomètres.

— Le phare éclaire jusqu'ici la nuit ?

— Non, il est trop loin.

— Du coup, c'est l'endroit idéal pour se débarrasser d'un corps.

Ils marchèrent en silence jusqu'au bord de l'excavation. Meredith Walker, chef de la police scientifique de Southampton, se trouvait au fond, exhumant le cadavre avec un soin méticuleux. Helen observa la scène, l'experte en combinaison blanche accroupie d'un air sinistre au-dessus d'une femme à l'allure paisible malgré le sable mouillé qui collait à ses cheveux, ses paupières et ses lèvres.

Le visage de la victime, ses épaules, le haut de son buste et ses bras étaient exposés. Ses membres étaient d'une maigreur affligeante et sa peau, d'une pâleur extrême, faisait ressortir encore davantage son unique tatouage. Malgré la décomposition partielle, elle restait d'une beauté singulière, avec sa chevelure sombre qui encadrait ses yeux bleu vif. L'image rappela à Helen les contes des Grimm, une princesse à la beauté sombre attendant le baiser de son grand amour.

— Depuis combien de temps elle est là ? s'enquit Helen.

— Difficile à dire, répondit Meredith. Le sable à cette profondeur est froid et humide – des conditions idéales pour préserver un corps. Elle a également été préservée des animaux et des insectes. Mais ça remonte, c'est sûr. Compte tenu du degré de décomposition, je dirais deux ou trois ans. Jim Grieves sera en mesure de vous en apprendre davantage quand il l'examinera à la morgue.

— J'aimerais voir les photos de la scène de crime dès ce soir, si possible, répliqua Helen.

— Sans faute. Mais je ne suis pas sûre qu'elles seront d'une grande utilité. La personne qui l'a enterrée s'est montrée extrêmement prudente. Les boucles

18

d'oreilles et le piercing au nez ont été retirés. Les ongles ont été coupés. Et vous imaginez bien ce que la marée et le temps ont fait des indices qu'il aurait pu y avoir.

Helen remercia Meredith et se dirigea vers le rivage pour profiter d'un meilleur panorama. Elle était déjà sur les nerfs. On s'était débarrassé du corps avec soin et préméditation et la personne responsable savait exactement ce qu'elle faisait. Ce n'était pas l'œuvre d'un débutant. Pour Helen, leur tueur n'en était pas à son coup d'essai.

5

— Ne vous approchez pas ! Restez loin de moi !

Acculée dans un coin de la pièce, Ruby tendit les bras devant elle pour parer une attaque, sachant en même temps que c'était peine perdue.

Clic. Le faisceau puissant d'une lampe torche l'atteignit en pleine face. Son cœur s'emballa quand elle vit le rayon lumineux la jauger de haut en bas, ramper sur son visage, sa poitrine, ses cuisses puis ses pieds. Malgré sa détermination à rester forte, elle perdit tous ses moyens et fondit en larmes.

— N'aie pas peur.

La voix de l'homme était ferme mais mesurée. Elle ne la reconnaissait pas mais repéra l'accent prononcé de Southampton.

— Je vous en prie, laissez-moi partir ! s'écria-t-elle entre deux sanglots. Je ne dirai rien à personne. Je…

— Tu as froid ?

— S'il vous plaît. Je veux juste rentrer chez moi.

— Si tu as froid, je peux t'apporter une autre couverture. Je veux que tu te sentes bien.

Son flegme était accablant. Il s'exprimait comme si tout était normal.

— Tu as faim ?

— Je veux rentrer chez moi, espèce d'enfoiré ! Arrêtez. Arrêtez de me parler. Ramenez-moi chez moi. La police est à ma recherche…

— Personne ne te cherche, Ruby.

— Mes parents m'attendent. Ma mère doit venir chez moi aujourd'hui…

— Tes parents ne t'aiment pas.

— Quoi ?

— Ils ne t'ont jamais aimée.

— Qu'est-ce que vous racontez…

— J'ai vu comment ils te traitent. Ce qu'ils disent de toi quand tu n'es pas là. Ils veulent se débarrasser de toi.

— C'est faux !

— Vraiment ? C'est toi qui les as abandonnés, tu te rappelles ? Alors pourquoi viendraient-ils te chercher ?

Cette logique implacable laissa Ruby sans voix.

— Non, non… vous vous trompez, reprit-elle au bout d'un moment. Vous mentez. Si vous voulez de l'argent, ils ont…

— Je ne fais que te dire la vérité. Ils ne veulent pas de toi. Mais moi, oui.

Les pleurs de Ruby redoublèrent. Ce n'était pas possible, c'était un cauchemar.

— Je veux rentrer chez moi, gémit-elle.

Le faisceau de la lampe se rapprocha. L'homme se tenait derrière elle à présent. Ruby baissa la tête, les paupières serrées. Elle sentait son souffle dans son cou. Elle tressaillit quand il commença à lui caresser les cheveux.

— Je suis heureux de l'entendre, mon amour.

Sa voix n'était plus qu'un murmure chaleureux.

— Parce que maintenant chez toi, c'est ici.

6

Alison Sprackling était furieuse contre sa fille. Elles avaient prévu de se retrouver à 11 heures et il était presque 1 heure de l'après-midi. Où était-elle, bon sang ?

Puisque ses coups de sonnette étaient demeurés sans réponse, Alison était entrée avec sa clé. Ruby vivait seule dans un petit appartement miteux. Elle aimait faire la fête et sortait souvent le vendredi soir ; ça lui ressemblait bien de rester pelotonnée sous les couvertures, à cuver son vin, isolée du reste du monde. Bien sûr, il n'était pas exclu non plus qu'elle ait ramené quelqu'un chez elle – une pensée sur laquelle Alison préféra ne pas s'attarder vu les antécédents amoureux de sa fille –, mais il y avait trop en jeu pour faire la timorée.

Guider la famille sur un terrain où une réconciliation était envisageable avait été une affaire de longue haleine, et Alison était bien résolue à ne pas tout gâcher maintenant, et ce en dépit de la volonté et du manque de fiabilité de Ruby. Des mois de tractations diplomatiques avaient été nécessaires pour négocier le retour de leur fille au sein de sa famille. Aujourd'hui, elles devaient donner le préavis pour l'appartement, contacter une entreprise de déménagement. Aujourd'hui était une journée de fête, une date à marquer d'une croix blanche pour célébrer la victoire durement gagnée du bon sens sur la peine.

Alison n'en demandait pas plus : un retour à la normalité, une famille heureuse et unie, voilà tout ce qu'elle souhaitait. Où était Ruby ? Où pouvait-elle bien être – aujourd'hui surtout ? Fallait-il avertir Jonathan ? Lui demander de venir ? Non, mieux valait ne pas lui fournir de munitions alors que la trêve était encore si fragile.

Pendant un an, Ruby avait coupé les ponts ; une période atroce pour toute la famille. À cause non seulement des accusations amères, des larmes et des menaces, mais aussi de la douleur cuisante de l'absence de leur aînée – aux réunions familiales, pendant les vacances, lors de barbecues. Alison avait trouvé ça *mal*, comme d'ignorer sciemment une maison en feu ou quelqu'un en train de se noyer.

Elle parcourut une nouvelle fois l'appartement, inspecta chaque pièce – la chambre, la salle de bains, le salon –, mais aucun signe de sa fille. Que se passait-il ? S'agissait-il d'un ultime acte de rébellion ? Une mise en garde pour leur rappeler qu'elle resterait son propre maître ? Ou la situation était-elle plus grave ? Avait-elle décidé de revenir sur leur arrangement ? Cette incertitude affolait Alison.

Puis, soudain, un chant d'oiseau. Son portable lui annonçait l'arrivée d'un tweet. Ruby était une fervente adepte de Twitter ; c'était la première source d'information d'Alison sur sa fille. Elle se précipita sur son sac à main, en vida le contenu à la recherche de son téléphone.

C'était bien un message de Ruby. Alison le lut. Les sourcils froncés, elle le relut encore. Ruby n'était pas aussi égoïste, quand même ?

Besoin de mettre les voiles et de me retrouver seule.
Si on m'avait mieux aimée, je serais restée. R.

Oui, elle l'était. Ruby avait lancé sa dernière offensive contre eux. Alison comprit aussitôt qu'ils ne s'en relèveraient pas.

7

Son message envoyé, il éteignit le téléphone et le rangea en sécurité dans la poche de sa veste. Une nouvelle fois, il vérifia que la voie était dégagée mais ses précautions étaient superflues : nul ne s'aventurait jamais aussi loin dans la forêt.

Il se fraya lentement un chemin dans le sous-bois, veillant à ne pas accrocher ses vêtements aux ronces. Ils étaient en matière synthétique et ne laisseraient aucune fibre, mais on n'était jamais trop prudent.

Il déboucha dans une clairière. La végétation y était moins dense, le sol sablonneux et sec. Idéal pour la tâche qu'il s'apprêtait à accomplir. Il déblaya un petit espace, puis récupéra dans son sac à dos un gros fagot de branches qu'il étala avec soin par terre. Il forma un tas autour duquel il creusa à l'aide de sa truelle une fine tranchée. Les étincelles y retomberaient. Un incendie ici serait catastrophique. La sécurité d'abord, toujours.

Un bâtonnet d'allume-feu pour le démarrer. Certes, c'était plus risqué qu'avec du papier journal, mais les journaux pouvaient fournir de précieux indices à un policier pas trop demeuré ; il utilisait donc de la paraffine. La chaleur du feu lui parut incongrue par ce doux samedi après-midi, mais il n'avait pas d'autre

25

choix. S'il se faisait surprendre, il passerait pour un vacancier en train de préparer un barbecue – ils étaient légion dans le coin à cette époque de l'année. De toute façon, il serait reparti depuis longtemps quand on trouverait son bûcher, alors...

L'idée, pourtant ridicule car improbable, que son acte soit découvert le poussa à agir. Il sortit le pyjama de Ruby de son sac et le jeta dans les flammes. Il le regarda brûler, captivé par sa lente combustion. Au début, le vêtement résista, puis il commença à vaciller quand les fibres s'embrasèrent, avant de succomber.

C'était idiot d'apprécier autant ce spectacle, mais impossible de s'en empêcher. C'était somptueux : les flammes qui léchaient le tissu, les braises qui rougeoyaient, et les cendres arachnéennes qui en résultaient. Il était ému par cette scène, conscient de sa superbe signification. C'en était fini de Ruby ; elle était morte et enterrée. Mais du feu et de ses cendres renaîtrait quelque chose de nouveau et de magnifique.

8

La jeune femme reposait, froide et inerte, sur la table d'autopsie. Le sable qui l'avait enveloppée si longtemps avait été balayé grain par grain et envoyé au labo pour analyses. Sans son linceul, la victime paraissait étrangement immaculée. Loin de la plage et exposée à nu, sous la lumière crue de la morgue, elle faisait peine à voir. Elle était d'une maigreur affolante – squelettique, avait déclaré Jim Grieves, le légiste, plus tôt au téléphone. Alors qu'elle observait le cadavre, Helen sentit la bile lui monter à la gorge. Ce corps avait été autrefois une personne pleine de vie ; aujourd'hui, son teint était gris, ses lèvres craquelées et ses os fracturés. Helen éprouvait une immense tristesse pour elle.

Ils avaient lancé une recherche dans la base de données informatisée de la police et rempli la fiche de renseignements habituelle pour les personnes disparues, mais ils n'avaient obtenu aucun résultat. Du coup, Helen avait décidé de se rendre directement à la morgue dans l'espoir que Jim lui fournisse des infos sur l'identité de cette fille et la manière dont elle avait fini.

— On l'a affamée, annonça le légiste sans préambule.

Il ne manquait pas de compassion, il allait droit au but ; ses nombreuses années de service et les centaines de cadavres qu'il avait vu défiler avaient érodé son envie de se perdre en civilités.

— Son estomac fait la taille d'une orange, la solidité osseuse est engagée, et j'ai trouvé des traces d'objets non comestibles dans son tube digestif. Du bois, du coton, et même du métal.

Helen fit un signe de la tête.

— J'ai encore des examens à pratiquer, mais pour l'instant je ne vois aucune cause évidente de la mort. Les cervicales et les vertèbres sont intactes, il n'y a aucune blessure par balle ni arme blanche, aucune marque de strangulation. Pour l'heure, nous supposerons qu'elle est morte de faim.

— Nom de Dieu !

— Cette théorie collerait avec d'autres éléments que j'ai remarqués. Sa peau présente une texture tannée et une coloration grise – même aux endroits où elle a été préservée par le sable –, et ses yeux ont subi une grande détérioration. Je pense qu'elle était quasiment aveugle sur la fin. En outre, les analyses sanguines révèlent une carence extrême en vitamine D.

— Ce qui signifie ?

— Tous ces éléments pris en compte, on peut supposer qu'elle a été maintenue dans le noir total les dernières semaines, voire les derniers mois de sa vie.

Les mots manquèrent à Helen pour exprimer son horreur. Cette jeune femme serait morte de faim dans un enfer sans lumière ?

— Autre chose ? se pressa-t-elle de demander.

— Notez le tatouage. Un merle bleu sur l'épaule droite. Il a été réalisé il y a trois à cinq ans. Ensuite, les lésions au niveau de l'aine. On dirait les séquelles

d'une IST. Je parierais pour un molluscum conta-
giosum, mais je vous le confirmerai quand j'aurai
pratiqué d'autres examens.

— Depuis combien de temps était-elle enterrée ?

— Difficile à dire avec exactitude. Comme vous
pouvez le constater, le processus de décomposition a
débuté. La squelettisation est effective à trente pour
cent et il reste des tissus épidermiques, les cheveux
sont encore intacts. La chaleur accélère le processus,
le froid le ralentit, et il faisait plutôt frais là-dessous.
Donc je dirais, entre deux et quatre ans.

Helen relâcha son souffle – ces paramètres étaient
trop vastes à son goût.

— Mais j'ai autre chose qui pourrait vous aider,
poursuivit Jim.

Il se tourna et tendit à Helen une coupelle en métal
dans laquelle se trouvait un petit appareil électronique.

— Votre victime souffrait d'une maladie cardiaque.
C'est son pacemaker, expliqua Jim en essuyant la
rouille et le sang séché sur le dispositif. Avec le logo
du fabricant et le numéro de série en prime.

Helen esquissa un demi-sourire : enfin une bonne
nouvelle !

— Effectuez une recherche sur ce numéro de série,
reprit Jim, et vous apprendrez qui elle est.

9

Le lieutenant Sanderson se rendait à l'adresse de Millbrook le cœur lourd. Voilà à quoi se résumait de plus en plus souvent son boulot : écoper des affaires dont personne ne voulait à la brigade criminelle. Helen, Lloyd et plusieurs autres officiers étaient partis à Carsholt accomplir un vrai travail de flic. Et qu'est-ce qu'on lui avait laissé ? Une pauvre affaire de personne disparue ! Sanderson n'en voulait pas à Helen : sa patronne l'avait toujours traitée avec équité et lui apportait son soutien en tant que collègue de sexe féminin. Non, toute la faute en revenait selon elle à Lloyd Fortune, qui favorisait les nouveaux lieutenants plutôt qu'elle. Ce n'était pas juste – elle avait plus d'expérience, connaissait mieux Southampton que ces nouvelles recrues – mais question politique interne, le commissariat était comme des sables mouvants.

L'intérieur de l'appartement ne lui remonta pas le moral. Incroyable ce que les propriétaires peu scrupuleux se permettaient de louer de nos jours, maintenant que plus personne n'avait les moyens d'acheter. Le studio était exigu et peu engageant. Des taches d'humidité constellaient le plafond, les fenêtres fermaient mal et laissaient entrer le froid, et elle était prête à parier que des bestioles vivaient

30

derrière les plinthes. Ou y avaient crevé peut-être. L'odeur de putréfaction était oppressante.

Quoi qu'il en soit, une personne habitait dans cet appartement et la locataire – Ruby Sprackling – était la fille de quelqu'un. Alison, la mère, flanquée de son mari à l'air soucieux, Jonathan, faisait les cent pas. Les larmes n'étaient pas loin, aussi Sanderson décida-t-elle de ne pas perdre une minute pour lui soutirer le maximum d'info.

— On a eu pas mal de... problèmes ces deux dernières années. Mais elle ne partirait pas comme ça, sans prévenir, racontait Alison. Elle était censée revenir habiter chez nous la semaine prochaine, on en discutait depuis des mois, on avait pris des dispositions...

— Elle aurait pu avoir la trouille ?

— Non.

La réponse fut prompte, mais Sanderson y détecta une pointe de doute. En outre, le silence de l'époux qui conservait un visage de marbre l'intriguait.

— Vous avez dit qu'elle avait pris contact avec sa mère biologique récemment ? poursuivit Sanderson.

— Pas récemment. Elle la voyait de façon sporadique depuis deux ans.

Ce sujet-ci en revanche déliait la langue du père de Ruby.

— Elle avait une très mauvaise influence sur Ruby, continua-t-il. Elle lui a fait prendre de la drogue, sécher les cours, avoir des démêlés avec la police. Ruby a foiré son bac à cause de cette foutue bonne femme.

Le regard noir que lui lança Alison lui fit refréner sa colère. S'il arrêta de déblatérer, il n'en pensait pas moins pour autant. Il avait une opinion tranchée sur Shanelle Harvey et n'allait pas en changer. Sa fille à l'avenir prometteur avait complètement déraillé l'année passée, piquant une crise qui avait provoqué des engueulades mémorables au sein de la famille – tout ça à cause de son envie, certes louable, de créer des liens avec sa mère biologique.

Tout en écoutant Jonathan lui livrer les détails, Sanderson ne put s'empêcher de penser qu'il aurait été préférable que Ruby se contente de ce qu'elle avait. Shanelle Harvey s'était avérée une piètre voleuse et receleuse, trafiquante à ses heures, qui cumulait passe-temps et petits copains louches. On était loin de la mère courage, sans le sou mais pleine de volonté, que Ruby avait sans doute espéré rencontrer.

— Vous disiez que vous ne vous étiez pas trop inquiétés au début, mais maintenant… reprit Sanderson pour relancer la conversation dans la bonne direction.

— En effet, approuva Alison. Ruby peut se montrer instable et impulsive ; il n'est pas impossible qu'elle ait paniqué et décidé de s'isoler quelque temps. Mais elle a posté un dernier tweet hier soir et, croyez-moi, ça ne lui ressemble pas du tout. Son téléphone est éteint. J'ai essayé de l'appeler des dizaines de fois…

— Et ses clés ? Son sac à main ?

— Il semblerait qu'elle les ait pris avec elle, concéda Alison.

— Elle a emporté des affaires alors ?

— Eh bien, son sac à dos n'est plus là. Et il est vrai qu'il manque la plupart de ses habits.

— Y avait-il des signes d'effraction ?

— Non, la serrure vient d'être changée et elle est plutôt de bonne facture. Les fenêtres ont l'air d'être intactes mais quand même…

Sanderson sentit qu'elle décrochait mentalement, qu'elle était en train de ranger Alison dans la catégorie des mères dans le déni. Elle se força à se concentrer. Helen Grace prenait très au sérieux les affaires de personnes disparues ; selon elle, elles conduisaient presque immanquablement aux affaires d'homicide et de viol. Et, connaissant Helen, Sanderson savait qu'elle ne devait négliger aucun détail.

— Son inhalateur.

Alison avait capté l'attention du lieutenant.

— Elle est asthmatique ?

— Depuis sa naissance. Elle a subi plusieurs grosses crises quand elle était petite. Elle a fini deux fois à l'hôpital. Depuis elle a *toujours* son inhalateur avec elle. Elle en a fait son mantra avant de sortir : « Clés, porte-monnaie, inhalateur. » Jamais elle ne partirait sans.

— Et ?

— Et je l'ai trouvé près de son lit. Il a dû tomber de sa table de nuit et rouler par terre. Même pressée, même en colère, elle ne s'en irait jamais sans son inhalateur. Elle aurait bien trop peur.

— Elle pourrait l'avoir oublié ?

— Dans ce cas, elle reviendrait le chercher, répondit Jonathan avec fermeté, tout aussi inquiet que son épouse en dépit de sa relation en dents de scie avec sa fille.

Sanderson posa encore quelques questions avant de conclure. Cette affaire de personne disparue venait de prendre une tournure plus sinistre. Malgré le soin qu'elle prit à rassurer Alison et Jonathan, Sanderson était troublée par l'inhalateur oublié. C'était le genre de détail qui pouvait échapper à un autre, mais pas à quelqu'un qui souffrait d'asthme depuis sa naissance. La question était donc posée : Ruby avait-elle réellement fugué ? Ou bien un tiers était-il impliqué ?

10

C'était parfois difficile d'être parent. Rectificatif : c'était *toujours* difficile d'être parent. D'humeur sombre, le commissaire principal Ceri Harwood gravit l'escalier qui menait au troisième étage de son élégante demeure. Voilà une heure qu'elle tannait ses gamines pour qu'elles se couchent, et celles-ci persistaient à lui tenir tête, inventant sans cesse des excuses pour désobéir. La journée avait été longue – elle n'avait aucune envie de monter et descendre l'escalier toute la nuit alors qu'elle pourrait se pelotonner sur le canapé avec un verre de vin.

— Si vous n'êtes pas calmes et couchées dans deux minutes, la PS4 restera dans le placard toute une semaine !

Menacer d'une semaine entière sans console avait un petit côté jouissif – elle n'avait jamais été aussi sévère avant. Son ultimatum eut l'effet escompté. Bruit de pas précipités, extinction des feux et la paix, enfin. Le dernier étage plongea dans le silence. Harwood patienta quelques minutes de plus, puis grimpa tout en haut et passa la tête par la porte.

Ses deux filles s'étaient vite endormies ; malgré son irritation et sa fatigue, cette image la fit sourire. Elles avaient eu une journée bien remplie entre l'école, les cours de natation et de musique… Harwood s'émerveillait de la capacité de ses enfants à rejoindre les bras de Morphée en quelques secondes. C'était un talent qui lui faisait défaut – le stress et les effets de sa prise quotidienne de caféine la gardaient souvent éveillée et agitée au creux de la nuit.

L'année avait été pénible. Elle l'avait passée à essayer chaque jour de digérer l'héroïsme et la popularité d'Helen Grace. Grace, qui avait épinglé deux tueuses en série et était par la même occasion devenue une légende au sein de la police. À l'extérieur, dans le monde réel, ce n'était pas mieux. Le sujet Helen Grace revenait régulièrement sur le tapis dans les soirées mondaines auxquelles participait Harwood, les convives l'assaillant de questions sur la personnalité du commandant et ses talents. Il n'y en avait que pour Helen. Helen, toujours Helen.

Dans la sphère professionnelle, le comportement d'Harwood avait été exemplaire. Elle avait félicité le commandant Grace, chanté ses louanges lors de la cérémonie officielle et avait veillé à ce qu'elle dispose de toutes les ressources nécessaires. Au final, sa réussite rejaillissait de façon positive sur Harwood ; pourtant, rien de tout cela ne lui remontait le moral. Elle n'oubliait pas comment Helen l'avait dénigrée lorsqu'elles s'étaient affrontées au cours de l'enquête sur Ella Matthews. Exaspérée par ce qu'elle percevait comme une tentative de la virer de la part d'Harwood, Helen l'avait traitée de politicarde, infoutue de porter le badge de la police. Depuis, elle n'avait pas évoqué leur prise de bec mais Harwood se rappelait chaque mot.

Quand bien même, il existait des choses que Ceri possédait et qu'Helen n'avait pas. La supériorité hiérarchique. Un mari aimant. Deux enfants merveilleuses. Harwood contempla ses filles endormies et sentit son abattement se dissiper. Elle avait toujours été une battante et elle avait beau se tenir dans l'ombre d'Helen Grace depuis bien longtemps, tant qu'il y avait de la vie, il y avait de l'espoir.

En redescendant l'escalier, Harwood sut qu'elle aurait sa revanche. Un jour prochain, elle égaliserait le score. Après tout, elle avait perdu une bataille, pas la guerre.

11

Les bureaux du septième étage étaient plus silencieux qu'un tombeau. Il était tard, tout le monde était rentré. Helen avait les locaux de la brigade criminelle pour elle seule, ce qui lui convenait parfaitement. Nul besoin d'un public pour ce qu'elle s'apprêtait à accomplir.

Après avoir vérifié encore une fois que personne n'errait dans les couloirs, Helen s'installa à un poste informatique et alluma la machine. Utiliser l'ordinateur d'un autre était un sale coup à jouer mais une ruse nécessaire ; se servir de la base de données informatisées de la police à des fins personnelles était formellement interdit.

En moins d'une minute, elle était dans le système. Sans une hésitation, elle tapa « Robert Stonehill ». Pendant que le programme recherchait les crimes ou incidents en lien avec ce nom, Helen s'efforça d'ignorer la faible lueur d'espoir qui vacillait en elle. Voilà près d'un an maintenant que son neveu avait disparu de la circulation, qu'il n'avait eu aucun contact avec ses parents adoptifs ou ses amis, et, malgré ses efforts constants pour retrouver sa trace, Helen restait sans nouvelle de lui. Sa querelle avec Emilia Garanita avait incité la vindicative journaliste locale à dévoiler au grand public que Marianne, la sœur d'Helen, était la mère biologique de Robert. Apprendre les crimes abominables que sa mère avait commis par les médias qui assiégeaient le domicile de ses pauvres parents adoptifs qui, eux, n'avaient rien demandé à personne avait fait basculer le jeune homme. Il avait pris la fuite afin de disperser la meute de journalistes. Helen avait supposé qu'il referait surface une fois l'enfièvrement retombé, mais non. Robert voulait demeurer caché.

Helen était accablée par cette absence qui s'éternisait. Il était la seule famille qu'il lui restait et, durant la courte période où ils s'étaient rapprochés, elle avait fait le serment – à Robert et à elle-même – d'être son ange gardien. De le protéger de la noirceur du monde qui avait pris la vie de sa mère et gâché celle d'Helen. Mais elle avait échoué en beauté ; et maintenant, elle l'avait perdu pour de bon.

La recherche informatique fut infructueuse. Comme toujours. Refoulant la profonde tristesse qui enflait en elle, Helen éteignit l'ordinateur et se hâta de partir.

Le court trajet jusque chez Charlie l'aida à retrouver le moral. La relation entre les deux femmes avait connu des hauts et des bas, mais Helen se sentait toujours la bienvenue chez Charlie et Steve. Un foyer sans prétention mais chaleureux, encore plus heureux aujourd'hui avec l'arrivée imminente de leur petite fille.

— Tu as l'air en forme, dit Helen comme elles s'installaient dans le salon.

— C'est une façon polie de dire énorme ?

— Non. Ça te va bien.

— Chevilles gonflées et vergetures – c'est un style, répliqua Charlie en jetant un coup d'œil envieux à la silhouette svelte d'Helen. Croisons les doigts pour que ça devienne à la mode.

— Comment vous allez, Steve et toi ?

— À l'extérieur, on est surexcités. À l'intérieur, on est terrifiés.

— Ça ira. Vous êtes tous les deux faits pour ça.

— Peut-être. Si, Steve et moi, on est toujours mariés dans un an, on pourra considérer qu'on a réussi.

Helen se fendit d'un sourire et prit une gorgée de thé. Elle ne buvait jamais d'alcool, ce qui faisait d'elle la compagne idéale d'une future maman.

— Et toi, comment vas-tu ? McAndrew m'a parlé du cadavre de la plage, enchaîna Charlie. C'est plutôt… inhabituel.

À son ton, Helen sentit que le travail de terrain manquait déjà à sa collègue. Après la tragédie vécue avec Marianne, Steve avait insisté pour qu'elle quitte la police, et au début, Charlie y avait consenti. Mais sa grossesse inattendue lui avait permis d'assurer ses arrières autrement, en optant pour un poste en retrait et un congé maternité d'un an, ainsi elle ne serait plus en première ligne. Si elle ne l'avait jamais exprimé à voix haute, Helen nourrissait tout de même l'espoir que Charlie reprenne du service au commissariat central de Southampton le moment venu.

— En effet. Et le corps a été enterré avec un soin méticuleux, et il y a un bail… Ce qui me fait redouter…

— Ce que le coupable a pu faire depuis ? compléta Charlie.

Helen approuva d'un hochement de tête.

— Et comment s'en sort l'équipe en mon absence ?

— Elle cherche encore ses marques, répondit Helen, diplomate.

— Et Lloyd… comment il est ?

Voilà ce qui intéressait réellement Charlie. La promotion soudaine de cet officier talentueux mais inexpérimenté au rang de capitaine lui était restée en travers de la gorge. Selon elle, Lloyd la devait autant au peu de confiance que le commissaire principal Harwood avait en Charlie qu'à ses mérites personnels. Il n'y avait rien de pire que de pâtir de politiques internes. Et Helen se doutait que malgré son bon fond, Charlie espérait que Lloyd ne ferait pas d'étincelles.

— Il est encore trop tôt pour le dire, répondit Helen en conservant une expression aussi neutre que possible.

Quels que soient ses sentiments personnels, elle ne pouvait en aucun cas laisser paraître ses inquiétudes concernant sa brigade.

Helen partit peu après, non sans avoir promis de revenir avant le Jour J. Elle marchait vers sa moto quand son portable sonna. C'était le lieutenant Grounds.

— Pardon de vous déranger si tard, chef, mais j'ai les résultats pour le pacemaker.

Helen s'arrêta, tout ouïe.

— La victime s'appelait Pippa Briers. Elle aurait vingt-cinq ans aujourd'hui. Le parent le plus proche est son père, Daniel Briers. Nous avons une adresse à Reading et un numéro de téléphone. Vous voulez que je le contacte ?

— Non, je m'en charge. Envoyez-moi les infos par texto.

Elle raccrocha. Le message de Grounds arriva presque aussitôt. Impossible de remettre à plus tard ; Helen avait le devoir envers Daniel et Pippa Briers de passer ce coup de fil sans délai. Elle s'accorda néanmoins quelques secondes pour s'y préparer et s'armer de courage. Peu importe le nombre de fois où on l'avait fait, il n'était jamais facile d'apprendre à un parent que sa fille adorée était morte.

12

Ruby se réveilla effrayée et désorientée. Malgré sa ferme intention de monter la garde, elle s'était assoupie. La douleur lancinante dans sa tête et son état groggy ne l'empêchèrent pas d'inspecter rapidement la pièce, à l'affût d'un danger potentiel. Rien. Elle était seule.

Quelle heure était-il ? Ruby n'avait pas de montre et la pendule au mur était arrêtée sur 12 h 15. Elle pouvait avoir dormi cinq minutes comme cinq heures, elle n'avait aucun moyen de le savoir, ce qui la déroutait encore plus. Telle la Belle au bois dormant, elle se retrouvait piégée dans un enfer qui ne disait pas son nom. Sauf que personne ne viendrait secourir la jeune fille solitaire qu'elle était.

Ruby frissonna, le corps engourdi par le froid. Ce devait être la nuit, car la température dans la pièce avait considérablement chuté. Un froid humide épouvantable régnait, qui pénétrait les poumons et la tête. Elle allait tomber malade ici, c'était sûr. Ou même mourir. Et toute la journée, elle s'était demandé pourquoi.

Elle avait essayé d'identifier son ravisseur. Grand, mince, une attitude curieuse ; il y avait quelque chose de familier chez lui – son visage peut-être ? Ou le parfum qu'il dégageait ? – et elle s'était trituré les méninges pour retrouver où elle avait bien pu le rencontrer. Si elle parvenait à découvrir qui il était, elle pourrait peut-être le manipuler, le pousser à voir la cruauté de son acte. Mais son identité lui échappait et les efforts stériles de Ruby ne réussissaient qu'à la déprimer davantage.

Pourquoi ? Pourquoi ? Pourquoi ?

Pourquoi était-elle ici ? Qu'avait-elle fait pour mériter ça ?

Au début, elle avait pensé qu'il allait la tuer. Ou pire. Mais il n'avait pas cherché à lui faire de mal. Puis elle s'était dit qu'il voulait de l'argent. Mais non. Il la voulait, elle. Cette chambre insolite, ce simulacre de foyer à la simplicité accueillante – l'horloge arrêtée, les étagères vides, les draps fraîchement lavés –, était conçue pour être une maison, pas une prison.

D'où la connaissait-il ? Avait-elle provoqué malgré elle son enlèvement ? En était-elle *responsable* ?

Dans cette froide obscurité, c'était l'explication la plus logique. Elle avait été une fille odieuse et une mauvaise amie. Depuis que Alison et Jonathan l'avaient adoptée, elle menait une existence stable et heureuse. Non désirée à la naissance, Ruby aurait pu très mal tourner, mais grâce à la gentillesse et à la bonté de ses parents adoptifs, elle avait pris un bon départ dans la vie. Et voilà qu'elle le leur avait renvoyé en pleine figure ! Ses intentions étaient bonnes, pourtant. Savoir que sa mère biologique l'avait abandonnée faisait partie d'elle depuis toujours et Ruby avait ressenti le besoin de la rencontrer, de découvrir si, des années plus tard, elle se souciait un tant soit peu de son enfant.

Et qu'avait-elle trouvé ? Une criminelle manipulatrice et calculatrice, intéressée seulement par ce qu'elle pourrait soutirer à l'enfant qu'elle avait abandonnée.

Ruby se maudissait d'avoir eu la bêtise de lui faire confiance. Parce qu'elle avait cru à ses mensonges et recherché désespérément son attention, elle avait rejeté les seules personnes qui lui avaient jamais témoigné un amour sincère. Et quand ses parents s'étaient offusqués de sa crise de folie, elle les avait remerciés à coups d'injures virulentes. Elle les avait traités de tous les noms, avait craché son venin et sorti les griffes. Elle subissait de mauvaises influences – à plusieurs niveaux – au moment où elle avait commis ces horreurs envers sa famille, mais cela n'excusait en rien son comportement. Elle s'était montrée exécrable avec ceux qui le méritaient le moins.

Allongée sur le lit, rendant les armes, Ruby se dit qu'elle avait compris : elle avait fait des choses affreuses. Elle était, et serait toujours, quelqu'un d'horrible.

Et elle allait être punie pour cela.

13

Helen se tenait immobile dans l'ombre de l'église St Barnabas. Elle ne savait même pas comment elle était arrivée là. Elle aurait sans doute dû retourner au poste pour passer ce coup de fil à Daniel Briers, mais il se faisait déjà tard et, surtout, l'honneur lui dictait de délivrer sa terrible nouvelle au plus vite. Du coup, elle avait appelé directement. Au fil de la conversation, alors qu'Helen remplissait les lourds silences avec un maximum de détails et de paroles apaisantes, elle avait cherché un coin tranquille. Elle avait atterri ici, dans ce cimetière isolé.

L'appel avait été bouleversant, comme chaque fois. Daniel Briers n'avait pas déclaré la disparition de sa fille car il ne soupçonnait pas qu'il lui était arrivé malheur. Ils s'étaient perdus de vue quelques années auparavant et, malgré son déménagement, ils étaient selon lui restés en contact, de façon intermittente certes, via les réseaux sociaux plutôt que de visu. Sa fille lui avait d'ailleurs envoyé un texto plus tôt dans la journée, si bien que la nouvelle de sa « mort » fut un choc encore plus grand. Helen comprenait qu'il n'y croie pas. Elle lui en avait révélé autant que possible, puis avait pris des dispositions pour qu'il vienne à

Southampton le lendemain. La réalité de la tragédie commencerait peut-être alors à le pénétrer.

Helen frissonna. Le silence qui suivit l'appel fut tout aussi perturbant, surtout dans cet environnement. On avait beau essayer de toutes ses forces, il était impossible de se couper de son interlocuteur. Que faisait-il à présent ? Apprenait-il la mort de Pippa à son épouse ? Pleurait-il ? Vomissait-il tripes et boyaux ? Nombreux étaient ceux qui réagissaient physiquement à cette terrible nouvelle. Helen se sentait affreusement mal d'être l'instrument par lequel une douleur aussi atroce était administrée.

Une demi-heure plus tard, elle était devant chez Jake et donnait trois petits coups de sonnette rapides – leur code secret. La porte cochère s'ouvrit et elle se faufila à l'intérieur, gravissant l'escalier à la hâte.

Pourquoi sa conscience la tourmentait-elle ? Elle avait fait ce qu'il fallait en passant cet appel, agi avec responsabilité. Mais voilà qu'elle était assaillie de pensées sombres, de visions d'elle-même en machine impitoyable à faire souffrir, souillant tout ce qui se trouvait sur son passage.

Le premier coup tomba, arrachant Helen à son introspection. Un arc de cercle rose vif apparut sur sa peau et tandis que la douleur irradiait dans son corps, elle ferma les paupières dans l'attente du sentiment libérateur familier. Peu à peu, le soulagement l'envahit ; torpillés par Jake, ses démons battaient en retraite.

Plus tard, il la regarda se rhabiller. Helen utilisait les services de Jake depuis plusieurs années déjà et l'époque où il détournait les yeux était révolue depuis longtemps. Ils avaient même passé la nuit ensemble une fois, promesse fugace d'une intimité plus profonde, mais Helen avait pris peur et fui. Que Jake soit son dominateur, c'était une chose. Mais qu'il devienne son amant, c'en était une autre. L'épisode datait de plus d'un an maintenant et Jake semblait avoir digéré son évidente déception et accepté le retour au statu quo.

Cependant, comme Helen sortait les billets de son portefeuille, il l'arrêta.

— Non.

Le mot était simple mais prononcé avec émotion.

— Quoi, Jake. Tu l'as mérité.

— C'est offert par la maison, répliqua-t-il avec un sourire gêné.

Helen le dévisagea. S'agissait-il d'un geste isolé, d'un acte de pure amitié, ou était-ce la première étape d'un plan plus élaboré ? Helen ignorait ce qui avait déclenché ce changement de tactique, mais ça ne lui plaisait pas.

— J'insiste, reprit-elle en fourrant les billets dans la main de Jake.

— Helen…

— S'il te plaît, Jake, la journée a été dure. Prends-le.

Elle tourna les talons et partit ; elle n'avait pas le cœur à se disputer. Les dernières vingt-quatre heures avaient été difficiles et même si l'enquête n'en était qu'à son début, Helen avait le pressentiment que le pire restait à venir. Les nuages noirs s'amoncelaient et l'expérience lui avait appris qu'on ne pouvait pas combattre sur plusieurs fronts en même temps. Elle regagna sa moto, sans un regard en arrière. Elle n'avait pas besoin de se retourner pour savoir que Jake l'observait depuis sa fenêtre, suivant chacun de ses mouvements.

14

Le lieutenant Sanderson appuya avec fermeté sur la sonnette et se prépara mentalement pour la suite. Levée à l'aube, elle roulait sur la M2 dès 7 heures du matin, direction le Kent. Ruby Sprackling n'avait disparu que depuis trente-six heures mais cette affaire inquiétait déjà Sanderson.

Après avoir convenu d'un rendez-vous avec sa mère pour officialiser la réconciliation familiale tant espérée, Ruby avait disparu sans prévenir. Dans un e-mail concis, elle avait donné son préavis à son propriétaire, puis elle avait annoncé à sa famille et ses amis qu'elle partait par un tweet laconique. Ceci de la part d'une jeune femme résolument sociable, une fille de la génération Twitter qui étalait sa vie au grand jour, partageant sur les réseaux sociaux ses moindres pensées, reproches ou inspirations. Plus suspect encore : depuis sa disparition, son téléphone était éteint. Que son portable soit HS si longtemps ne pouvait signifier que deux choses : ou elle ne souhaitait pas être retrouvée, ou le téléphone n'était plus en sa possession. Une peur lancinante venue de ses tripes soufflait à Sanderson que cette dernière hypothèse était la bonne.

47

La mère biologique de Ruby, Shanelle Harvey, habitait un immeuble décrépit de Maidstone. Sanderson s'était rendue dans des endroits glauques en son temps mais les tours Taplow étaient des bouges infâmes, bourrés à craquer de mères paumées et démunies et de types en sursis. Le moral de Sanderson tomba au plus bas quand elle contempla le gigantesque pénis tagué sur la porte de Shanelle.

Des pas puis la porte fut entrebâillée, la chaîne de sécurité bien en place.

— Lieutenant Sanderson, on peut discuter ?

Shanelle Harvey considéra sa visiteuse, se racla la gorge avec grossièreté, crachant son mollard au pied de Sanderson avant d'ouvrir la porte à contrecœur.

À l'intérieur, c'était pire encore. Des dizaines de cartons, sans doute remplis de marchandise volée, encombraient l'appartement. La déco n'avait pas sa place ici. Les seuls bibelots que Sanderson distinguait étaient des cendriers débordant de mégots sans marque. Tout le logement empestait le tabac froid et Sanderson aurait volontiers ouvert une fenêtre pour aérer si elle avait pu en atteindre une.

— J'ai rien à voir là-dedans.

Shanelle ne perdit pas une seconde et nia aussitôt toute implication dans la disparition de Ruby.

— Mais vous confirmez avoir été en contact avec elle récemment ?

— Ça se pourrait.

Shanelle possédait l'expérience d'une profiteuse professionnelle, déterminée à ne reconnaître aucune part de responsabilité dans quoi que ce soit.

— Nous pouvons vérifier vos relevés téléphoniques, Shanelle, alors arrêtons de tourner autour du pot, OK ? poursuivit Sanderson.

— OK. Je l'ai vue de temps en temps ces deux dernières années. Elle aimait bien venir ici. Je me la pète un peu moins que les deux autres.

— Ses parents ?

— Si c'est comme ça qu'ils veulent qu'on les appelle. Toujours sur son dos, qu'ils étaient, à lui dire quoi faire et comment se comporter. C'est pas une vie, ça !

— Parce que ça, oui ? rétorqua Sanderson en balayant la pièce du regard.

— Ouais, facile pour vous de me prendre de haut, mais au moins moi je lui foutais la paix, cracha Shanelle. Plutôt que de venir m'accuser, pourquoi vous lui poseriez pas la question à lui ?

— À qui ?

— À son *père*, fit Shanelle en appuyant sur le dernier mot.

— Pour quelle raison M. Sprackling saurait-il quelque chose ?

— Il est soupe au lait. Il aime bien que ça se passe comme il a décidé. Il aime pas les méchantes petites filles. Il pouvait se mettre dans des colères noires avec Ruby.

Sanderson ne dit rien, la laissant poursuivre.

— Il s'est pointé ici une fois. Il m'a traitée de tous les noms, m'a engueulée comme du poisson pourri. J'ai tenu bon, mais je vous cache pas que j'avais les jetons. J'étais toute seule, j'avais rien pour l'arrêter...

— Que s'est-il passé ?

— Un voisin est venu. Il nous a demandé de baisser d'un ton. Ça lui a pas plu, à l'autre. Il a pas aimé se faire choper dans un endroit comme ici. Je crois pas qu'il avait dit à sa femme qu'il venait.

Elle jubilait en prononçant ces mots, savourant après coup l'embarras de l'homme. Elle reprit :

— Alors pourquoi vous l'interrogez pas lui à propos de Ruby ? Demandez-lui ce qu'il voulait faire à la petite fille qui s'était retournée contre lui.

Sanderson était agacée par Shanelle, mais aussi troublée. La plupart des disparitions s'expliquaient par des désaccords familiaux et Sanderson savait qu'il n'y avait aucune raison pour que cette affaire soit différente. Jonathan Sprackling était-il impliqué ? Se pouvait-il qu'il ait cherché à punir sa fille de sa trahison et de sa désobéissance ?

— Avez-vous vu Ruby la semaine dernière ?

— Non, la dernière fois, c'était il y a un mois.

— Elle a passé la nuit ici ?

— Oui, et alors ?

— Il n'y avait que vous deux ?

Pour la première fois, Shanelle hésita à répondre. Sanderson se dépêcha d'enfoncer le clou.

— Qui d'autre était là ?

— Personne…

— Ne me forcez pas à vous arrêter, Shanelle.

— Juste un mec.

— Quel mec ?

— Il vient de temps en temps. Pour fumer un peu. Je crois qu'il était là la fois où Ruby a dormi chez moi. Il la trouvait mignonne. Je lui ai dit que je lui couperais les couilles s'il s'amusait à la mater.

— Son nom ?

Nouvelle hésitation, puis :

— Dwayne quelque chose. C'est tout ce que je sais, ajouta-t-elle en réponse à l'agacement évident de Sanderson.

— À quelle fréquence venait-il ici ?

— Une ou deux fois par mois.

— Où est-ce que je peux le trouver ?

— J'en sais rien.

— Quoi ? Vous n'êtes plus copains ?

— J'ai viré cette petite merde de chez moi.

— Et pour quelle raison ?

— Parce qu'il m'a volé des trucs. Je savais que c'était un parasite. Tout ce qu'il faisait, c'était rester assis sur son cul à fumer en regardant des pornos, mais petit à petit il m'a piqué deux cents billets. Il m'a juré que non, mais je suis pas née d'hier. Alors je l'ai viré. J'ai dit à tout le monde dans l'immeuble que c'était un pédophile et je l'ai pas revu depuis.

Elle sourit en repensant à sa bonne trouvaille.

— Vous avez été en contact depuis ?

— Pas face à face.

— C'est-à-dire ?

— Une brique dans la vitre et une merde de chien sur la porte, c'est un « contact » ? La prochaine fois, je le démonte.

C'était maigre, mais c'était un début. Il existait des affaires où les compagnons aigris avaient enlevé et séquestré les enfants de leurs ex. Qu'un petit malfrat soit responsable d'un tel acte paraissait peu probable, Sanderson savait pourtant qu'elle devait creuser davantage.

L'heure tournait.

15

Il n'aimait pas l'allure de ce type. Mais alors pas du tout.

L'homme était arrivé à la porte en jurant comme un charretier, l'irritation suintant par tous ses pores. Il suait à grosses gouttes et évitait tout contact visuel, comme si les visiteurs allaient le contaminer. Lorsque, enfin, il leva les yeux, il portait un masque de méfiance, à croire que le coursier était venu le braquer plutôt que lui livrer les articles qu'il avait commandés.

Le livreur tendit le colis et demanda à l'homme de signer. Il en profita pour jeter un coup d'œil par-dessus l'épaule du type, curieux de voir quel trou à rat il habitait. C'était une véritable zone sinistrée ! Meubles cassés, cartons, draps de protection, vieilles boîtes de pizza. L'imposante demeure victorienne, certainement un ancien hôtel particulier de la noblesse locale, n'était plus aujourd'hui qu'un taudis puant. Le coursier sursauta en voyant un rat filer entre les cartons de pizza.

Lorsqu'il reporta son attention sur l'homme, il fut accueilli par son regard perçant bleu-vert qui le fusilla sur place.

— Au revoir, lâcha le type, en esquissant un semblant de sourire.

D'ordinaire plus que poli, le coursier ne répondit pas : il tourna les talons et se dépêcha de foutre le camp. Derrière lui, la porte d'entrée se referma d'un coup sec.

À l'intérieur de la maison, l'homme écouta la camionnette démarrer, puis scruta à travers les rideaux poussiéreux pour vérifier que l'autre était bien parti. Alors, après avoir débarrassé quelques vieux journaux sur le buffet, il y déposa le paquet. D'un geste leste, il arracha le scotch qui fermait le couvercle et examina son contenu. Il s'en était voulu de sa bêtise, de sa négligence, mais ce précieux colis allait rectifier le tir.

Et sa nouvelle amie lui en serait très reconnaissante.

16

La douleur fut atroce. Elle fusa à travers ses orbites pour irradier jusqu'à son cerveau. Ses terminaisons nerveuses s'embrasèrent, sa tête menaça d'exploser sous des pulsations violentes. Elle enfouit son visage dans les draps, priant pour que cesse la souffrance.

Elle était allongée dans le lit lorsque c'était arrivé. Le bruit des pas qui approchaient ne l'avait pas inquiétée, plus maintenant. Sortant d'une longue nuit froide et solitaire, elle était affamée et désirait un peu de compagnie – même la sienne. Le panneau avait glissé puis s'était refermé et Ruby avait attendu d'entendre la clé tourner dans la serrure ; déjà une sorte d'étrange routine s'installait.

Au lieu de quoi, elle avait brusquement été aveuglée. Le plafonnier de sa petite cellule s'était allumé d'un coup. Elle avait serré les paupières aussi fort que possible mais le mal était déjà fait. Ses yeux, acclimatés à l'obscurité, furent soudain agressés par le vif éclat de lumière des trois néons industriels fixés au plafond.

Avec précaution et très lentement, elle tenta d'ouvrir les yeux, les referma aussi sec, puis recommença. Des formes et des lueurs bizarres dansèrent devant ses pupilles tandis que ses rétines cherchaient désespérément à faire la mise au point.

Il se tenait au-dessus d'elle.

— Ne me touchez pas !

— Tu as bien dormi ?

— Non. Je me suis gelée toute la nuit, espèce de taré ! Je vais crever ici. C'est ça que vous voulez ?

— Je t'ai apporté une autre couverture.

— Laissez-moi rentrer chez moi, s'il vous plaît.

— Lève-toi !

Il aboya son ordre, le ton tout à coup impatient et hostile. Ruby prit soudain conscience qu'elle ignorait tout de ce type et de la façon dont il fonctionnait. Pouvait-il devenir violent ? Pouvait-on le raisonner ? Était-il mentalement fou ?

— Déshabille-toi.

— Pitié…

— Déshabille-toi, répéta-t-il en haussant la voix.

Il refusait de la regarder. Curieusement, ses mains tremblaient. Ruby voulut protester mais son cœur battait trop vite, elle avait le souffle coupé et l'angoisse montait.

— Je ne veux pas, parvint-elle enfin à répondre.

— Obéis ou je te jure que…

Comme il faisait un pas dans sa direction, Ruby se dépêcha de sortir du lit.

— Je me déshabille, je me déshabille !

Il persistait à ne pas la regarder. Avec des sanglots étouffés, Ruby retira le haut de pyjama en coton léger qu'il lui avait donné pour remplacer le sien. Elle détestait la sensation de ce tissu sur sa peau et le parfum qu'il dégageait, mais au moins il lui tenait un peu chaud. Sa peau nue exposée au froid ambiant, elle se mit à grelotter. Avec une hésitation et laissant échapper un nouveau gémissement, elle ôta le bas de pyjama qu'elle posa à côté d'elle sur le lit.

Elle se sentait profondément vulnérable, nue devant cet inconnu, sa maigre silhouette baignée de lumière artificielle. Elle ressemblait à une figure fantomatique avec sa peau pâle bordée par sa chevelure brune et le triangle sombre de son pubis. Elle fixait le sol à ses pieds, refusant de croiser le regard de l'homme.

Il l'observait maintenant, elle le sentait, il jaugeait ce qu'il voyait. « Va te faire foutre ! » hurla-t-elle en son for intérieur, mais son acte de bravoure stérile ne lui remonta guère le moral. À l'extérieur, elle était exposée et impuissante.

Il avança. Ruby garda la tête baissée. Il fit un autre pas – il se tenait juste à côté d'elle à présent. De la main, il lui souleva le menton. Elle le fixa droit dans les yeux ; ils se trouvaient littéralement nez à nez. L'odeur particulière qu'il dégageait emplit à nouveau les narines de Ruby. Elle refusa de ciller ou de sourire.

Il écarta les mains et elle tressaillit. Quelque chose de froid appuya sur son ventre. Y jetant un rapide coup d'œil, Ruby vit qu'il s'agissait de l'extrémité d'un mètre de couturière. Il était en train de prendre ses mesures !

Elle s'efforça de rester aussi immobile que possible, mais malgré elle son corps tremblait de peur. Il mesura son tour de hanches, d'épaules, de poitrine. Tandis que le ruban froid se pressait sur ses mamelons, elle laissa une autre larme rouler sur sa joue, submergée par un sentiment d'horreur grandissant.

Il passa le mètre autour de son cou, serrant plus que nécessaire.

Alors, satisfait, il recula d'un pas.

— Tu peux te rhabiller.

Ruby ramassa le pyjama, l'enfila à la hâte tant bien que mal.

— Je dois sortir maintenant mais je reviens vite, annonça-t-il en la regardant remettre les vêtements. Et puisque tu t'es montrée très coopérative, je t'ai apporté un cadeau.

De sa poche, il sortit un objet qu'il déposa sur la table.

Un inhalateur.

Ruby fit un pas en avant puis retint son mouvement.

— Il est à toi. Ne me donne pas de raisons de te le retirer.

C'était dit avec le sourire, mais Ruby en eut froid dans le dos. À cet instant, elle comprit avec clarté ce qu'elle aurait dû savoir depuis le début : cet inconnu exerçait un droit de vie et de mort sur elle.

17

Il était plus grand qu'elle n'avait imaginé. Au télé-phone, il avait paru manquer d'assurance et de centi-mètres. Mais la réalité était tout autre. Daniel Briers était un grand et bel homme, à la démarche assurée et d'allure décontractée. Sa chevelure sombre, tout juste grisonnante aux tempes, encadrait une expres-sion avenante.

— Commandant Helen Grace, se présenta-t-elle. Merci d'être venu aussi vite.

— Je veux seulement régler cette histoire. Il a dû y avoir une méprise au niveau des numéros de série. Pippa a encore tweeté ce matin, alors il est peu probable que…

— Puis-je regarder ?

Ils sortaient de la gare ferroviaire de Southampton et se dirigeaient vers le véhicule de service d'Helen. Daniel Briers lui tendit son téléphone. Elle lut le message : un commentaire bref et banal sur les gueules de bois du dimanche matin.

— Lui avez-vous parlé en direct depuis deux ou trois ans ? s'enquit Helen en lui rendant son portable.

Daniel marqua un temps d'arrêt, fronça les sourcils comme il réfléchissait, puis répondit :

— Non, en fait.

Soudain, il parut moins confiant, la fatigue de sa nuit blanche le rattrapant, émoussant son optimisme.

— J'ai essayé plusieurs fois, je lui ai laissé des tonnes de messages, mais… je crois qu'elle n'était pas prête à discuter, alors on s'est contenté des textos et tweets occasionnels. Elle semblait être bien à Southampton et… j'étais content pour elle.

Sur le chemin de la morgue, Daniel lui expliqua pourquoi sa fille et lui s'étaient éloignés l'un de l'autre. Helen aurait pu le parier : il s'était remarié.

Quand Pippa avait six ans, sa mère était morte d'un cancer du sein et la famille avait été mise à mal pendant plusieurs années après cela. Puis lorsque Daniel s'était remarié, les choses avaient semblé se calmer. Sauf que Pippa et Kristy, sa belle-mère, ne s'entendaient pas. Cette dernière avait débarqué avec ses deux enfants issus d'un précédent mariage et s'était évidemment rangée de leur côté, considérant qu'ils faisaient des efforts et se montraient polis et positifs alors que Pippa était hostile et peu coopérative et qu'elle refusait d'accepter Kristy comme sa nouvelle maman. La situation avait empiré à l'adolescence de Pippa et celle-ci était partie dès qu'elle avait été en âge de quitter l'école et la maison.

— J'ai essayé de la raisonner, expliqua Daniel. Mais elle voulait juste s'en aller. Elle a d'abord squatté chez une ancienne copine de lycée qui était à la fac à Portsmouth, puis elle a déménagé à Southampton. Elle s'est trouvé un boulot, un appart ; elle s'en sortait bien. Ça m'a brisé le cœur qu'elle s'en aille, elle me manquait tous les jours, mais j'espérais qu'avec le temps, nous parviendrions à réparer les dégâts. Que je réussirais à la convaincre de rentrer à la maison.

Une fois garés sur le parking de la morgue, ils entrèrent dans le bâtiment pour rejoindre Jim Grieves.

Sitôt à l'intérieur, Daniel changea d'attitude. Jacassant comme une pie quelques secondes plus tôt encore, il semblait à présent submergé, par la stérilité froide du lieu. Il gardait le silence, concentré, le corps tendu. Helen avait souvent vu cela : l'angoisse qui étreint le citoyen lambda sur le point d'être confronté à un cadavre pour la première fois.

Ils balayèrent les civilités : à quoi bon repousser l'inévitable ? Alors, d'un geste lent, Jim Grieves abaissa le drap pour dévoiler le visage de la jeune femme.

Le choc fut aussi immédiat que violent. Daniel Briers eut un hoquet de stupeur consternée. L'espace d'un instant, il sembla cesser de respirer et Helen posa la main sur son bras pour vérifier qu'il allait bien. Il se tourna vers elle : le sang avait déserté son visage, ses traits étaient tirés. L'homme avait pris dix ans d'un coup juste sous ses yeux.

Quand enfin il s'exprima, sa voix n'était qu'un murmure peiné à travers les larmes.

— C'est ma Pippa.

18

Andrew Simpson caressa sa cravate du bout du doigt et considéra la jeune femme assise en face de lui. Il n'avait pas l'habitude de profiter d'une si charmante compagnie pendant sa journée de travail.

— Ruby vous a donc donné son préavis par e-mail il y a deux jours ? interrogea Sanderson.

Simpson Rental possédait un large portefeuille de biens immobiliers en location à Southampton, la plupart étant des studios ou des T1 au sein de maisons sommairement réaménagées. Des logements économiques qui, à l'instar du bureau d'Andrew Simpson, étaient négligés.

— Exact. Le moins qu'on puisse dire, c'est que c'était concis.

Andrew Simpson tourna son ordinateur portable pour montrer l'écran à Sanderson. Une forte odeur de transpiration rance flotta alors jusqu'à elle. L'homme était maigre, avait des traits ciselés et des manières soignées, mais il semblait étrangement terne.

— *Je vous donne mon préavis. Ruby Sprackling*, lut Sanderson à voix haute.

— Le préavis est censé être écrit à la main, bien sûr, mais plus personne ne prend cette peine de nos jours, ajouta Simpson.

— Elle vous en avait parlé ? Vous connaissez la raison de son départ ?

— Non, c'est arrivé du jour au lendemain. Mais bon, elle était tête en l'air. Elle avait tout le temps perdu un truc, elle oubliait de payer son loyer en temps et en heure...

— Vous auriez une idée de l'endroit où elle est allée ?

— Non. Je ne fréquente pas beaucoup mes locataires.

Ça, Sanderson voulait bien le croire. Loin des yeux, loin du cœur...

— Avez-vous un double des clés de son appartement ?

C'était la question qui intéressait Sanderson, en réalité. Si une tierce personne était impliquée, il était logique que celle-ci ait accès au domicile de Ruby. Il n'y avait aucune trace d'effraction, les vestiges de sa soirée avaient été retrouvés dans la poubelle, la porte avait été fermée à double tour de l'extérieur. Tout était en ordre et parfaitement normal, en dehors de l'inhalateur oublié. Sa disparition, si elle n'était pas volontaire, ressemblait plus à un... transfert qu'à un rapt.

— Oui, mais il n'est pas en ma possession en ce moment.

Sanderson avait connaissance de quatre jeux de clés. Ruby en possédait un, ainsi que Shanelle Harvey et Alison Sprackling. Ces deux derniers avaient été retrouvés. Selon toute probabilité, Ruby avait toujours le sien avec elle, il en restait donc un dans la nature.

— Où sont ces clés ?

— Je les ai confiées à mon ouvrier, jeudi. Il y a eu des fuites dans cet immeuble. Je lui ai demandé d'aller repeindre pendant le week-end.

Deux jours auparavant. Un délai suffisant pour planifier et exécuter un enlèvement.

— Son nom ?

Pour la première fois depuis le début de la conversation, Andrew Simpson parut hésiter, comme s'il redoutait les conséquences. Enfin, il répondit :

— Il s'appelle Nathan Price.

19

Il faisait un peu tache dans le studio de tatouage. Les doigts crispés sur ses sacs New Look et Marks & Spencer, il ressemblait à n'importe quel papa débordé en virée shopping du samedi après-midi. Sauf qu'on n'était pas samedi et qu'on n'était pas non plus dans un centre commercial. Il se trouvait dans le salon de tatouage d'Angie, un bouge planqué dans les rues sombres du quartier Western Docks, spécialisé dans l'art corporel bon marché et le trafic de drogue.

La boutique n'avait ouvert que depuis cinq minutes quand il y était entré. Les traces du passage des clients de la veille – marins, prostituées, futurs mariés – étaient encore visibles et la propriétaire grincheuse ne cachait pas son agacement d'avoir un client de si bonne heure. Encore à moitié endormie et plus qu'à moitié ivre, elle lui proposa le catalogue des tatouages d'une main tremblante.

— Choisissez votre bonheur, dit-elle sans sourire.

Il la jaugea des pieds à la tête avant de répondre :

— En fait, je voudrais acheter des aiguilles.

Elle interrompit son rangement et se tourna pour lui faire face.

— Vous voulez un kit ?

— J'ai besoin d'aiguilles round liner pour le traçage, de plates pour l'ombrage, de quelques magnums et d'encre, aussi.

— Des couleurs en particulier ?

— Une palette complète, s'il vous plaît.

Angie le détailla du regard – il n'avait aucun tatouage apparent et surtout il ne semblait pas du genre à en avoir. Après quoi, elle se mit à fureter dans le magasin à la recherche des articles demandés. Il suivait ses moindres gestes avec attention, à l'affût d'un signe chez elle qui trahirait sa curiosité ou ses soupçons.

Mais il avait bien choisi sa cible. L'argent, voilà tout ce qui intéressait Angie.

Elle posa les articles sur le comptoir ; comme il avançait la main pour s'en emparer, elle tapa du poing pour l'arrêter.

— Le fric d'abord. Ni carte, ni chèque.

Il lui tendit les billets et repartit avec ses achats. Alors qu'il parcourait les ruelles de ce quartier oublié de la ville, il s'autorisa un petit sourire. Voilà, il avait tout ce qui lui fallait. Même si d'ordinaire, il ne s'abaissait pas à des considérations aussi triviales, il dut reconnaître que payer avec l'argent de Ruby lui avait plu. Elle ne le remercierait pas – ça se comprenait avec la douleur qui l'attendait. Mais il était prêt à la dompter si elle protestait ou le défiait. Après tout, elle était sur cette terre pour le rendre heureux. Et quelle meilleure façon pour ça que d'apprendre à se soumettre ?

20

Ils étaient pris dans une sorte d'abîme infernal. Un enfer fait de fleurs en plastique, d'une statuette de Jésus et de canapés fatigués. Une fois le pire confirmé, beaucoup désiraient fuir le plus loin possible du lieu qui représentait leur tragédie. D'autres, comme Daniel Briers, n'en avaient tout simplement pas la force physique. Voilà pourquoi Helen se retrouvait maintenant assise à côté de lui dans le salon familial de la morgue.

— Ça n'a aucun sens.

Daniel Briers n'avait pas prononcé un mot depuis qu'il avait identifié sa fille. À présent, plus de trente minutes plus tard, il s'efforçait de digérer l'épouvantable nouvelle, une tasse de thé froid entre les mains.

— Elle m'a envoyé des textos, elle a tweeté, poursuivit-il. J'ai répondu à ses messages, nom de Dieu !

— Et elle, répondait-elle directement aux vôtres ? Le jour suivant au plus tard ?

Daniel la dévisagea sans rien dire, comme s'il ne comprenait pas sa question.

— Daniel, je sais que tout ceci semble irréel, vous êtes en état de choc, mais il est primordial que vous me répondiez au mieux de vos capacités.

Il la fixa un instant, les images de son passé avec sa fille défilant dans sa tête.

— Non, c'est vrai. Il s'écoulait toujours de longues périodes entre ses messages. Et ses tweets.

Dans son esprit tourbillonnaient toutes les monstrueuses possibilités que cela impliquait.

— Ça paraissait bizarre, continua-t-il, mais elle est partie tellement fâchée que j'ai cru que c'était sa façon de garder le contrôle, de nous faire savoir qu'elle était aux commandes.

À ce moment-là, il craqua. Les derniers mots sortirent de sa bouche en cascade avant d'être noyés sous un flot de sanglots déchirants. Sa tristesse était primale. C'était un homme imposant dans tous les sens du terme qui hurlait de douleur à la perte de sa fille. Helen avait été témoin de ce genre de scènes à de nombreuses reprises et elle ressentait chaque fois une profonde tristesse pour ceux qui restaient. Elle savait ce que c'était de perdre un être cher et de se sentir responsable. Mais dans le cas présent, sa compassion était particulièrement intense.

Non seulement Daniel Briers était torturé par le fait que sa fille était morte avant qu'ils n'aient eu la chance de se réconcilier, mais il prenait aussi peu à peu conscience que leurs derniers échanges étaient factices, montés de toutes pièces par un tueur sournois. Quelqu'un avait gardé sa petite fille vivante par-delà sa tombe.

21

— Enfile ça.

Debout près du lit, Ruby subissait la lumière agressive des néons qui s'étaient allumés d'un coup. Apparemment, c'était la nouvelle tactique de son ravisseur : l'aveugler avant d'ouvrir la porte.

Elle regarda vers le matelas où il avait posé une panoplie complète. Sous-vêtements, collants, jupe courte en jean, haut à l'encolure échancrée, boucles d'oreilles créoles. Des habits qui, selon comment on les portait, pouvaient passer pour une tenue de soirée un peu sexy ou l'uniforme d'une prostituée.

— Tout de suite !

Son haussement de ton la fit sursauter. Cette fois, elle ne craqua pas ; sa lèvre inférieure eut beau se mettre à trembloter quand elle attrapa le minuscule string noir, elle n'allait pas lui donner la satisfaction de fondre à nouveau en larmes. Elle se dévêtit et se rhabilla à la hâte, pour ne pas rester nue trop longtemps. Malgré sa résolution, lorsqu'elle prit les boucles d'oreilles, elle flancha. Contrairement aux habits, elles n'étaient pas neuves, mais ternies et anciennes. Elles inspiraient la mort à Ruby.

— Laisse-moi te regarder.

Elle pivota pour lui faire face. Au début, il demeura sans réaction, puis, petit à petit, un sourire éclaira son visage mal rasé.

— Bien.

Il la contempla, savourant le moment. De son côté, Ruby essayait de ravaler la bile qui lui montait à la gorge.

— Comme on est dimanche, enchaîna-t-il d'un ton enjoué, j'ai pensé qu'on pourrait déjeuner ensemble. Je sais que tu aimes les bons repas.

Ruby remarqua alors le plateau sur la table. Dessus, étaient posées des boissons et deux assiettes recouvertes de cloches en plastique pour les maintenir au chaud. Elle n'avait aucune envie de coopérer, mais elle mourait de faim. Il retira les couvercles pour dévoiler un plat cuisiné typique d'un repas dominical. C'était un piètre simulacre... mais l'odeur de la sauce était alléchante. Ruby s'assit et se jeta sur la nourriture, enfournant de pleines fourchettes dans sa bouche.

— Ne va pas te rendre malade.

L'appétit de Ruby semblait l'amuser. Elle ralentit un peu, mais elle n'allait pas se priver d'un tel festin.

— C'est agréable de voir que tu as retrouvé l'appétit, Summer. Tu as toujours bien mangé.

Ruby s'interrompit un instant avant de reprendre, s'efforçant d'étouffer la peur qui montait en elle.

— Ne m'appelez pas comme ça.

— Pourquoi pas ? C'est ton nom.

— Je ne m'appelle pas...

— Et comment je t'appellerais ?

La fourchette de Ruby tomba dans un cliquetis sur la table, de la sauce éclaboussa tout autour. Les larmes roulaient déjà sur ses joues, inondant son visage, sa détermination soudain envolée.

— S'il vous plaît, ne faites pas ça. Je veux rentrer chez moi. Je veux retrouver ma famille…

— Tu es chez toi, Summer.

— Je veux voir mes parents. Et Cassie, et Conor…

— Tu vas la boucler, putain !

En même temps qu'il hurlait, il lui assena une claque violente sur la joue, les bagues à ses doigts percutèrent avec douleur la pommette de Ruby. Elle chancela, tomba de sa chaise, mais, avant qu'elle ne touche le sol, il la rattrapa et la rassit à sa place sans cérémonie.

— Tu la fermes et tu manges !

Ses yeux lançaient des éclairs tandis qu'il vociférait. Ruby se pétrifia, l'idée de sa probable mort imminente paralysait tous ses muscles.

— Mange, répéta-t-il avec plus de douceur, luttant pour contenir sa rage.

Lentement, Ruby approcha la fourchette de ses lèvres. Mais la viande froide lui paraissait à présent désagréable. Elle la garda en bouche sans la mâcher, incapable de faire ce qu'on lui demandait.

— C'est mieux, poursuivit-il en gobant une petite pomme de terre grisâtre. Maintenant, profitons du reste de notre déjeuner.

22

Ils mangèrent en silence, repoussant la nourriture sur les bords de leur assiette. Le gigot d'agneau, les pommes de terre et les brocolis avaient été achetés en prévision d'un repas de fête, pour célébrer le retour de Ruby à la maison. Pourtant, en son absence, le déjeuner dominical en famille ressemblait davantage à une veillée funèbre. Jonathan avait voulu mettre la nourriture à la poubelle et oublier toute l'affaire, mais Alison avait refusé. Ce n'était pas son genre de jeter des aliments coûteux et, en plus, elle n'était pas prête à abandonner Ruby.

Croyait-elle sincèrement qu'en cuisinant ce repas, elle ferait apparaître sa fille comme par enchantement ? Elle n'avait pas la réponse, pas plus qu'elle ne pouvait vraiment expliquer ce qu'elle faisait, mais elle se sentait dans l'obligation de maintenir coûte que coûte la flamme du foyer familial allumée. Tout en arrosant la viande, en préparant les brocolis, elle avait gardé un œil sur la porte d'entrée, espérant en dépit du bon sens que la clé tournerait dans la serrure et que Ruby entrerait, bafouillant de pauvres excuses.

Les événements prennent une curieuse tournure parfois. Alison n'avait cessé de changer d'attitude vis-à-vis de Ruby, la fustigeant pour son comportement désagréable et cherchant la minute d'après à comprendre ce qu'elle traversait. À présent, elle savait qu'elle pardonnerait n'importe quoi à sa fille, qu'elle ne lui ferait plus jamais aucun reproche, si seulement elle voulait bien franchir le seuil de cette maison. Jonathan était-il dans le même état d'esprit ? Alison peinait à le dire. D'ordinaire si plein d'énergie, il s'était montré étrangement silencieux depuis sa disparition.

Était-il possible que Ruby ait fugué ? Qu'elle ait changé d'avis concernant son retour à la maison ? Sans doute, avec tout le remue-ménage et les contrariétés des derniers temps… Alison regrettait d'avoir appuyé Ruby dans la recherche de sa mère biologique. Sur le coup, leur soutien avait paru sensé et juste ; ils étaient des parents ouverts d'esprit, après tout ! Mais voyez le résultat…

Jonathan et elle s'étaient tant battus pour leur famille. Ils rêvaient d'avoir trois enfants, mais Alison était stérile. Lorsque la nouvelle était tombée, elle avait craint que Jonathan ne la quitte et parte à la conquête d'une compagne qui pourrait lui donner des héritiers. Mais, bizarrement, cette épreuve les avait rapprochés. Malgré les difficultés du processus d'adoption, Jonathan et elle ne s'étaient pas laissés abattre et, au fil des années, ils avaient réussi à créer un foyer aimant et stable pour Ruby, Cassie et Conor. Jusqu'à ce que Alison – ou pour être exact, Shanelle – ne détruise tout.

Conor et Cassie étaient effrayés, c'était évident. Ils lisaient les journaux, regardaient la télé ; ils savaient comment les histoires de disparitions se concluaient en général. Alison s'était démenée pour tenter de les convaincre que leur situation serait différente, que les choses s'arrangeraient pour leur famille.

Par moments, il lui arrivait à elle-même d'y croire. En l'absence de faits et de certitudes, seul l'espoir subsistait ; ça et les superstitions débiles d'une mère effondrée.

Voilà pourquoi ils se retrouvaient tous les quatre assis autour de la table, à manger un repas dont personne n'avait envie en pensant à la fille qui leur manquait tant à tous.

23

Nathan Price n'était pas chez lui. Son épouse s'était montrée catégorique sur ce point. Sur tout le reste, elle était restée plutôt vague, au grand agacement de Sanderson. Celle-ci avait pressé Angela Price comme un citron, mais n'avait rien appris sinon que son mari travaillait beaucoup et qu'il effectuait en ce moment même un boulot – bien qu'elle ne sache ni où il se trouvait ni quand il rentrerait.

Price était peintre-décorateur et il allait là où le travail l'appelait. Il avait quelques contrats de maintenance réguliers avec des propriétaires locaux ; Sanderson avait vérifié auprès d'eux, mais ils n'avaient pas fourni plus d'infos. Tous les espoirs d'obtenir une piste reposaient donc sur Angela.

Sanderson passa rapidement le petit appartement en revue ; un acte qui la déprima. L'endroit suintait l'échec et le désespoir. Angela et Nathan n'avaient pas d'enfant et, d'après ce qu'en voyait Sanderson, ils n'avaient pas non plus vraiment de relation de couple. Ils étaient ensemble depuis plusieurs années et pourtant aucune photo d'eux ne s'affichait nulle part, il n'y avait aucun signe de leur bonheur et de leur engagement. Angela était sans emploi, et ils complétaient ses allocations grâce au travail de Nathan. En surpoids et manquant de confiance en elle, elle passait son temps à attendre que son mari dévoyé rentre à la maison. Sanderson sentait une grande tristesse émaner de cette femme, comme si elle savait qu'elle n'était qu'un second choix, faute de mieux. Pour la première fois de sa vie, le lieutenant se réjouit d'être célibataire. Mieux valait être seule que mal accompagnée.

Elle repartit les mains vides, la frustration bouillonnant dans son corps. Qui était ce type pour laisser si peu de traces dans ce monde. Était-ce volontaire ? Dans ce cas, il serait difficile de lui mettre la main dessus. Ce qui n'arrangeait pas les affaires de Sanderson.

Et encore moins celles de Ruby.

24

L'hôtel Great Southern n'était pas l'établissement le plus somptueux de la ville mais il était central – situé juste derrière Brunswick Place – et, plus important encore, il était tranquille. Les fêtards du samedi soir étaient partis et l'endroit dégageait une atmosphère de dimanche paisible. C'était le premier hôtel auquel Helen avait pensé lorsque Daniel Briers avait insisté pour rester à Southampton plutôt que de rentrer chez lui.

Daniel était encore en état de choc, si bien qu'Helen prit sur elle de régler les formalités à la réception, remplissant la fiche de renseignements en toute discrétion. Quelques instants plus tard, ils pénétraient dans une chambre située au quatorzième étage. Helen savait qu'elle aurait dû laisser l'agent de liaison avec les familles se charger de cette tâche, mais une petite voix en elle lui soufflait de ne pas abandonner Daniel aujourd'hui. Cet homme fort et optimiste paraissait soudain très fragile. Parce qu'elle avait réduit son monde en lambeaux, elle se sentait responsable de sa sécurité et de son bien-être. Impossible de le quitter avant d'être sûre qu'il allait bien.

Assis sur le lit, son imperméable toujours sur les épaules, il regardait dans le vide, paraissant ne pas avoir conscience de l'assistance qu'Helen lui portait.

— Je vais rester, lâcha-t-il tout à coup, interrompant ses pensées. Pour une durée indéterminée.

— Bien sûr. Vous devez faire ce qui vous semble le mieux, répondit Helen. Mais vous devez garder à l'esprit qu'une enquête peut durer des semaines, parfois des mois...

— J'ai abandonné ma Pippa une fois, je ne vais pas recommencer.

C'était dit sans auto-apitoiement. Son ton n'exprimait qu'une détermination posée.

— J'ai besoin de comprendre ce qui lui est arrivé, poursuivit-il. De savoir où je me suis trompé.

Sa voix trembla un peu, mais il continua :

— C'était ma petite fille, Helen. Je veux rester jusqu'à ce que vous attrapiez...

Il se tut, le chagrin lui coupant le souffle, lui ôtant les mots, l'empêchant de terminer sa phrase.

— Et nous l'attraperons, se hâta de lui assurer Helen. Nous arrêterons celui qui a fait ça à Pippa. Vous avez ma parole.

Une telle promesse était insensée, mais à cet instant c'était tout ce que Daniel avait besoin d'entendre. Les seuls mots qui lui donneraient la force de continuer. Il leva les yeux sur Helen, des yeux emplis de gratitude, la couleur revenant subitement à ses joues. Comme si ses paroles l'avaient ramené à la vie.

Il tendit la main pour prendre la sienne.

— Merci, Helen.

Tous deux gardèrent le silence quelques instants. Puis, après avoir vérifié une dernière fois qu'il ne manquait de rien, Helen s'en alla. Daniel avait des coups de fil à donner ; les pires qu'il aurait jamais à passer. Et Helen avait du pain sur la planche.

En quittant l'hôtel, elle prit la résolution d'obtenir justice non seulement pour Pippa, mais aussi pour Daniel.

25

— Bon alors, que savons-nous au sujet de Pippa Briers ?

Helen s'adressait à son équipe rassemblée dans la salle des opérations du commissariat central de Southampton.

— Née à Reading en 1990. Fille de Daniel et Samantha Briers, enchaîna Helen. Sa mère est décédée quand elle avait six ans. Plus tard, on a détecté une bradycardie chez Pippa – son cœur battait trop lentement. À dix ans, on lui a posé un pacemaker. Son père s'est remarié peu après. Les choses ne se sont pas très bien déroulées et Pippa a déménagé dans le Sud après une engueulade avec sa belle-mère ; elle aurait séjourné chez son amie Caroline Furnace à Portsmouth. Est-ce qu'on a retrouvé la copine ?

— Je lui ai parlé au téléphone ce matin, intervint Grounds. Caroline a reçu quelques textos, elle a vu passer des tweets de temps à autre mais elle n'a eu aucun contact direct avec Pippa depuis trois ans.

Helen laissa à cette information le temps de faire son chemin dans l'esprit de ses collègues avant de reprendre.

— Bref, elle atterrit à Southampton, dégote un boulot dans l'agence de voyages Sun First au centre commercial WestQuay. Qu'est-ce qu'ils en disent là-bas ?

— Elle y a travaillé comme agent de voyages pendant presque six ans, répondit le lieutenant McAndrew. Une gentille fille, bosseuse, appréciée. D'excellentes évaluations et pas d'absentéisme, jusqu'au jour où elle ne s'est pas présentée à son poste. Elle a envoyé un court e-mail depuis son BlackBerry pour annoncer qu'elle en avait marre d'organiser les vacances des autres et qu'elle aussi voulait voyager. Et depuis, plus de nouvelles. Ils étaient plutôt furax car elle était censée donner un mois de préavis, mais…

— C'était quand, ça ?

— Il y a trois ans.

— Ce qui collerait avec la date présumée de son enlèvement. Où habitait-elle ?

— Elle a pas mal bougé, intervint le lieutenant Stevens, nouveau venu dans la brigade. Bitterne Park, Portswood, St Denys. Surtout des studios ou des chambres meublées, rien de luxueux. Sa dernière adresse connue se trouve dans Merry Oak. On est en train de vérifier.

— Faites au plus vite, s'il vous plaît, ordonna Helen avec un parfait mélange d'autorité et d'encouragement.

Il leur fallait des faits, pas des possibilités.

— Des amis ? Des petits amis ?

— On a examiné ses relevés téléphoniques, ses adresses électroniques, annonça le lieutenant Lucas, nouvelle recrue féminine. Elle sortait beaucoup et rencontrait des gens sur Internet. Elle entretenait surtout des liaisons de courte durée, à part une. Un type avec qui elle est sortie par intermittence pendant un an avant de le plaquer quand elle a appris qu'il était marié.

— Son nom ?

— Nathan Price.

26

Il ne la quitta pas des yeux tandis qu'elle s'accroupissait au-dessus du seau. Elle détestait uriner en public et elle s'était donc retenue au maximum. Mais sa vessie allait bientôt exploser, et puisqu'il ne faisait pas mine de partir, elle avait fini par céder : elle avait baissé sa culotte et s'était soulagée dans le vieux seau de maçon en faisant aussi vite que possible. Le bruit de son urine percutant le plastique avait résonné contre les briques de sa prison.

Son affaire terminée, elle remonta sa culotte et se dirigea d'un pas rapide vers le lit.

— Viens ici.

Il l'observait en silence depuis un moment, comme s'il cherchait à rassembler le courage de lui dire quelque chose. Cette brusque injonction la fit sursauter. Elle s'arrêta net, lui jeta un regard en coin, redoutant ce qu'il allait exiger.

— Viens, répéta-t-il.

Elle marcha lentement vers lui.

— Assieds-toi.

Elle obéit, prenant place à côté de lui face à la table abîmée.

— Relève ta manche droite. Plus haut. Je veux voir ton épaule. Bien, maintenant pose le coude sur la table. Comme ça. Serre le dossier de ma chaise de ta main droite, garde le bras parfaitement immobile.

— Je vous en prie…

— Ça risque de piquer un peu au début, mais ça ne durera pas.

Il se pencha et attrapa une mallette en cuir qu'il ouvrit pour en vider le contenu sur la table. Des aiguilles, de l'encre, des dessins… Le nécessaire du parfait petit tatoueur.

— Pitié, ne faites pas ça ! Je ne veux pas.

Voilà que Ruby implorait maintenant. Elle avait toujours détesté les aiguilles – plus d'une fois elle s'était évanouie lorsqu'on avait dû lui faire des piqûres –, et l'idée qu'il allait en planter une dans sa peau nue lui donnait la nausée. Pour toute réponse, il lui agrippa le dessous du bras, pinça et tourna la peau si fort que les larmes montèrent aux yeux de Ruby.

— Ne me résiste pas, Summer, dit-il avec calme, en tordant encore plus fort.

Elle hurla et pleura, mais rien n'y fit. Il refusa de lâcher prise. À travers ses larmes, elle vit la résolution farouche qui brûlait dans ses prunelles et les grandes aiguilles qui attendaient sur la table devant elle. En dépit de l'horreur que lui inspirait ce qui se profilait, elle savait qu'il était vain de s'y opposer. Elle baissa la tête, sanglotant doucement.

— Voilà qui est mieux.

Il la relâcha et prépara son matériel. Avec un soin appuyé, il ouvrit le flacon d'encre noire. Il inséra le manchon puis la pointe en acier dans le dermographe, choisit une aiguille qu'il plongea dans l'encre. Il prit une seconde et commença.

Ruby serra les paupières, se crispa, anticipant la souffrance inévitable. Quand l'aiguille commença à piquer son épiderme, elle ravala un glapissement.

Il se déplaça sur sa peau et la douleur s'intensifia ; elle avait l'impression que les griffes acérées d'un chat lui entaillaient la chair. Malgré le malaise évident qu'elle éprouvait, il n'eut aucune hésitation, sa concentration ne flancha pas une seule fois tandis qu'il gravait méticuleusement le contour de son dessin. Au bout de dix minutes d'un travail patient, il s'arrêta, lui décocha un bref sourire, avant de s'attaquer à l'encre bleue. Le répit de Ruby fut de courte durée, et, une nouvelle fois, il opéra avec application, lui infligeant la même douleur aiguë dans tout le corps.

Ruby ferma les paupières, espérant que le supplice s'arrêterait plus vite si elle n'y pensait pas. Le pire était passé ; elle avait consenti à être marquée. À présent, il n'y avait rien à faire sinon en venir à bout.

— Tu peux regarder.

En rouvrant les yeux, elle le vit qui tenait un petit miroir devant elle pour qu'elle puisse admirer son œuvre. Une seconde entière, elle le fixa avec défi, ignorant obstinément le miroir. Mais le regard intense de son ravisseur eut raison de sa bravade et, vaincue, elle inclina la tête vers son reflet. Quand bien même elle ne savait pas à quoi s'attendre, elle fut surprise par le résultat.

Sa peau pâle était meurtrie, un gros rond rouge ornait son épaule là où l'épiderme était irrité. Et au centre du cercle, innocent et incongru dans cet environnement malheureux : un merle bleu.

27

Le lieutenant Sanderson était assise de l'autre côté du bureau d'Helen, des dossiers étalés devant elle. La porte était fermée, les stores baissés ; leur conversation ne requerrait pas de public. D'une certaine manière, la discrétion qu'Helen recherchait était inutile : ils étaient plusieurs dans l'équipe à savoir que Nathan Price était un suspect potentiel dans la disparition de Ruby Sprackling et ils avaient à n'en pas douter fait seuls le rapprochement avec le meurtre de Pippa Briers. Pourtant, Helen ne voulait pas qu'on avance des hypothèses sur un lien possible entre les deux affaires avant que celui-ci ne soit confirmé. D'où les stores baissés et la porte fermée.

— Il me faut les heures exactes, dit Helen à Sanderson qui épluchait les relevés téléphoniques de Ruby Sprackling.

— Ruby a envoyé son premier tweet d'au revoir hier à environ 1 heure de l'après-midi, répondit Sanderson.

— D'où le signal a-t-il été émis ?

— On essaie encore de trianguler la zone, mais c'est quelque part en lisière est du parc national de New Forest.

Helen conserva un visage impassible malgré l'appréhension qui grandissait en elle.

— Et le deuxième ?

— Envoyé ce matin vers 10 heures, du centre-ville de Southampton.

Bingo ! Une correspondance parfaite avec les heures et lieux d'où Pippa Briers avait envoyé ses derniers tweets et textos. Le contenu succinct des messages et le ton badin et anodin étaient pour le moins préoccupants, tout comme le fait que les deux portables n'avaient émis qu'un court instant avant d'être sans doute éteints. Des éléments qui pointaient fortement vers l'implication d'un individu qui veillerait à maintenir les filles présentes dans le monde numérique. À l'évidence, le meurtrier ignorait que le corps de Pippa avait été découvert et identifié. C'était une bonne chose que l'information n'ait pas été communiquée à la presse.

— Pour l'instant, je veux qu'on garde ce lien entre les deux affaires pour nous, poursuivit Helen, après avoir partagé ses réflexions avec Sanderson. Nathan Price est désormais notre principal suspect dans les deux enquêtes et je veux qu'on lui mette la main dessus. Filez sa photo à tous les agents, renvoyez des hommes à son domicile, communiquez le numéro de plaque de son véhicule à la police routière, et que Stevens se rende à la dernière adresse de Pippa Briers à Merry Oak. Des locataires dans l'immeuble se souviendront peut-être de Pippa et Nathan. Nous avons besoin d'un maximum d'infos et *fissa*.

Avec un hochement de tête, Sanderson se précipita pour mettre à exécution les ordres d'Helen. Celle-ci la suivit du regard, l'esprit en ébullition. Ils progressaient et Helen devinait déjà comment les instructions de Sanderson allaient stimuler l'équipe ; ces derniers développements pourraient aider au retour de Ruby Sprackling saine et sauve s'ils s'activaient avec efficacité. D'un autre côté, cette avancée majeure avait aussi confirmé les pires craintes d'Helen. Ils avaient affaire à un criminel récidiviste. Un prédateur doué et expérimenté. Helen avait arrêté deux tueurs en série déjà au cours de sa courte carrière. La chance lui sourirait-elle une troisième fois ?

28

— Le corps a été découvert samedi matin et a
été identifié comme étant celui de Pippa Briers, une
femme âgée d'une vingtaine d'années, originaire de
Reading. La famille a été informée.

Le commissaire principal Ceri Harwood s'exprimait
d'une voix brusque et autoritaire. Assise à côté d'elle,
Helen admit en son for intérieur qu'Harwood était
taillée pour ça : la prise de parole devant le parterre
de journalistes amassés devant elle tel un public en
adoration ; elle y faisait chaque fois figure de calme
et de contrôle. Pour sa part, Helen avait du mal à
réprimer son impatience dans ce genre de situation.
Oui, les médias pouvaient s'avérer un atout précieux
dans une enquête, mais Helen détestait perdre son
temps et rester assise à répondre à leurs questions
quand elle pouvait être sur le terrain à suivre une piste.

— Comment est-elle morte ? interrogea Emilia
Garanita.

Fidèle à elle-même, la journaliste du *Southampton
Evening News*, spécialisée dans les affaires criminelles, dégaina la première. Elle avait la capacité
troublante de parler par-dessus ses collègues de la
salle de presse. Sa question s'adressait directement

à Helen, mais avant que celle-ci ne puisse répondre, Harwood intervint.

— L'examen post-mortem est en cours. Nous communiquerons les informations en notre possession au fur et à mesure.

— La plage est-elle dangereuse ? Les habitants ont-ils des raisons de s'inquiéter ?

Emilia posa ses questions avec hésitation. Elle allait à la pêche à l'histoire à sensation. Une fois encore, Harwood joua franc jeu.

— La plage est sans danger. J'insiste sur le fait que le cadavre retrouvé a été enterré il y a plusieurs années. L'incident n'est donc pas récent. La plage a été rouverte et nos concitoyens sont libres de s'y rendre comme à leur habitude.

— Vous avez des pistes, commandant Grace ? demanda Tony Purvis du *Portsmouth Herald*, coiffant Emilia au poteau.

— Nous suivons actuellement plusieurs lignes de recherche, répondit Helen. Et nous demandons à toute personne ayant connu Pippa Briers personnellement ou dans le cadre de son travail à l'agence de voyages Sun First de contacter les services de police. Le moindre détail – même le plus infime – concernant sa vie à Southampton peut se révéler d'une grande utilité. Elle avait plusieurs piercings ainsi qu'un tatouage, dont le motif est reproduit dans le dossier de presse qui vous a été remis, et qui, selon nos estimations, a été réalisé quand elle se trouvait à Southampton. Si quelqu'un le reconnaît ou sait où il a été fait, nous lui demandons de se manifester.

— Des suspects ? Des témoins potentiels ? poursuivit Tony.

— Pas à ce stade de notre enquête, répondit Helen d'un ton ferme. Mais, bien sûr, nous vous tiendrons informés si cela venait à changer.

Helen avait tergiversé un moment pour déterminer si oui ou non ils devaient lâcher le nom de Nathan Price à la presse. Harwood avait préconisé la prudence avec insistance et, pour une fois, Helen avait été de son avis. Le nommer ouvertement pourrait l'inciter à se terrer davantage, ce qui était la dernière chose que la police souhaitait.

Le briefing prit fin peu après. Alors qu'elle partait, Helen sentit une tape familière sur l'épaule. Elle pivota et se retrouva nez à nez avec Emilia Garanita. Les deux femmes étaient ennemies de longue date, mais, ces derniers temps, Emilia dérogeait à ses habitudes et affichait en public son soutien à Helen. Au cours de l'enquête sur les meurtres commis par Ella Matthews, Emilia avait franchi la ligne blanche en traquant en toute illégalité les moindres faits et gestes d'Helen qui suivait la trace du meurtrier. Elle continuait à faire pénitence pour son délit.

— Une petite info en plus pour le *News* ? Nous voulons aider du mieux que nous pouvons.

Helen sourit à part elle. À l'évidence, Emilia faisait de gros efforts pour se montrer amicale. L'attaque frontale était davantage sa marque de fabrique.

— Rien pour l'instant, Emilia. Mais j'ai votre numéro.

Emilia la regarda s'éloigner. Elle n'avait pas tiré grand-chose d'Helen depuis leur trêve de l'année dernière et la peine qu'elle éprouvait à paraître cordiale commençait à la marquer physiquement. Elle se démenait comme une folle pour trouver une nouvelle casserole sur le commandant Grace qui lui permettrait de reprendre l'avantage, mais il était clair comme de l'eau de roche qu'elle était encore *persona non grata*. Agacée, elle rassembla ses affaires et emboîta le pas aux autres journalistes qui gagnaient la sortie. Elle avait espéré que cette affaire la remettrait sur les rails, qu'elle serait l'occasion de relancer sa carrière, mais tout cela ressemblait à une impasse.

29

Cette fois, elle allait le trucider. Elle allait entrer là-dedans d'un pas décidé et le dézinguer. Non mais, il la prenait vraiment pour une conne ! Elle l'avait soutenu, elle avait menti pour lui, et lui, pendant ce temps-là, c'était à elle qu'il mentait. Sur l'endroit où il se trouvait, avec qui il était...

La fureur d'Angela Price était à son comble, et pourtant, elle hésitait encore. Une de ses amies avait vu Nathan dans le centre de Southampton alors qu'il avait affirmé à Angela qu'il travaillait toute la semaine à Bournemouth. Il ne faisait sûrement rien de bien : il devait se soûler, courir les filles, se comporter comme la sale petite raclure infidèle qu'il avait toujours été. Pourquoi supportait-elle tout ça ?

Elle avait fait le tour de ses repaires habituels – les bars d'ouvriers en bâtiment, les salles de billard, les tripots de soûlards – et elle avait fini par le repérer au Diamond Sports Bar. Il était là, à même pas dix mètres, en train de regarder les infos en continu à la télé, sans se douter une seconde de sa présence. Elle avait la main sur la porte du bar, elle pouvait débouler là maintenant et le prendre en flagrant délit. Lui foutre la honte devant ses potes, le traiter de tous les noms, crier au monde entier ce qu'il était vraiment…

— On se pousse, ma belle.

Un client assoiffé la bouscula pour passer, agacé de trouver un obstacle sur le chemin qui le menait à sa bière. Qui espérait-elle tromper ? Elle n'allait pas entrer. Elle ne ressemblait à rien – ses cheveux étaient tout plats, elle n'était pas maquillée, elle avait les yeux cernés. Tout ce qu'elle récolterait, ce serait une grosse humiliation. Il n'y avait que des hommes dans ce bar miteux et tous se moqueraient de son esclandre pitoyable. C'était elle qui passerait pour une imbécile, pas lui.

Les larmes lui piquaient les yeux quand elle s'éloigna. Elle était une ratée. Elle resterait un paillasson toute sa vie, le torchon que Nathan prendrait et jetterait selon son bon vouloir…

Elle ralentit le pas tandis qu'une idée prenait forme dans son esprit. Il y avait une chose qu'elle pouvait faire pour rendre la monnaie de sa pièce à ce fumier infidèle, pour le démolir une bonne fois pour toutes.

Elle rassembla son courage et sortit son vieux Nokia esquinté. Après une seconde d'hésitation, elle composa le numéro de la police.

30

— Bas les pattes, ma petite !

C'était dit avec le sourire, mais l'agressivité sous-jacente était palpable.

— Je sais que ça t'excite de me tâter mais je suis un homme marié, alors pas touche, bordel !

Sanderson ne daigna même pas répondre à l'éclat colérique de Nathan Price. Il jurait comme un charretier depuis qu'elle l'avait agrafé et elle était sûre qu'il ne se gênerait pas pour filer à l'anglaise dès qu'il le pourrait. Une main sur les poignets, l'autre sur l'encolure, c'était la meilleure façon de le maintenir. Et, en toute franchise, ça faisait partie des petites joies du métier : rabattre le caquet à des hommes violents et déplaisants. Elle le fit passer sans ménagement entre les portes, ne le relâchant qu'une fois devant l'agent du poste de garde.

— J'en ai un bien gratiné pour toi, Harry, annonça Sanderson en déposant Price à l'accueil.

Les formalités expédiées, ils se dirigèrent vers la zone de détention. Comme ils approchaient des salles d'interrogatoire, le capitaine Lloyd Fortune vint à leur rencontre.

— Salut, mon frère, alors pourquoi ils t'ont pincé, toi ? demanda Nathan Price avec une compassion feinte.

Ignorant la pique raciste, Lloyd se tourna vers Sanderson.

— Je vous débarrasse de ce tombeur.

Pendant quelques secondes, Sanderson ne répondit rien. Price était son suspect et, surtout, c'était elle qui l'avait alpagué.

— C'est bon, je m'en occupe.

Elle aurait dû céder sur-le-champ, mais la fierté ou la colère l'en empêchèrent.

— Le commandant Grace a suggéré que nous nous en chargions, elle et moi.

Était-ce la vérité ? La mettait-on hors jeu ? Quoi qu'il en soit, impossible de protester avec Nathan Price à côté qui buvait chacune de leurs paroles, se délectant de la tension entre les deux officiers.

— Querelle d'amoureux ? ironisa-t-il. Tu les aimes bien noirs, hein ?

— On surveille son langage ! aboya Lloyd, en traînant le suspect tout sourire vers la cellule de détention.

Sanderson les regarda s'éloigner. Les préjugés avaient la peau dure ici, et pas seulement ceux de Price. Sanderson était la plus expérimentée et la mieux qualifiée, comptabilisant plus d'heures d'enquêtes et avec plus d'arrestations à son actif que Lloyd Fortune qui avait malgré tout été promu à sa place. Il avait intégré Southampton à peine un an auparavant – elle appartenait à cette brigade depuis quatre ans – et déjà il la coiffait au poteau. Elle savait foutrement bien pourquoi ; même si jamais elle ne pourrait le dire à voix haute. C'était du politiquement correct pur et simple, et ça lui faisait bouillir le sang. Lloyd tenait à justifier sa promotion, et pour cela à procéder à une arrestation retentissante ; c'était Sanderson qui en paierait le prix. Elle le comprenait, elle aurait sans doute agi pareil à sa place. Mais qu'Helen en soit complice ? En général, leur chef ne cautionnait pas ce genre de comportement. La donne avait-elle changé ?

Regagnant son bureau, Sanderson eut le sentiment que les cartes avaient été subtilement redistribuées et que cette nouvelle main ne lui était pas favorable. Tout cela ne lui plaisait pas du tout.

31

— Parlez-moi de votre relation avec Pippa Briers.

Helen était assise en face de Nathan Price, Lloyd Fortune à son côté. Confronté au commandant, Price avait perdu de son impudence, la gravité de la situation lui tombant enfin dessus. Helen était déterminée à profiter de l'avantage.

— Que voulez-vous savoir ?

Répondre à une question par une autre question. Price n'avait jamais encore été inculpé mais cette tactique donna à Helen la conviction qu'il avait déjà tâté de la détention.

— Pendant combien de temps l'avez-vous fréquentée ?

— Neuf ou dix mois.

— Vous avez vécu ensemble ?

— Des fois oui, des fois non. J'ai une femme, alors…

Il n'éprouvait aucun remords, il aimait son rôle de séducteur de bas étage.

— Et comment ça se passait ?

— Bien. Elle aimait boire, danser. Elle était cool.

— Vous arrivait-il de vous disputer ?

— Des fois. Quand elle radotait sur des trucs.

— Comme quand elle a appris que vous étiez marié ?

Nathan haussa les épaules ; il ne niait pas.

— Est-il exact que Pippa a mis fin à la relation quand elle a découvert qu'il y avait une autre femme ?

— Deux autres, en fait. J'ai un faible pour les filles du coin.

— Et comment avez-vous réagi quand elle vous a largué ?

Helen nota le réflexe infime que Price eut en entendant le mot « largué » : une pointe de colère qu'il réprima aussitôt.

— Qu'est-ce que vous croyez ? rétorqua-t-il d'un air détaché auquel Helen ne crut pas une seconde.

— Vous avez pété les plombs, c'est ça ?

— Non, je n'ai…

— Vous n'avez pas aimé vous faire larguer et vous vous êtes mis en boule. J'ai la déposition sous serment d'un collègue de Pippa à Sun First dans laquelle il affirme que vous êtes entré dans l'agence en trombe et que vous avez fait un esclandre.

— C'est des conneries.

— Apparemment, c'est le vigile qui a dû vous sortir. Nous avons également le témoignage d'un locataire de Bedford Heights à Merry Oak qui confirme que vous vous êtes présenté au domicile de Pippa en état d'ébriété à plusieurs reprises, que vous avez frappé du poing à sa porte pour qu'elle vous fasse entrer.

— Elle avait changé la serrure et je n'avais pas la clé. Pas de quoi en faire tout un plat.

— Pourquoi avait-elle changé la serrure, Nathan ?

Pour une fois, l'homme n'avait pas de réponse toute prête à proposer.

— Parce qu'elle avait peur de vous ? Elle a dit à ses collègues qu'elle avait peur de vous. Que vous la harceliez.

— C'est faux.

— Vous ne vouliez pas qu'elle vous quitte, n'est-ce pas Nathan ? Je crois que vous l'aimiez bien. Où l'avez-vous emmenée ?

S'ensuivit un long silence pendant lequel Nathan Price soutint le regard d'Helen. Enfin, il baissa les yeux.

— Je veux un avocat.

— L'avocat commis d'office est en route. Elle sera bientôt là. Mais j'aimerais poursuivre avec ces questions d'ordre général sauf si pour une raison particulière vous aimeriez que je cesse.

Nouvelle longue pause, puis haussement d'épaules dédaigneux.

— Parlez-nous de Ruby Sprackling, intervint Lloyd en prenant le relais.

— Connais pas.

— Une jolie fille. Qui ressemble à Pippa. Vous avez réparé une fuite dans son appartement.

— Ah ouais, je vois.

— Vous avez toujours les clés de son appartement, non ?

— Je les avais, jusqu'à ce que vous me les preniez.

— Où se trouve Ruby maintenant ?

Nouveau silence puis :

— Aucune idée.

— Quand l'avez-vous vue pour la dernière fois ? enchaîna rapidement Helen.

— Y a deux ou trois jours. Elle sortait faire des courses ou je sais pas quoi...

— Elle a disparu vendredi soir, elle n'a pas été vue depuis. L'avez-vous vue vendredi soir, Nathan ?

— Non, j'avais un boulot à Bournemouth.

— Vous ne vous trouviez donc pas au club Revolution, alors ? Vendredi soir ? contre-attaqua Helen.

Enfin, une expression de peur vacilla sur le visage de Price. Helen fit glisser une photo vers lui sur la table.

— Voici une image tirée d'une caméra de surveillance et sur laquelle on vous voit en train de faire la queue pour entrer au Revolution, un club situé sur Bedford Square. Regardez la date et l'heure. Vendredi soir. Ruby s'y trouvait ce soir-là.

— Allez vous faire foutre.

— On vous voit entrer dans l'établissement, mais pas en sortir. Un endroit tel que celui-ci dispose d'issues de secours, de portes par lesquelles on peut se faufiler. C'est ce que vous avez fait ? Avant de suivre Ruby chez elle ?

— Je ne l'ai pas vue.

— Votre camionnette était garée dans la rue où habite Ruby. D'après les caméras de la circulation, vous êtes entré dans cette rue juste après 18 heures. On voit votre camionnette repartir à 4 heures du matin. Mais le club ferme à 2 heures. Où étiez-vous pendant ces deux heures restantes, Nathan ?

— Je veux un avocat.

Il s'exprimait avec colère maintenant.

— Pourquoi refusez-vous de me parler, Nathan ? Qu'avez-vous fait ?

L'homme fixa ses pieds, ne prononça pas un mot.

— C'est l'occasion de soulager votre conscience. Tout démenti ou mensonge sera mal vu au tribunal, poursuivit Helen. Nous ne pouvons plus rien pour Pippa maintenant, mais si vous nous donnez Ruby, je pourrai peut-être vous aider. S'il vous plaît, Nathan, dites-moi où elle est.

Long silence. Helen jeta un coup d'œil à Lloyd puis reporta son attention sur Price. Lentement, le suspect releva la tête. Il avait perdu toute arrogance à présent et ressemblait à un animal acculé.

Lorsqu'il reprit la parole, il déclara simplement :

— Pas de commentaire.

32

La douleur vive s'était calmée, remplacée par une autre plus sourde. Allongée sur le lit, Ruby plaquait sa main gauche sur son épaule meurtrie dans un geste apaisant, en priant pour que tout s'efface. Après l'avoir tatouée, il avait semblé ému. Des larmes perlaient au coin de ses yeux quand il s'était penché pour poser un baiser délicat sur le sommet de son crâne. Il ne s'était pas attardé, comme s'il craignait de perdre ses moyens.

L'abattement de Ruby était total, son humeur des plus noires – ses espoirs du début de pouvoir négocier avec lui, tenter de le soudoyer, étaient réduits en miettes. Elle avait pleuré et pleuré de plus belle, la brûlure de son tatouage récent accentuée par son sentiment d'impuissance. Elle comprenait à présent qu'elle n'était que son jouet. Elle était sa poupée dans cette maison où tout n'était que faux-semblant.

À ce stade de sa séquestration, elle avait examiné le moindre centimètre carré de sa prison. Les activités manquaient pour s'occuper durant les longues heures de solitude et elle avait fouillé l'endroit de fond en comble en quête d'un objet qui pourrait lui servir d'arme au besoin. Elle avait beau vouloir le nier, elle avait vu avec quelle émotion intense il la dévorait des yeux, elle avait senti son regard affamé glisser sur son corps. S'il tentait de la violer, comment se défendrait-elle ?

Il y avait une bouilloire sur le buffet branlant, mais elle était en plastique et ne lui serait d'aucune utilité. D'autres objets insolites décoraient la pièce – des photos encadrées au mur, un calendrier de 2013 et des patères pour suspendre un chapeau ou un manteau – mais rien d'un tant soit peu utile. Elle avait essayé d'arracher les crochets du mur, mais ils étaient vissés dans le ciment et ne bougeaient pas d'un iota. À quoi servaient-ils, d'abord ? Personne n'allait lui rendre visite. Alors, quoi ? Pourquoi se donner la peine de créer un studio équipé s'il était factice ? Ruby enfouit son visage dans les draps, s'efforçant d'endiguer la vague de nausée qui montait en elle.

Essaie de rester calme. N'abandonne pas. Une nouvelle fois, elle s'obligea à penser à des choses plus heureuses. Elle n'était là que depuis deux jours, mais déjà sa crainte de devenir folle dans ce trou était bien réelle. Le désespoir la conduirait à la folie, elle en avait la certitude. Par conséquent, elle brancha une fois de plus son esprit sur sa famille. On était dimanche ; que faisaient-ils ? La vaisselle du déjeuner dominical aurait été lavée, à contrecœur comme toujours, par Conor et Cassie, et papa et maman seraient allés promener Max…

La pensée percuta Ruby comme un train lancé à pleine vitesse, avec brusquerie et sans pitié. Sa mère. C'était l'anniversaire de sa mère dans deux jours. Elle allait rater l'anniversaire de sa mère…

Quelle épreuve ce serait cette année ! Ruby imaginait tout à fait l'ambiance étouffante causée par l'inquiétude et le désarroi, l'absence totale de cadeaux et de cartes de vœux, l'atrocité paralysante d'un anniversaire sans sa fille disparue qui n'était pas là pour la serrer dans ses bras. L'horreur de ces visions assomma Ruby. C'était réel. C'était en train de lui arriver. Elle avait été arrachée à une famille qui l'aimait plus qu'elle ne le méritait et qu'elle ne reverrait sans doute jamais.

Ravalant ses larmes, elle s'efforça de faire apparaître les visages familiers dans son esprit. De revivre ces moments de félicité familiale qui lui paraissaient déjà remonter à des siècles. Un acte désespéré – sa famille n'existait plus que dans ces fantaisies vaines –, mais elle n'avait rien d'autre. Retirée dans ses souvenirs, Ruby se sentit vide mais étrangement réconfortée. Ce serait son cocon à partir de maintenant.

33

— Mon client vous a dit tout ce qu'il savait...

— Votre client ne nous a rien dit du tout ! aboya Helen, déjà énervée par la rectitude guindée de l'avocate commise d'office qui représentait Price. Et permettez-moi de vous donner à tous les deux un conseil : « Pas de commentaire » n'est pas une bonne tactique de défense. Ça vous fait paraître coupable.

Helen appuya bien sur ce dernier mot.

— Savez-vous combien vous risquez pour enlèvement et assassinat, Nathan ? poursuivit-elle, déterminée à maintenir la pression. Quinze à vingt ans minimum. Ça vous tente ?

— Je crois que le moment est venu de faire une pause, proposa l'avocate comme il fallait s'en douter.

— On a encore le temps, intervint Lloyd avec dédain. Et surtout, on a encore des questions. Les mêmes, pour être exact. Que s'est-il passé au cours de ces deux heures, Nathan ? Avez-vous pénétré dans l'appartement de Ruby ? L'avez-vous attaquée ? Ou aviez-vous déjà mis quelque chose dans son verre au club ?

Toujours pas de réponse.

— Votre client devrait savoir, enchaîna Lloyd, que nous avons saisi sa camionnette. Nous y avons trouvé des choses intéressantes. Le matériel habituel, bien sûr : seau, outils et matériaux de construction, mais également un couchage d'appoint et des couvertures. À quoi servent les couvertures ?

— Il m'arrive de dormir dans mon fourgon quand je suis sur un boulot. J'ai besoin de couvertures, répondit Price.

— Il vous en faut quatre ? En plein été ? Nous avons trouvé des poils sur le couchage. Des poils bruns. Vous m'avez plutôt l'air d'un vrai blond, Nathan. D'où viennent ces poils bruns ?

Long silence. L'avocate de Nathan Price le regarda en coin, comme impatiente de voir quel serait son prochain coup.

— Je n'ai rien à déclarer, finit-il par répondre.

— Bien, je vous suggère d'inculper ou de relâcher mon client, enchaîna rapidement l'avocate.

— On commence juste à s'échauffer, répliqua Lloyd, sa courtoisie professionnelle envolée.

— Vous n'avez rien. Vous le savez, nous le savons…

— Attendons de voir ce que la police scientifique va découvrir dans la camionnette, d'accord ? lâcha brusquement Helen. Ne vendons pas la peau de l'ours et cetera, comme on dit. Il nous reste encore… presque quarante heures de garde à vue. Ce qui vous donne droit à une nuit gratuite en cellule, Nathan. Vous êtes content ?

Une fois de plus au cours de cette journée, Helen eut le plaisir d'effacer le sourire narquois du visage de Nathan Price.

34

La nuit tombait lentement sur Southampton. Les repères banals en plein jour revêtaient à présent une allure sinistre. Du haut de son quatorzième étage, Daniel Briers contemplait la ville. Certains auraient vu dans les lumières scintillantes qui illuminaient le ciel noir une promesse, un motif à s'enthousiasmer. À ses yeux, ce n'était qu'un monde d'ombres. Il imaginait toutes sortes d'individus dépravés là, en bas – des meurtriers, des violeurs, des voleurs – qui profitaient de l'obscurité, s'abritaient sous la couverture de la nuit pour commettre leurs crimes innommables.

Pippa était venue ici et s'était fait dévorer par cet endroit. Contraint de rester, afin de voir justice être rendue, il détestait déjà Southampton de tout son être.

Depuis le départ d'Helen, la journée avait semblé s'étirer en longueur. Il avait passé les coups de fil de rigueur sans attendre, mais ils avaient été brefs. Il ne se sentait pas capable de se contenir dans une conversation plus longue. Impossible pour lui d'analyser les événements avec d'autres pour l'instant. Il se contentait de communiquer l'affreuse nouvelle et de raccrocher rapidement. Ses appels terminés, il éteignit son téléphone, se servit un whisky et essaya de se reposer.

Sa nuit blanche et ces événements effroyables l'avaient épuisé, mais il n'arrivait pas à débrancher. Un flot d'images et de souvenirs défilait dans sa tête : la naissance de Pippa, la douleur amère du décès de sa mère, ses cartes du « papa de l'année » quand elle était petite, sa fierté quand elle recevait des prix à l'école, leurs dernières disputes et les reproches échangés. Il se rendait compte à présent que la plupart lui incombaient. Ses pensées et ses sentiments ne cessaient de tournoyer, certains mauvais, mais pour la plupart agréables. Sa Pippa continuait de vivre dans sa mémoire, comme elle devrait le faire à compter de maintenant.

Était-il sage de rester ici ? Kristy, son épouse, n'en était pas convaincue. « Ne serais-tu pas mieux à la maison avec nous ? » avait-elle demandé. Malgré tout, elle l'avait laissé libre de son choix. Pour elle aussi c'était dur, songeait Daniel à présent. Kristy était profondément choquée par la mort de Pippa, comme eux tous, mais elle ne portait pas sa belle-fille dans son cœur. Elle la trouvait égocentrique et toujours en demande. Son chagrin était donc compromis par ses sentiments, même si elle prétendait le contraire.

Encore maintenant Pippa était source de tension entre eux ; Kristy se fichait d'elle, mais Daniel ne pouvait pas l'abandonner. Les liens qui unissent un parent à son enfant ne sont jamais rompus ; aussi exécrable que soit leur relation, ces liens persistent. Même dans la mort, ils ne changent pas. Voilà pourquoi Daniel devait rester. Il allait devoir affronter une série d'épreuves ici – il ne s'était toujours pas rendu sur la plage où on l'avait découverte – et il espérait qu'il trouverait la force de les surmonter pour le bien de Pippa, sinon du sien.

Pourtant, tandis qu'il contemplait le sombre panorama de Southampton, son courage flancha. Cet endroit lui était tellement étranger, lui paraissait si effrayant. Et pour couronner le tout, Daniel était habité par la pensée cruelle que quelque part, tapi dans l'ombre, se tenait le monstre qui avait enlevé, assassiné et enterré sa fille unique.

35

C'était le chaos. Elle s'y attendait, en même temps. Un mur de bruit percuta Emilia Garanita dès qu'elle pénétra dans le couloir : une cacophonie de cris, de récriminations, de rires ou autre. Épuisée, elle posa ses clés sur la console de l'entrée et se dirigea vers la source du tohu-bohu.

Son père purgeait les dernières années d'une longue peine de prison et sa mère avait pris le large presque dix ans plus tôt ; du coup, Emilia, l'aînée de six enfants, était leur tutrice légale depuis presque toujours. Elle était encore jeune, bientôt trente ans, mais elle se sentait beaucoup plus âgée, surtout aujourd'hui. La conférence de presse au commissariat de Southampton n'avait rien donné de concret et le fait qu'Helen Grace l'ait renvoyée sur les roses lui était resté en travers de la gorge, la mettant de mauvaise humeur pour toute la journée. Il y avait des jours comme ça : improductifs, agaçants et déprimants.

Elle arriva dans la cuisine et fut accueillie par une litanie d'accusations et de contre-réclamations. Sa fratrie s'étendait de douze à pas tout à fait vingt-cinq ans, les égos fragiles et surdéveloppés ne manquaient donc pas pour engendrer des contrariétés et déclencher des conflits. Comme toujours, la présence d'Emilia calma le jeu et, petit à petit, les griefs de la journée furent mis de côté. Tandis que tous prenaient place pour dîner en famille – ragoût de porc et chorizo, héritage de leurs origines portugaises – le moral d'Emilia commença peu à peu à remonter. Aussi exaspérante que pouvait être sa famille, ils s'aimaient malgré tout et ils acceptaient Emilia comme elle était, avec tous ses défauts. Certaines personnes n'appréciaient pas sa personnalité, d'autres la méprisaient à cause de son métier et tous réagissaient à son visage, dont la moitié était atrocement mutilée depuis que des trafiquants de drogue pour qui bossait son père l'avaient attaquée à l'acide. Elle avait appris à l'ignorer, puis plus tard à en tirer profit, offrant ouvertement sa difformité pour tester et observer les réactions. Mais elle avait beau être endurcie, les froncements de sourcils que provoquait son visage continuaient à l'affecter. Pas ici, en revanche, pas à la maison, où elle recevait la même dose de moqueries, de violences et d'amour que les autres.

Petit à petit, les plus jeunes filèrent se coucher. Luciana, la sœur dont elle était la plus proche, lui tint compagnie devant *Game of Thrones* avant de rendre elle aussi les armes. Emilia se retrouva seule avec ses pensées.

Sa carrière – sa vie – était au point mort. Le manque de loyauté dont elle avait fait preuve en vendant l'histoire sensationnelle d'Ella Matthews au *Mail* plutôt qu'à ses employeurs n'avait pas été très apprécié et elle avait bien failli perdre son poste au *Southampton Evening News*. La promesse d'emploi au *Mail* ne s'était pas concrétisée, et Emilia s'était retrouvée dans la position inélégante de devoir supplier pour conserver son ancien boulot – un boulot qu'elle considérait encore indigne de ses talents. Elle avait toujours espéré que les reportages sur les homicides à un niveau local seraient une étape vers une plus grande carrière. Même ses pires ennemis ne pouvaient nier qu'elle était douée dans ce qu'elle faisait. Pourtant elle se retrouvait là, coincée à Southampton, ses chances d'être promue encore plus minces qu'avant.

Il lui fallait un scoop. Un sujet énorme qui la remettrait en première ligne. Le cadavre de la plage lui avait paru excitant au début, mais ça se terminerait sûrement en une sombre histoire de meurtre lié à une affaire de drogue ou un truc du genre. Et Helen Grace – le seul flic du coin à pouvoir garantir l'info – était résolue à ne rien lui lâcher. Tout en buvant sa dernière gorgée de vin, Emilia eut la certitude que la solution à son problème du moment reposait sur Helen Grace.

Il fallait qu'elle retrouve ses faveurs ; par tous les moyens.

36

Charlie inspira un grand coup et entra dans le pub. Elle était venue bon nombre de fois au Crown and Two Chairmen qui était un peu l'annexe du commissariat de Southampton. Mais ce soir, elle avait la boule au ventre. Alors qu'elle se frayait un chemin à travers la foule pour rejoindre le petit groupe de visages familiers rassemblé dans le coin, elle sentit le rouge lui monter aux joues, la chaleur ambiante ajoutée à sa nervosité lui colorant le visage d'une teinte rose pivoine.

Elle fut accueillie avec ferveur et amitié, chacun la félicitant, la gratifiant d'une tape dans le dos, et montrant du doigt son énorme bidon. Charlie sourit et accepta leurs paroles de sympathie avec humour, mais, à la vérité, elle se sentait mal à l'aise et ridicule. Le bébé n'arrêtait pas de bouger ce soir, il la martelait de l'intérieur, appuyant douloureusement sur son pubis. Elle se sentait gourde, moche et déprimée. Elle avait espéré qu'une soirée dehors lui remonterait le moral, mais le simple trajet jusqu'au pub l'avait épuisée et elle se retrouvait à discuter avec des gens qu'elle connaissait à peine. À quelques pas d'elle, Helen lui lança un sourire à travers les autres convives : retenue par le commissaire principal Harwood, elle se faisait à l'évidence cuisiner sur le boulot.

La cause de cette liesse générale était le lieutenant Grounds, un flic de carrière sur le point de prendre sa retraite. Policier modèle et de la vieille école, on ne pouvait que l'apprécier ; il était comme un père pour le reste de l'équipe, vieux jeu mais plein de bonnes intentions. D'après la rumeur, sa retraite anticipée était la récompense de ses vingt-cinq années de bons et loyaux services dans la police, mais Charlie voyait les choses autrement. On écartait Grounds pour faire place au sang neuf.

Charlie savait qu'Harwood était à l'origine de ce changement. Ces deux dernières années, la plupart des alliés d'Helen étaient partis ou avaient été mis sur la touche. Mark, bien sûr – Charlie se hâta de repousser cette pensée –, Tony Bridges, Charlie elle-même et maintenant Bob Grounds. Ils avaient été remplacés par des flics tout pimpants, formés en moins de deux, le genre que chérissait Harwood : Lloyd Fortune, le lieutenant Stevens – « Appelez-moi Ed » – et celle avec qui Charlie était en train de discuter, le lieutenant Sarah Lucas.

L'élégante et ambitieuse Sarah Lucas ne fit qu'accentuer le malaise de Charlie. Elle était jeune, mince, diplômée de l'université et motivée. Elle avait intégré les forces de l'ordre sur le tard, après avoir décroché un diplôme en psychologie criminelle à Durham, un spécimen de la nouvelle génération d'officiers de police judiciaire ayant suivi une formation accélérée. Harwood avait connu Lucas dans son commissariat précédent et elle s'était battue bec et ongles pour la faire transférer à Southampton. D'après la rumeur, elle serait la digne héritière d'Harwood. Charlie n'avait aucun mal à le croire : comme sa supérieure, elle semblait dépourvue d'humour et manquait de sincérité.

— Tu as une mine superbe, Charlie !

C'était le troisième mensonge que Lucas lui servait en moins de cinq minutes.

— Je me sens affreuse, répliqua Charlie en esquissant un sourire avec courage.

— Dans combien de temps… ?

— D'un jour à l'autre, maintenant.

— Ça ne m'étonne pas, répondit Lucas d'une voix égale en regardant le ventre proéminent.

La conversation se poursuivit ainsi jusqu'à ce que Charlie feigne une vessie pleine pour s'échapper. À sa grande consternation, en revenant des toilettes, elle se fit coincer par Harwood qui se sentait dans l'obligation hiérarchique de lui faire la conversation. Elles discutèrent accouchement, bébé et éducation des enfants ; Harwood lui prodiguant des conseils utiles qu'elle avait sans doute piqués à sa nounou. La discussion se déroulait sur un ton cordial mais, on n'allait pas se mentir, forcé. L'année précédente, Charlie avait eu un différend avec Harwood et son affront n'avait pas été pardonné. Parviendrait-elle à regagner le cercle intime ? Ce soir, Charlie en doutait sérieusement.

Le lieutenant Sanderson était en train de prendre congé, et, en regardant par-dessus l'épaule d'Harwood la foule qui s'amenuisait, Charlie nota peu de visages familiers. Elle se rendit compte alors que son ancienne chef n'était plus présente. Tandis qu'Harwood continuait à lui tenir la jambe, Charlie réprima un sourire – Helen détestait ces sauteries encore plus qu'elle et si une seule personne devait échapper à la bonhomie contrainte et à l'abus d'alcool, Charlie se réjouissait que ce soit le commandant Grace.

C'était tout elle, ça, de s'éclipser en douce.

À jamais et pour toujours une énigme.

37

Dans l'air nocturne qu'elle fendait à toute allure, Helen sentit la tension s'envoler. Plus insistante encore ce soir que d'habitude, Harwood l'avait interrogée sur l'affaire Pippa Briers. Elle avait eu vent d'un lien potentiel avec l'enquête concernant Ruby Sprackling et soupçonnait carrément Helen de lui dissimuler des informations. Harwood avait raison, elle ne lui disait pas tout. Helen avait dû se démener pour convaincre sa supérieure qu'il n'existait pour l'heure pas de connexion établie entre les deux affaires et qu'il n'y avait pas lieu de s'inquiéter. Depuis le tout début de leur collaboration, Harwood s'était convaincue qu'Helen voyait des corrélations dans toutes ses enquêtes, comme si, obnubilée qu'elle était par les criminels en série, elle n'hésitait à en inventer. Cela en disait long sur le sentiment d'insécurité d'Harwood si elle pensait qu'Helen créait des tueurs en série dans le seul but de se tailler une réputation déjà bien assise.

— Tu l'as échappé belle, Harry ! lança Helen avec nonchalance, en entrant dans le commissariat central de Southampton. Si tu chopes un de mes gars avec un coup dans le nez ce soir, rends-moi service et flanque-le en cellule, OK ?

— Avec grand plaisir, répliqua l'officier tout sourire.

Helen gagna rapidement le septième étage et la salle des opérations. Sur place, elle prit un instant pour contempler le tableau. Le visage juvénile de Pippa, plein de promesses, lui renvoyait son regard, loin de son expression désormais éteinte à la morgue. Helen ne put s'empêcher de s'interroger sur les faits et gestes de Daniel Briers en ce moment. Il devait vivre un enfer, accablé de chagrin et de reproches amers que lui-même s'infligeait ; retrouver un semblant de normalité serait la croix et la bannière. Les idées noires allaient le dévorer pendant des mois, voire des années, le torturer à coup de « et si ». Pour l'heure, c'était le mystère qui entourait les derniers mois de la vie de Pippa qui tourmentait son père ; tout en examinant le tableau, Helen fit le serment de découvrir ce qu'il était arrivé à cette pauvre fille les derniers jours de sa vie et de veiller à ce que justice soit faite.

Elle attrapa son sac dans son bureau et s'apprêtait à quitter la salle des opérations quand elle s'arrêta. C'était stupide, et pire encore, c'était inutile, mais une force irrépressible la contraignit à s'asseoir devant un poste informatique vacant pour se connecter au serveur. Cette fois-ci, elle utilisa les identifiants personnels de Lucas. Elle tapa le nom, Robert Stonehill, dans la base de données et cliqua sur rechercher. Pourquoi s'infligeait-elle cela ? D'accord, elle s'en voulait profondément d'avoir gâché la vie de ce jeune homme innocent, mais qu'espérait-elle accomplir en le traquant sans relâche ? Sa recherche était vouée à l'échec, et se heurter à ce mur ne lui apportait chaque fois qu'une déception cruelle.

Sauf que tout à coup, ce soir, l'ordinateur s'anima avec des dates, des heures et surtout un numéro de dossier.

Il y avait une correspondance. Robert Stonehill. Le neveu qu'elle avait aimé et perdu resurgissait d'entre les morts.

38

Il glissa la clé dans la serrure et la tourna sans bruit. Il rentrait tard, il avait trop bu, et voulait faire le moins de bruit possible pour ne pas réveiller son père. Lloyd Fortune franchit le seuil de la porte et tendit l'oreille. Il avait secrètement espéré le silence mais, malgré l'heure indue, la télé dans le salon était allumée.

— Bonsoir, papa. Y a quoi d'intéressant ? lança Lloyd d'un ton enjoué, en se perchant sur un bout du canapé.

— Les bêtises habituelles, répondit son père, avec un geste en direction des interlocuteurs d'une émission politique.

— Tu veux du thé ? proposa Lloyd.

— Volontiers. Ça ne te fera sans doute pas de mal non plus, répliqua son père avec flegme.

Lloyd se dirigea vers la cuisine, l'allégresse de la soirée commençait déjà à s'évaporer. Lloyd aimait son père autant qu'un fils pouvait ou devait aimer son père, mais ce dernier était un homme très exigeant et Lloyd se cabrait souvent sous ses critiques implicites. Pourtant, c'était lui la star de la famille. Son frère et sa sœur avaient un poil dans la main, ils subsistaient grâce aux allocations, refusant de travailler aussi dur ou avec le même zèle que leur père. Ils lui en voulaient beaucoup d'avoir été si peu présent pendant leur enfance, et le lui reprochaient régulièrement lors des disputes familiales violentes. S'il comprenait leurs griefs, Lloyd ne les soutenait cependant jamais dans leurs récriminations. Son père avait débarqué de Jamaïque avec toute sa famille sans un sou en poche ; il n'avait pas eu d'autre choix que de travailler d'arrache-pied pour subvenir aux besoins des siens.

Son boulot de docker, douze heures d'affilée à trimer sur les Western Docks, n'avait rien eu d'une partie de plaisir, et il en payait le prix aujourd'hui. Au fil des années, le père de Lloyd s'était froissé, tordu ou cassé tous les membres de son corps ; Lloyd se souvenait notamment d'une mauvaise chute dans laquelle il s'était brisé le dos et qui l'avait alité plusieurs semaines. Sa mère avait pleuré quasiment sans arrêt pendant cette période, alors que la famille frôlait la misère extrême. Son père avait fini par quitter son lit de malade et reprendre le travail. Il s'était fait licencier quelque temps plus tard.

Voilà pourquoi en dépit de son caractère difficile, parfois rustre, surtout maintenant que leur mère était décédée, Lloyd refusait de faire des reproches à son père. Il se gênait moins avec son frère et sa sœur, dont l'échec à combler les contraintes laborieuses imposées par la génération précédente faisait de Lloyd le seul dépositaire des ultimes espoirs et ambitions de leur père. Leur père, Caleb, qui était très dur avec Lloyd, l'avait poussé à obtenir les meilleurs résultats, à finir premier de sa promo à Hendon, à gravir les échelons de la police – de simple agent à lieutenant puis capitaine – plus vite, toujours plus vite. Rien ne semblait jamais le satisfaire. Lloyd remporta succès sur succès pour se rendre compte qu'au final il n'avait pas gagné l'approbation de son père. Il était déjà allé plus loin et plus haut que la plupart de ses semblables, mais ça ne suffisait toujours pas.

Lloyd tendit à son père une tasse pleine à ras bord et s'installa avec lui pour observer les politiciens jongler entre insinuations et esquives.

— Regarde celui-là. Il ment comme un arracheur de dents et il ne prend même pas la peine de le cacher.

Son père ne supportait pas les hommes politiques, mais il persistait à suivre ce genre d'émissions. Caleb était un homme qui envisageait la vie avec sérieux, qui exigeait toujours le meilleur et semblait sans cesse à l'affût des failles de ceux qui échoueraient. *Surtout quand il s'agit de son propre fils*, songea Lloyd en buvant son thé. *Surtout son fils aîné.*

39

Le cœur en mille morceaux, Helen fixait le dossier. Elle n'avait pas fermé l'œil de la nuit et avait été à cran toute la matinée, attendant que lui soit faxé le dossier de Robert qu'elle avait demandé. Maintenant qu'elle l'avait entre les mains, elle n'était pas plus avancée et ses espoirs déjà frêles se voyaient réduits en poussière.

Apparemment, à la suite d'une altercation dans le centre-ville de Northampton, Robert avait été arrêté et mis en garde à vue. Il se serait battu pour une broutille. Les blessures étaient légères heureusement, mais, à part ça, Helen n'en savait pas plus. Le reste du rapport de deux pages avait été censuré, des lignes entières étaient noircies, si bien qu'il ne restait plus que quelques détails concernant l'incident. Rien n'indiquait si une plainte avait été déposée, l'adresse de Robert n'était pas renseignée et il n'y avait aucune donnée sur son parcours. Ce rapport était plein de promesses mais, son précieux contenu étant dissimulé, il n'apportait qu'une amère frustration.

— Je sais que c'est une requête inhabituelle, mais dans les circonstances actuelles, elle est justifiée.

Helen s'adressait à Ceri Harwood avec calme et retenue.

— Mais pour quelle raison, Helen ? Dans quel but ?

Helen aurait voulu lui répondre que c'était évident, mais elle ravala sa pique.

— Ça fait presque un an maintenant qu'il a disparu de la circulation. Il n'a eu aucun contact avec ses parents, il n'a perçu aucune allocation, il n'a envoyé aucun e-mail. Rien. Je voudrais juste m'assurer qu'il va bien, savoir où il habite… Pour son bien et le mien.

— Je comprends, Helen. Je vous assure. Mais vous connaissez le règlement. Le dossier original est confidentiel.

— Pourquoi ?

— Je ne sais pas pourquoi ; ce sont les affaires de la police de Northampton, pas les nôtres. Mais quand bien même je le saurais, je ne serais pas autorisée à vous le dire. Il me semble inutile de vous le rappeler.

— Je connais le protocole des missions sous couverture, répliqua Helen qui luttait pour conserver son ton ferme. Mais je voudrais insister sur le fait qu'il s'agit d'un cas particulier. Nous parlons d'un jeune homme sans système de soutien…

— Vous n'en savez rien.

— Il n'a aucune relation dans le Northamptonshire, aucun parent vers qui se tourner…

— Il semblerait qu'il s'y soit installé depuis presque un an. Il a eu tout le temps de se faire des amis, de se créer de nouvelles racines…

— À d'autres ! cracha Helen, à bout. Il est parti d'ici dévasté, anéanti. Il venait juste de découvrir que sa mère était une meurtrière. Ses parents adoptifs ont vu leur vie mise sens dessus dessous ; il était empli de colère, de chagrin et de ressentiment... Il n'était pas dans un état d'esprit propice à « se faire des amis ».

Cette dernière phrase dégoulinait de sarcasme, ce qu'Helen regretta aussitôt en voyant l'expression d'Harwood se durcir. Celle-ci représentait son unique espoir, il ne fallait pas se la mettre à dos.

— Loin de moi l'intention de vous agresser ou de vous manquer de respect, mais vous devez comprendre mon besoin de le retrouver. C'est ma faute s'il est parti, ajouta Helen à la hâte.

— Ce n'est pas vous qui avez révélé son identité, c'est Emilia Garanita, corrigea Harwood avec calme.

— Dans le but de m'atteindre, moi. Je me sens responsable, c'est pourquoi je vous demande votre aide. Chaque jour depuis qu'il est parti, je crains le pire. Il n'a plus de raison de vivre, personne pour veiller sur lui, aucun but à atteindre. Je sais que ça va faire des histoires, que c'est contraire au règlement en vigueur, mais vous en avez le pouvoir. Alors je vous en prie, aidez-moi.

Jamais Helen ne s'était autant livrée ni ne s'était montrée aussi vulnérable devant sa supérieure. Harwood la considéra un instant puis se leva et fit le tour de son bureau. Elle passa un bras réconfortant autour des épaules d'Helen qui saisit sur-le-champ qu'elle avait perdu la bataille.

— Je comprends votre douleur et je compatis. Mais je ne peux pas mettre en péril une opération en cours par simple bonté d'âme. Je suis navrée, Helen. Ma réponse est non.

Helen quitta le bureau d'Harwood d'un pas raide. Elle avait la nette impression que sa supérieure avait pris un malin plaisir à lui opposer une fin de non-recevoir, et ce malgré la compassion feinte qu'elle lui avait servie pour apaiser ses sentiments. Helen se retrouvait avec tant de questions sans réponse. Dans quoi s'était fourré Robert ? Collaborait-il avec la police d'une manière ou d'une autre ? On s'était donné la peine de dissimuler tous les détails concernant son domicile, son emploi, ses fréquentations, ce qui laissait à penser qu'on cherchait à le protéger. Mais pour quelle raison ? Était-il un indic ? Dans ce cas, comment en était-il arrivé là ? Avait-il été témoin ou protagoniste dans une affaire ? L'esprit d'Helen tournait à plein régime en imaginant tous les scénarios possibles et imaginables, tous plus perturbants les uns que les autres.

Elle entra d'un pas énervé dans la salle des opérations et fonça droit dans Sanderson qui y faisait le pied de grue. La nouvelle que le lieutenant lui communiqua lui cassa encore plus le moral.

— L'ADN prélevé dans la camionnette de Nathan Price ne correspond pas à celui de Ruby Sprackling. Et les techniciens de scène de crime n'ont trouvé aucune trace de son ADN à lui dans l'appartement de Ruby, alors…

Avec sa délicatesse habituelle, Sanderson informait Helen qu'ils n'avaient absolument rien. Price était-il innocent ou bien très futé ? Quelle différence, maintenant ? Ils allaient devoir le laisser partir.

40

Il roulait normalement mais gardait un œil sur le rétroviseur. Il n'en était pas revenu qu'ils le laissent partir et il avait raison de se méfier. Il n'était pas encore sorti d'affaire.

Nathan Price remarqua qu'on le filait en remontant Shirley High Road ; une berline de couleur sombre le suivait à bonne distance. Pensant qu'il était peut-être juste parano, il fit un détour par Winchester Road. Ce n'était pas sa route mais il ne s'en éloignait pas trop non plus. La rue s'ouvrait devant lui et il enfonça la pédale, monta à 80 kilomètres à l'heure. Il dépassait gentiment la vitesse autorisée et s'amusa de voir la berline accélérer pour tenir le rythme.

L'instinct prit le relais et il tourna brutalement dans Dale Road, en direction de l'hôpital. Il y avait des voitures garées des deux côtés comme d'habitude mais, par chance, Nathan repéra plus haut une place libre ; il manœuvra avec adresse la camionnette pour l'y glisser. Sans endroit où s'arrêter, la voiture qui le filait passa tout doucement à côté de lui avant de s'arrêter au bout de la rue. Le véhicule garé devant celui de Nathan empêchait désormais les occupants de la berline de le voir. Il était convaincu qu'ils allaient rapidement redescendre la rue à pied mais s'il faisait vite, il avait le temps.

Il coupa le moteur et sauta à l'arrière de son fourgon, veillant à ne pas trébucher sur les détritus de chantier qui jonchaient le sol. Il entrouvrit la portière arrière, se glissa dehors et, accroupi derrière les voitures en stationnement, il longea la rue.

Arrivé au bout, il se mit à couvert derrière une Fiat verte et s'arrêta. C'était là que ça se corsait – il risquait de tout fiche en l'air s'il se précipitait. Il compta jusqu'à dix et jeta un coup d'œil vers sa camionnette. Comme il s'y attendait, un flic en civil scrutait l'intérieur à travers le pare-brise, cherchant sa cible.

— Imbécile, murmura Nathan à part lui tandis que le policier remontait la rue en courant vers son collègue.

En le voyant tourner le dos, Nathan saisit l'occasion et quitta sa cachette pour foncer à l'angle de la rue. Il pressa le pas, se mit à courir dans Winchester Road avant de couper tout à coup à gauche dans St James' Park. Il réajusta sa capuche sur sa tête et ralentit l'allure, marchant d'un pas vif et décidé.

Bientôt, il se retrouva sur Church Street, sans personne à ses basques.

En rentrant chez lui, Nathan n'avait pas le cœur à se féliciter. Il l'avait échappé belle et, à partir de maintenant, il devrait se montrer extrêmement prudent. Un faux pas, une toute petite erreur de rien du tout, et tout l'édifice s'effondrerait.

41

Le soleil se reflétait avec une telle intensité à la surface de l'eau que Ruby dut mettre une main en visière pour protéger ses yeux de la lumière éblouissante. C'était dommage, mais la vue restait de toute beauté.

Steephill Cove était une crique somptueuse et aujourd'hui, sous le vif soleil printanier, elle resplendissait. Sa famille venait sur l'île de Wight depuis qu'elle était petite et cette baie était leur endroit préféré. Ruby en connaissait les moindres recoins, des retenues d'eau entre les rochers aux pierres escarpées à escalader.

Maman, papa, Cassie et Conor, sans oublier Max leur colley écossais, tout le monde était là, à courir sur la plage, jouer au frisbee et s'éclabousser dans les vagues avant d'attaquer le pique-nique. Les Sprackling ne faisaient pas les choses à moitié et même si descendre les marches abruptes jusqu'à la plage en portant les paniers à pique-nique était éprouvant, cela valait le coup. Les enfants auraient droit à une gorgée de vin pétillant – papa s'amusait à faire sauter le bouchon dans la mer à la grande consternation de maman – pour faire descendre les tartes salées, les chips et les sandwiches, les gâteaux et les biscuits faits maison ; un festin préparé par maman la veille. Ensuite, ils se sentaient toujours gavés comme des oies, mais c'était tellement agréable.

Après s'être mise en maillot de bain, Ruby courut dans l'eau écumante qui jaillissait sur elle quand elle sautait dans les vagues. Elle plongea tête la première, nagea de toutes ses forces, ses bras fendant l'écume avec grâce, et bientôt elle se retrouva au large, sa famille n'étant plus que des silhouettes lointaines sur la plage.

Ruby retint son souffle et plongea sous l'eau. Descendant toujours plus profond, battant des pieds pour s'éloigner de la surface et gagner les abysses. C'était un jeu qu'elle avait inventé pour faire enrager sa mère. Elle nageait très loin puis disparaissait sous les vagues aussi longtemps qu'elle le pouvait. Sa mère, nageuse peu assurée qui n'aimait pas l'eau, ne manquait jamais de paniquer, arpentant la plage en l'appelant à pleins poumons. Son père, habitué à ses mauvais tours, ne réagissait pas. Son indifférence contrariait un peu Ruby, mais au moins elle pouvait compter sur maman.

Lorsqu'elle remontait enfin à la surface, elle lui faisait de grands signes joyeux en agitant le bras comme si elle n'entendait pas ses cris, et puis elle replongeait sous l'eau. Ruby continuait cette petite comédie jusqu'à ce qu'elle ait finalement pitié de sa mère. Elle rejoignait le rivage où elle pouvait être sûre qu'un câlin et une réprimande affectueuse l'attendaient.

Le souffle commença à lui manquer, ses poumons la brûlaient, lui réclamant de l'air ; elle pivota et battit des jambes pour regagner la surface. Elle n'avait pas accompli beaucoup de choses dans la vie jusque-là, mais elle avait toujours bien nagé et Ruby exultait à présent en remontant comme une flèche, fendant l'eau de son corps mince.

Jaillissant de la mer, elle retira ses lunettes de plongée et nagea sur place tout en aspirant de grandes goulées d'air. Comme prévu, elle entendit les appels plaintifs de sa mère. Souriant intérieurement, elle se prépara à replonger. Les cris se firent plus forts et, alors qu'elle était résolue à les ignorer, elle sentit tout à coup la main de sa mère sur son épaule, qui la tirait vers le rivage. Comment était-elle arrivée jusqu'ici ? Elle se trouvait à des kilomètres de...

— Summer.

Déjà son rêve commençait à se fragmenter.

— Summer.

Ce n'était pas sa mère qui la ramenait vers le rivage, c'était lui qui l'arrachait à sa douce rêverie.

Son geôlier était revenu.

42

— Et maintenant, on fait quoi ?

Comme à son habitude, Harwood alla droit au but. Helen, qui venait de l'informer que Nathan Price avait échappé à l'équipe de filature, essuyait la tempête.

— Attendons de voir, répondit Helen d'un ton égal. Sa camionnette est sous surveillance et j'ai envoyé des officiers à son domicile, sur le lieu de son chantier actuel...

— Toute cette débauche de moyens est-elle bien nécessaire ? C'est un individu méprisable, je n'en doute pas, mais il n'a pas de casier...

— Il est le seul suspect. Il a des antécédents de violence et un intérêt malsain pour les jeunes femmes. En outre, il avait accès aux appartements des deux victimes. Je pense qu'en le gardant à l'œil nous apprendrons quelque chose.

Jusque-là, Helen avait minimisé la possibilité d'un lien entre Ruby Sprackling et Pippa Briers mais avec Nathan Price dans la nature, le besoin de ressources supplémentaires l'avait contrainte à jouer franc jeu avec Harwood.

— Possible, répliqua celle-ci sans enthousiasme. Deux jours max, et je veux être tenue au courant, d'accord ?

— Bien entendu, approuva Helen sans réagir à la critique à peine voilée.

— Autre chose ?

Harwood avait clairement envie de retourner à sa paperasse et paraissait à la fois confuse et un peu agacée que le commandant Grace ne fasse pas mine de s'en aller. Helen évalua la situation – loin d'être idéale – mais se jeta à l'eau malgré tout.

— J'aimerais renvoyer une équipe de recherche à Carsholt Beach.

— Et pourquoi cela ? La plage vient juste d'être rouverte au public, les vacances scolaires approchent. Qu'aurions-nous à gagner à envoyer une équipe là-bas ?

— L'intervalle entre la disparition de Ruby et celle de Pippa m'inquiète, poursuivit Helen avec calme. Il semble y avoir un écart de trois ans entre les deux, je trouve ça louche.

— Qu'y a-t-il de louche ? répliqua Harwood.

— Les deux jeunes femmes se ressemblent physiquement, elles vivent seules et sont vulnérables, toutes les deux ont disparu sans laisser de traces. En outre, chacune d'elle a été gardée « en vie » via des textos et les réseaux sociaux. Il est donc logique de penser qu'elles sont tombées aux mains d'un même individu ; et dans ce cas, on peut alors affirmer que notre homme est organisé, déterminé et surtout motivé. Il recherche un certain type de gratification que seules ces filles peuvent lui apporter et il est clairement prêt à employer tous les moyens et à courir tous les risques afin de l'obtenir. Des adultes enlevés chez eux par un étranger : c'est un acte criminel incroyablement rare.

— Et donc ?

— Donc, il paraît improbable qu'il ait enlevé et assassiné Pippa, puis attendu trois autres années avant de recommencer. Le degré d'organisation requis pour des enlèvements de ce genre me conduit à envisager une compulsion qui va crescendo, pas en dents de scie. Toutes les études montrent que de tels prédateurs...

— Je vous remercierai de ne pas me sortir vos cours magistraux. Je sais combien vous êtes qualifiée dans ce domaine, rétorqua Harwood avec froideur.

— Je crains qu'il n'ait pris d'autres filles pour cible...

— Vous avez des preuves de ce que vous avancez ?

— Pas encore. Mais...

— Dans ce cas, laissons les choses telles qu'elles sont. Je ne veux pas alarmer le public inutilement et jusqu'à ce que nous en apprenions davantage, nous ne bougeons pas.

Helen ne prit pas la peine de répondre.

— On dirait que c'est le jour où je dis non à tout ce que vous demandez, hein ? ajouta Harwood avec désinvolture. Mais vous connaissez l'état de notre budget.

Sur ce, Helen prit congé avec autant de politesse que possible. La punissait-on pour son éclat passé ? Pour des délits antérieurs ? Quoi qu'il en soit, elle avait le mauvais pressentiment qu'une décision épouvantable venait d'être prise et que d'autres jeunes femmes allaient payer le prix de leur passivité.

43

Ils se dévisagèrent sans prononcer un mot. Ruby enrageait d'avoir été arrachée au doux cocon de son rêve et la condescendance appliquée de son ravisseur la faisait fulminer.

— Je suis désolé de t'avoir laissée seule si longtemps.

Clairement, il attendait une réponse, mais elle n'allait pas lui faire ce plaisir. De quel droit la réveillait-il ? La gardait-il ici ? C'était un pauvre taré qui ne méritait rien d'autre que son mépris.

— Summer.

Elle continua de le fixer en silence.

— Tu te sens bien ? Tu es toute pâle.

— Je vais bien, et vous ? répliqua-t-elle d'un ton cinglant – elle se délecta de voir son expression chagrinée.

— J'essaie d'être gentil, Summer.

— Allez brûler en enfer.

Elle avait voulu éructer de colère, mais sa voix trembla un peu. Elle se maudit pour sa faiblesse.

— Eh bien, vous ne dites rien ? continua-t-elle en le fusillant du regard.

Il la contempla un long moment, sans répondre. Puis, secouant légèrement la tête, il se leva et marcha jusqu'à la porte.

— Ne partez pas !

Malgré elle, Ruby se leva, l'idée de se retrouver toute seule lui devenant tout à coup insupportable.

Il s'arrêta sur le seuil et jeta un regard par-dessus son épaule.

— Tu es responsable de ce qu'il t'arrive, Summer.

Puis, sans ajouter un mot, il partit, claquant la porte derrière lui. Le premier verrou fut tourné d'un coup sec. Puis le suivant. Chaque claquement transperça Ruby en plein cœur.

— S'il vous plaît. Je ne le pensais pas. Je vous en prie, revenez.

Elle l'entendit s'éloigner. Puis le bruit sourd d'une autre porte retentit au loin.

— S'il vous plaît, gémit-elle.

Mais plus personne ne l'écoutait. Et, seule dans sa prison, Ruby comprit que c'était elle qui était en enfer. Pas lui. En sa compagnie, elle vivait dans la peur et l'incertitude ; en son absence, elle vivait dans l'isolement. Que ça lui plaise ou non, impossible de nier qu'il était son univers désormais.

44

Charlie tapotait des doigts sur la table et jetait des coups d'œil nerveux vers l'entrée. Steve passait souvent par ici sur le trajet du travail. S'il la repérait en plein conciliabule dans un café avec Helen Grace, alors qu'elle lui avait affirmé droit dans les yeux qu'elle allait retrouver sa mère, elle passerait un sale quart d'heure.

De l'avis de Steve, leur vie reprenait son cours normal après les traumatismes qu'ils avaient subis. Les bonnes décisions avaient été prises, engendrant des résultats positifs, et une longue et heureuse vie s'ouvrait devant eux désormais. Était-ce la peur – de l'accouchement, de ce qui suivrait – qui rendait Charlie si hésitante ? Ou bien devait-elle reconnaître l'évidence et admettre qu'au fond, elle ne vivait que pour son travail, et que sa vocation ne pouvait pas être mise au rebut ?

La surprise, tout autant que l'enthousiasme, avait animé Charlie quand elle avait reçu le message peu explicite d'Helen : « On peut se voir ce matin ? Vite et en toute discrétion si possible. »

Avec une facilité déconcertante, elle avait menti à Steve, enfilé son manteau et franchi la porte. Le travail de terrain lui manquait-il à un point tel qu'elle était prête à tout lâcher et à duper son mari sur un seul texto ? Tout à coup, elle ressentit une pointe de culpabilité mais, avant que ses craintes ne la submergent, elle vit Helen qui arrivait d'un pas pressé vers elle.

— Pardon, je suis en retard. À cause d'Harwood.

— Comme souvent, répliqua Charlie.

L'antipathie qu'elles partageaient pour leur patronne fit naître un sourire aux lèvres de sa chef.

— Et pardon de me montrer si secrète mais ce que je m'apprête à te demander enfreint toutes les règles et pourrait nous causer à toutes les deux de sérieux ennuis.

— Ça a l'air marrant, répondit Charlie sur un ton bravache mais déjà l'attitude d'Helen la rendait nerveuse.

— Tu peux refuser sans problème. Tu le devrais probablement. Mais je n'ai personne d'autre à qui me confier.

Charlie n'avait pas vu Helen dans cet état depuis longtemps. Il était clair que l'objet de leur petite réunion lui tenait à cœur. Mais sa chef ne lui laissa pas le temps de se perdre en spéculations : elle lui fit part de sa récente « découverte » concernant son neveu disparu ainsi que de son conflit avec Harwood qui refusait de demander le dossier original par voie officielle. Charlie comprit tout de suite où Helen voulait en venir.

— Je sais que c'est beaucoup te demander, mais je n'ai aucun contact dans la police du Northampton-shire qui serait susceptible de me filer un coup de main, personne en qui j'ai confiance en tout cas. J'ai conscience que c'est tout à fait illégal bien sûr, mais...

La voix d'Helen trembla légèrement ; Charlie vint à son secours.

— C'est bon, Helen. Je comprends ce que tu me demandes.

La plus vieille amie de Charlie à l'école de police avait récemment accepté un poste de haut rang au sein des forces de l'ordre du Northamptonshire. Le capitaine Sally Mason y était la gardienne des portes administratives ; si quelqu'un pouvait récupérer un rapport original, c'était elle. En revanche, Charlie n'avait aucune idée de la réaction qu'elle aurait à une requête aussi insensée.

— Laisse-moi y réfléchir, reprit-elle.

— Je ne t'en demande pas plus. Si j'avais une autre solution, Charlie... Mais j'ai besoin de savoir qu'il va bien.

Helen partit peu après, Charlie lui ayant promis de la tenir au courant. À la vérité, elle savait déjà qu'elle répondrait favorablement à son appel à l'aide. Parce qu'elle avait de la peine pour elle. Parce que c'était la bonne attitude compte tenu des circonstances. Et peut-être aussi un tout petit peu, parce que ce serait grisant.

45

Une heure plus tard, Helen entrait à grandes enjambées dans la salle des opérations. Elle se réjouit de constater que chacun s'affairait, l'équipe ayant enfin trouvé son rythme de croisière au creux de la tempête. Une enquête de cette envergure contraignait tout le monde à donner le meilleur de lui-même, à créer des liens et à innover ensemble. Voir naître cette cohésion procurait à Helen un doux sentiment de satisfaction.

L'équipe occupée, Helen en profita pour prendre Sanderson à part. L'emmener d'autorité dans son bureau aurait piqué la curiosité des autres, aussi préféra-t-elle la conduire avec discrétion jusqu'à la bonbonne d'eau où, à voix basse, elle lui exposa les grandes lignes de son plan. Pour la deuxième fois de la journée, Helen commettait un acte d'insubordination lourd de conséquences.

— J'ai besoin que vous creusiez un peu ; à ma seule attention, entendu ?

— Bien sûr, chef, comme vous voulez.

Au cours des deux dernières années, Helen avait petit à petit appris à faire confiance à Sanderson. Certes, elle n'était pas Charlie mais elle était ce qui s'en rapprochait le plus pour l'instant.

— J'ai la conviction que notre coupable aura enlevé – ou tenté d'enlever – d'autres filles au cours des cinq dernières années. Un individu aussi investi et motivé ne nourrit pas une obsession en dents de scie. Il sera obligé de harceler, d'enlever ou de tuer.

Sanderson hocha la tête, Helen poursuivit.

— Le commissaire principal Harwood n'est pas disposée à en convenir, d'où la discrétion qui s'impose. Vous vous y prenez comme vous voulez, quand vous pouvez, mais je voudrais que vous examiniez les rapports dans la base de données et que vous épluchiez les listes des personnes disparues à Southampton, Portsmouth, Bournemouth, à la recherche de jeunes femmes correspondant à notre profil. Limitez-vous aux célibataires, isolées et vulnérables, peut-être celles qui viennent tout juste de sortir d'une relation. Elles vivent sans doute seules, ne roulent pas sur l'or et, pour l'instant, supposons qu'elles se ressemblent physiquement : cheveux bruns, yeux bleus. Agissez avec discrétion, mais vite. J'espère me tromper mais si ce type est un prédateur en série, il faut qu'on le sache. Tous les crimes – ou tentatives de crimes – peuvent nous aider à le trouver. OK ?

Sanderson acquiesça et se dépêcha de se mettre à pied d'œuvre. Tout en la regardant s'éloigner, Helen espéra ne pas se tromper en lui accordant sa confiance ; elle se trouvait déjà en terrain miné avec Harwood.

Helen était tellement plongée dans ses pensées qu'elle ne remarqua pas le lieutenant Lucas qui approchait.

— Bonne nouvelle, chef.

Helen fit volte-face, surprise par son apparition soudaine.

— Nathan Price est en mouvement.

46

La camionnette fonçait sur la route, ses pneus faisaient gicler des gerbes d'eau sur le bitume glissant. Il pleuvait sans discontinuer depuis une bonne heure et l'orage ne semblait pas vouloir se calmer. En d'autres circonstances, Helen aurait pesté contre une telle météo, mais aujourd'hui elle s'en félicitait : la visibilité réduite favorisait une filature discrète.

Les essuie-glaces s'agitaient de gauche à droite, marquant le rythme de la nervosité qui battait dans son cœur. Nathan Price roulait depuis quarante minutes et ne paraissait pas près de s'arrêter. Où allait-il ? Il avait fait plusieurs tours de périphérique, sûrement pour semer ses poursuivants potentiels. Si c'était bien son but, il avait échoué en beauté. Les trois véhicules de police banalisés étaient toujours à ses trousses, alternant régulièrement leur position derrière lui pour éviter de se faire repérer.

La camionnette prit la direction du sud, traversa Northam et Itchen, laissant derrière elle prospérité et ambition. Nathan Price roulait au pas maintenant et Helen dut ralentir pour rester discrète. Ils se trouvaient dans Woolston. La riche banlieue d'avant-guerre n'était plus qu'une zone dépeuplée et oubliée ; elle ne s'était jamais remise du violent bombardement qu'elle

140

avait essuyé pendant la Seconde Guerre mondiale. Les maisons délabrées du quartier avaient été laissées en offrande à la moisissure et se retrouvaient aujourd'hui peuplées de squatteurs, d'immigrants illégaux et de petits délinquants. Ce n'était plus qu'un coin sale et abandonné.

Au bout d'un moment, la camionnette s'arrêta. Helen la dépassa et alla se garer au coin de la rue, à l'abri des regards. En moins de deux elle était sortie de voiture et revenait sur ses pas, à temps pour voir Price pénétrer dans une maison à quarante mètres de là.

Helen, rejointe par McAndrew, se hâta dans cette direction. Lucas et Lloyd Fortune arrivaient dans l'autre sens et elle leur fit signe d'attendre. Elle allait prendre la tête des opérations sur ce coup-là.

D'un geste de la main, elle indiqua à McAndrew de la suivre puis se faufila sur le côté de la maison, avançant courbée pour rester sous la hauteur des fenêtres. La porte de derrière battait doucement au vent. Helen hésita une seconde, l'oreille aux aguets. Des voix. Elle percevait clairement des voix. Celle de Price était forte, furieuse, mais à qui appartenait l'autre ? Avec qui discutait-il ?

Helen entrouvrit la porte et se glissa à l'intérieur. Elle traversa la cuisine à pas de loup en direction du couloir où elle put entendre l'échange qui se déroulait dans le salon avec plus de clarté. Price et une jeune fille, qui pleurait et protestait. Apparemment, elle avait fait quelque chose de mal, mais Helen ne sut pas quoi car les voix se turent.

Un claquement sourd la fit sursauter. Aux pleurs qui suivirent, elle comprit que Price avait frappé la fille. Sans plus d'hésitation, Helen poussa la porte du salon et, la matraque levée, avança dans la pièce.

Il était temps d'en finir avec cette partie de cache-cache.

47

Ruby hurla de toutes ses forces. Elle s'époumona et s'égosilla – tout pour briser le silence effroyable qui emplissait la petite pièce. Son ravisseur n'était parti que depuis quelques heures mais ça lui semblait une éternité. Que fabriquait-il ? Combien de temps allait-il la punir ? Combien de temps resterait-elle seule là en bas ?

Elle regrettait amèrement son éclat maintenant. Elle n'avait aucun pouvoir ici, aucune monnaie d'échange... Qu'est-ce qui lui avait pris de le repousser ? Allongée dans la semi-obscurité après son départ, les minutes s'égrenant péniblement, elle avait laissé les pires pensées envahir son esprit, des visions d'elle-même se transformant peu à peu en poussière dans cet endroit épouvantable. Alors elle s'était mise à crier pour se changer les idées, pour se tenir compagnie dans sa cellule solitaire.

Fatiguée de hurler, elle repartit à l'exploration de sa prison. Un espoir sans fondement plus que des attentes concrètes l'animait – elle en avait déjà inspecté les moindres recoins plusieurs fois –, mais elle avait besoin de s'occuper. La résignation passive ne pourrait la conduire qu'à la folie. Ou pire. Il fallait qu'elle réfléchisse. Qu'elle agisse. Qu'elle trouve une issue.

Grimpée sur la table, elle fit courir ses doigts le long du plafond. Elle pourrait peut-être arracher les planches en bois qui le formaient ? Elle eut beau tâtonner partout, pas une ne bougea. Elles avaient été scellées avec de la silicone ultra-puissante qui résista à ses tentatives de la gratter. Sans doute une sorte d'insonorisation qu'il aurait bricolée. Cette pensée fit tressaillir Ruby. Pourquoi avait-il besoin d'une pièce insonorisée ?

Elle sauta de la table et refit le tour des murs, mais abandonna vite pour s'intéresser à d'autres éléments. Elle ôta les cadres photo et tira en vain sur les patères en métal. Elle repoussa la cuisinière inutile et le faux lavabo du mur puis, dans un ultime accès de dépit, elle s'empara de la pendule accrochée au-dessus du lit et la jeta à l'autre bout de la pièce. C'était une horloge pour enfant toute légère, conçue pour les aider à apprendre à lire l'heure, et qui la fixait jour après jour, la narguant avec ses aiguilles à l'arrêt, bloquées sur midi et quart. Elle s'écrasa avec fracas.

Ruby respirait bruyamment et péniblement. Il ne lui restait plus qu'à s'attaquer encore une fois à la porte. De construction solide et pourvue d'un gros verrou. Inutile de rêver, jamais elle ne parviendrait à la sortir de ses gonds ni à la défoncer à coup d'épaule. Le seul moyen de l'ouvrir serait de crocheter la serrure avec un outil. Mais elle n'avait rien pour la forcer ici… Sinon, il lui fallait quelque chose de lourd et de résistant pour la casser.

Des briques. Elle était entourée de briques. Le mortier avait été refait par endroits mais le reste devait dater de plus d'un siècle… Ruby passa les mains sur la surface froide des murs, cherchant minutieusement des joints abîmés. Elle tâta et tâtonna partout, grattant le mortier de ses ongles, mais toutes étaient bien scellées.

Son ravisseur avait-il pensé à tout ? N'avait-il rien laissé au hasard ?

Ruby était fatiguée, prête à baisser les bras quand elle songea à un endroit qu'elle n'avait pas encore examiné. Elle écarta le lit du mur en le tirant et, à genoux, inspecta les briques.

Alors qu'elle se penchait en avant pour regarder de plus près les joints, elle sentit un filet d'air frais sur sa peau. Les paupières fermées, elle se délecta un instant de cette sensation. Elle avait l'impression qu'on lui caressait le visage, qu'on lui témoignait un peu de bienveillance. Cela faisait une éternité qu'elle n'en avait pas reçu.

L'air provenait d'entre les briques. Elle se mit à plat ventre et rampa au plus près du mur. Une des briques était descellée. De ses doigts meurtris et douloureux, elle gratta le mortier autour qui s'effritait et tira de toutes ses forces. À sa grande surprise, la brique vint presque toute seule.

La cavité derrière était remplie de papiers. Perplexe, Ruby les sortit puis déchanta en découvrant que le trou était à peine plus profond que la taille de la brique. Elle tenta de retirer celles autour mais elles ne bougèrent pas d'un iota et trois ongles cassés plus tard, elle abandonna.

Elle s'apprêtait à utiliser la brique descellée pour partir à l'assaut de la porte quand son regard se posa sur l'une des nombreuses feuilles de papier qui jonchaient à présent le sol à ses pieds. Dessus, il y avait le dessin, grossièrement esquissé au feutre, d'un sapin orné de boules et de guirlandes.

La curiosité piquée, Ruby s'en empara pour l'examiner. C'était une carte de Noël adressée à sa mère de la part d'une fille nommée Roisin. Elle y écrivait combien sa famille lui manquait, qu'ils ne devaient pas s'inquiéter de sa soudaine disparition et qu'elle attendait avec hâte le jour où elle pourrait leur remettre cette carte en mains propres. La dernière partie du texte était brouillée par des larmes séchées et la carte datait d'un peu plus de deux ans et demi.

Ruby la lâcha comme si elle l'avait brûlée puis elle s'effondra par terre. En une seconde, le désespoir intense de sa situation lui apparut dans toute sa puissance avec limpidité. Elle n'était pas la première à avoir été enlevée et emprisonnée ici.

Mais alors : qu'était-il arrivé aux autres ? Et où se trouvait cette « Roisin » maintenant ?

48

— Tu n'es accusée de rien, Lianne. Mais tu vas avoir des ennuis si tu ne parles pas tout de suite.

Helen était déjà d'une humeur de chien et le manque de coopération de la fille ne faisait qu'accentuer son irritation. Lorsqu'elle avait surgi dans la pièce, elle avait trouvé Nathan Price en train de brutaliser une adolescente. Une ado qui n'était pas Ruby Sprackling.

— Tu prétends que Nathan Price est un ami de la famille ?

— C'est ça.

— Et c'est une habitude pour les amis de la famille de débarquer quand tu es seule chez toi ?

Pas de réponse.

— Nous le saurons d'une manière ou d'une autre. Tes parents vont arriver. S'ils confirment que Nathan Price est bien un proche...

— Vous ne leur avez pas dit, si ? Pour lui ? la coupa Lianne, paniquée.

Son visage exprimait une inquiétude sincère à présent. Avec une légère pointe de culpabilité, Helen arrangea un peu la vérité.

— Je n'ai pas vraiment eu le choix, Lianne. Puisque tu refuses de me parler...

— Je n'ai rien fait de mal.

— Alors, raconte-moi. Je sais que tu as peur. Je sais qu'il t'a frappée.

Une belle ecchymose s'épanouissait sur la joue droite de la fille.

— Mais il ne peut rien te faire ici. Dis-moi ce qu'il se passe et je te promets qu'il ne s'approchera plus jamais de toi.

Helen tendit la main vers la jeune fille. Lianne la considéra un instant puis, les yeux baissés sur ses genoux, elle marmonna :

— Je l'ai rencontré vendredi soir.

— Où ça ?

— Au Revolution.

Sanderson jeta un regard à Helen qui l'ignora.

— Et ?

— Il m'a payé des verres, quoi. Il m'a posé des questions.

— Il s'est intéressé à toi.

— Il était sympa. Et il avait du fric. Alors on a papoté jusqu'à minuit et on est partis.

— Où, Lianne ? C'est très important que tu me dises…

— On est allés dans sa camionnette, OK ?

— Tu as couché avec lui ?

— À votre avis ?

— Quel âge as-tu, Lianne ?

— Seize ans.

— Quel âge as-tu ? répéta Helen avec plus de hargne.

— Seize ans.

— Lianne…

— OK, quatorze. J'ai quatorze ans.

La gamine se mit à pleurer. Helen lui prit la main et cette fois Lianne se laissa faire.

— Combien de temps es-tu restée avec lui ?

— Quelques heures.

— Il ne t'a pas quittée une seule fois ?

— Non.

— Et ensuite, que s'est-il passé ?

— Il m'a ramenée chez moi.

— Quelle heure était-il ?

— Un peu plus de 4 heures.

— Quatre heures passées, tu en es certaine ?

— J'ai regardé l'horloge en rentrant. J'étais contente parce que mes parents dorment comme des bûches à cette heure-là.

Après ça, Helen expédia le reste de l'interrogatoire, la jeune fille ayant accepté de faire une déposition officielle sur les événements de la soirée du vendredi. Même s'il était réconfortant de savoir que Nathan Price risquait des poursuites judiciaires – des rapports sexuels avec une mineure constituaient un délit grave et lui feraient décrocher sa place sur la liste des délinquants sexuels –, ça restait une maigre consolation pour Helen. Lianne Sumner venait de fournir un alibi à Nathan Price, le disculpant de toute implication dans la disparition de Ruby Sprackling.

Que ça leur plaise ou non, ils étaient revenus à la case départ.

49

Il tenta de se concentrer, de contraindre son esprit à revenir sur les tâches à accomplir, mais il n'arrivait pas à se calmer. Son échange désagréable avec Summer l'avait perturbé et troublé ; difficile de s'intéresser au boulot aujourd'hui. Les clients allaient et venaient comme d'habitude et il s'occupait d'eux avec le même professionnalisme que d'ordinaire, mais il était en pilotage automatique, effectuant son travail avec le minimum d'effort et de courtoisie. Il ne pouvait pas s'empêcher de penser à elle. Pourquoi une telle hostilité ? Ce n'était pas logique. Pour quelle raison se montrait-elle si... ingrate ? Ne comprenait-elle pas ce qu'il avait dû traverser ? Les risques qu'il avait courus ?

L'annonce de la découverte d'un cadavre sur la plage de Carsholt l'avait sonné. Il avait regardé à la télé plusieurs bulletins d'infos locales, acheté tous les quotidiens régionaux, en avait lu les articles d'un bout à l'autre pour connaître le moindre détail. Lorsqu'il avait vu les photos de l'équipe médico-légale au grand complet sur place, sa nervosité était montée d'un cran ; atteignant des sommets quand il avait lu la confirmation que l'héroïne locale, le commandant Grace, était en charge de l'enquête.

Depuis, il était sur les nerfs, s'attendant presque à ce qu'on vienne frapper à sa porte. Les chances que ça arrive étaient minces, certes, car il s'était montré extrêmement prudent et méticuleux dans sa tâche. Quoi qu'il en soit, ses craintes étaient la preuve du mal qu'il s'était donné, des sacrifices qu'il avait consentis, pour la servir et l'honorer.

Pourquoi lui refusait-elle l'amour dont il se languissait ? L'amour qu'il méritait ? Pour la première fois, la colère brûla en lui. Tout pourrait être parfait. C'était si parfait. Alors pourquoi persistait-elle à le renier ? Elle n'était qu'une sale petite égoïste.

Comme sa fureur s'intensifiait dangereusement, il lutta avec force pour reprendre le contrôle de ses émotions déchaînées. Elle s'était mal comportée – très mal – mais ce n'était pas le moment de perdre la foi. Il devait être patient, rien ne pressait. Elle changerait d'avis. Après tout, il avait tout son temps, pas elle. D'une manière ou d'une autre, elle apprendrait à l'aimer à nouveau.

50

Les mains de Ruby tremblaient tandis qu'elle feuilletait le tas de papiers, essayant avec épouvante de digérer les mots. Elle avait lu les cartes, les lettres, les confessions de trois femmes déjà – Roisin, une Pippa quelque chose et une autre fille qui signait simplement « I ». Trois femmes qui avaient été arrachées à leurs proches et traînées dans cet enfer sous terre.

La carte d'anniversaire de Roisin pour les deux ans de son fils avait brisé le cœur de Ruby qui avait fondu en larmes. Elle ne connaissait pas cette femme, elle ne l'avait jamais rencontrée, et pourtant, malgré la terreur noire qui l'oppressait, Ruby avait été profondément émue par la détresse de Roisin. Quelle horreur ça avait dû être pour elle d'être enfermée ici toute seule en imaginant son petit garçon qui appelait sa maman qui ne revenait pas. L'enfant croyait-il que sa mère ne l'aimait plus ? Qu'elle l'avait abandonné ? Visiblement, Roisin avait imploré pour qu'on lui fournisse un stylo et du papier, pour qu'elle puisse écrire à son fils et lui expliquer son absence prolongée. Mais ses cartes et ses lettres ne lui étaient jamais parvenues… La cruauté des agissements de son ravisseur pour garder Roisin sous son joug estomaquait Ruby.

Le témoignage de « Pippa » se présentait sous la forme d'un journal intime. Elle était moins prolixe, se contentant de noter le passage du temps, d'essayer de conserver sa raison en détaillant les différentes étapes de sa vie avec son ravisseur. Il y avait eu des disputes, des tortures et, pire encore, des rapprochements. Pippa s'était haïe pour ça, pour ce qu'elle avait été contrainte de faire ici, ce qu'elle était devenue. Et Ruby le comprenait tout à fait. Au final, elle dut reposer le journal de Pippa : il lui offrait une vision de son propre avenir, un aperçu qu'elle n'avait pas assez de courage pour contempler.

Une curiosité malsaine la poussa à s'intéresser aux écrits de « I », mais ceux-ci se révélèrent les pires de tous. Datés d'un peu plus d'un an, ils avaient été rédigés après la découverte des lettres et des cartes dissimulées de Roisin et de Pippa. Cette trouvaille avait été un coup de massue pour le moral de « I » ; elle lui avait ôté tout élan de résistance et d'espoir. Ses lettres à elle étaient un mélange d'excuses à ceux qu'elle aimait et à qui elle avait fait du tort dans sa vie d'avant couplées à de longues descriptions décousues de sa souffrance et de son incarcération ; des comptes rendus qu'on retrouverait un jour, espérait-elle.

La pire crainte de « I » était que personne ne sache ce qui lui était arrivé. Que ses parents demeurent à jamais ignorants du sort qu'avait connu leur petite fille. La dernière lettre, datée de mai, commençait sur un ton morose. « I » y déclarait avoir la conviction qu'elle allait mourir dans cette cave. Elle livrait ensuite ses dernières pensées, ses ultimes déclarations d'amour, tandis qu'approchait la fin de sa courte vie. Comble de l'atrocité, elle n'avait pas pu terminer ses adieux à sa famille : le feutre vert que toutes avaient utilisé tombant à court d'encre avant qu'elle ne puisse rédiger ses derniers mots.

Chaque lettre creusait une plaie dans le cœur de Ruby, chaque phrase sonnait le glas de la mort. Depuis son enlèvement, elle craignait de devenir l'esclave de son ravisseur. À présent, elle savait qu'elle serait sa prochaine victime.

51

Terrée dans une salle d'interrogatoire isolée, Sanderson se mit sérieusement au boulot. Pour répondre à l'exigence de discrétion de la tâche qu'Helen lui avait confiée, le lieutenant avait menti au reste de l'équipe et prétexté qu'elle rentrait chez elle à cause d'une migraine. En réalité, elle avait pris sous le bras les nombreux dossiers de personnes portées disparues qu'elle avait amassés au fil de la journée et était allée se cacher avec dans un coin perdu du poste qui attendait d'être rénové.

C'était un endroit étrange et isolé, et le trouble que cette atmosphère particulière créait chez Sanderson était encore accentué par les histoires sordides qu'elle découvrait en compulsant ces dossiers. Des familles en rupture totale, des maltraitances sur enfant, des violences conjugales ; les contextes divers et variés à l'origine de la disparition de ces jeunes gens étaient plus déprimants les uns que les autres, et, pourtant, tous les visages qui s'étalaient sur ces pages souriaient. En dépit de leur angoisse, ou à cause d'elle, tous les proches sans exception confiaient une photo de leur chère disparue sous son meilleur jour, une photo qui laissait croire au bonheur et à l'espoir. Sanderson n'était pas dupe : cette félicité familiale avait, au mieux, été de courte durée et, dans tous les cas, n'était sans doute pas représentative du sujet. Un sujet qui selon toute probabilité avait fugué, s'était suicidé ou avait été assassiné. Pourtant, malgré son cynisme aguerri, Sanderson trouvait ces photos émouvantes. Les visages souriants et optimistes étaient la preuve que les disparues avaient été heureuses, qu'à un instant T, elles avaient connu la joie et se tournaient vers l'avenir, avant que leur vie ne s'écroule autour d'elles.

À chaque dossier, le moral de Sanderson s'assombrissait un peu plus. Pas juste à cause des vies sordides de ces jeunes femmes – même si certains éléments étaient profondément dérangeants – mais aussi en raison de l'impressionnante quantité de ces affaires. Loin d'être naïve, Sanderson connaissait les statistiques concernant les fugueuses ; elle savait qu'elles étaient nombreuses à finir sur le trottoir, ou pire, afin d'échapper à une vie familiale difficile. Mais les statistiques n'étaient que des chiffres, qui ne représentaient rien de concret tant qu'on ne s'intéressait pas à chaque cas individuel, que l'on n'était pas confronté aux minuscules détails d'innombrables jeunes vies parties en vrille. Elle n'avait épluché les listes de personnes disparues que pour les villes de Southampton, Portsmouth et Bournemouth, ainsi qu'Helen le lui avait ordonné, mais cela avait suffi à l'occuper toute la journée.

Elle en arrivait aux derniers dossiers. Pour l'instant, six personnes retenaient son attention. Cheryl Heath et Teri Stevens avaient la bonne couleur de cheveux et d'yeux mais elles étaient des fugueuses patentées qui refaisaient surface quand l'argent venait à manquer. Ainsi, malgré quelques doutes persistants, Sanderson décida de les écarter pour le moment.

Il lui restait donc Anna Styles, Roisin Murphy, Debby Meeks et Isobel Lansley.

La ressemblance physique que ces quatre filles partageaient avec Pippa Briers était indéniable : une longue chevelure noir corbeau lisse, des yeux bleus perçants et une expression énigmatique. Toutes dégageaient un petit quelque chose qui attirait l'attention, invitait les autres à mieux les connaître. Elles avaient des styles différents, à l'évidence, certaines étant du genre petite frappe, d'autres plus collet monté ou professionnel, mais toutes exhalaient la même énergie. Si Helen avait raison – si le ravisseur de Pippa était un criminel en série qui suivait un mode opératoire –, alors Sanderson ne doutait pas une seconde qu'il serait attiré comme un aimant par ces femmes vulnérables, la plupart issues de foyers difficiles.

Alors même qu'elle se faisait ces réflexions, Sanderson se rendit compte qu'elle tiquait à ses propres euphémismes. Criminel en série était une expression vague qui recouvrait une multitude de délits et qu'on utilisait en général pour temporiser l'inquiétude et adoucir la réalité de la situation. Mais à quoi bon édulcorer ? Si l'intuition d'Helen se vérifiait, et Sanderson en était de plus en plus convaincue, alors ils ne pourchassaient pas un simple délinquant. Ils traquaient un tueur en série.

52

Ruby balança la brique de toutes ses forces. Elle la ramassa et l'abattit une nouvelle fois. Elle était en plein délire et imprimait le rythme de sa terreur sur la porte qui la maintenait prisonnière.

Les lettres étaient éparpillées par terre, là où elle les avait laissées. Pendant presque une heure après les avoir lues, elle avait été incapable de bouger, les pensées les plus sombres tournoyant dans sa tête. Les boucles d'oreilles que son ravisseur la forçait à porter n'étaient pas neuves. Elles étaient ternies et abîmées par endroits. Qu'avaient-elles de si spécial ? Avaient-elles appartenu à l'une des autres filles ? À cette Summer ?

Chaque minute qui passait voyait l'angoisse de Ruby s'intensifier. Elle avait aspiré avec force dans son inhalateur, mais sans grand résultat. Alors, faisant fi de toute prudence, elle s'était lancée à corps perdu à l'assaut de la porte métallique.

Ses coups pleuvaient sur la serrure, laissant tout juste quelques égratignures, rien de significatif. Ruby leva une nouvelle fois le bras et redoubla d'efforts, abattant son arme de fortune avec une force brute et soudaine. Elle entendit un craquement et, l'espace d'une brève seconde d'exaltation, elle crut avoir réussi.

Puis elle baissa les yeux et vit qu'elle ne tenait plus qu'une moitié de brique dans la main. L'autre reposait par terre, brisée et inutile.

Ruby lâcha le reste et se laissa glisser au sol, le long de la porte froide, la tête appuyée contre le métal. Impossible de sortir d'ici. Elle était vaincue, enfermée pour le meilleur ou pour le pire dans cette mascarade absurde avec cet homme qui enlevait des femmes, les emprisonnait et puis quoi ensuite ? Qu'avait-il fait à ces filles ? S'il les avait laissées partir, elle en aurait sûrement entendu parler aux infos, non ? Alors quoi… ?

Devait-elle lui poser carrément la question ? Lui demander ce qu'il s'était passé ? Y gagnerait-elle quelque chose à l'interroger de but en blanc ? Sans doute pas, mais alors même qu'elle rejetait cette idée, une autre se forma. Elle la repoussa aussitôt, trop effrayée qu'elle ne soit vaine, mais l'idée revint en force dans son esprit, exigeant d'être entendue. Le simple fait de l'envisager lui donnait envie de vomir mais quel autre choix avait-elle ? Il fallait qu'elle trouve le moyen de rallier son ravisseur à sa cause, si elle voulait avoir la moindre chance d'échapper à une mort certaine.

Elle se releva, ramassa les lettres et les rangea dans leur cachette. Elle enfonça les deux moitiés de brique dans le trou pour les dissimuler puis repoussa le lit contre le mur, redonnant à la pièce son aspect normal.

Elle balaya la poussière de brique au sol, cracha sur les entailles sur la serrure et les frotta avec sa manche. Ce n'était que légèrement éraflé et si elle parvenait à ôter les grains rouge orangé, peut-être qu'il ne remarquerait rien à son retour.

Bientôt, la pièce retrouva un semblant de calme ; même la pendule avait repris avec fierté sa place au-dessus du lit. Il n'y avait plus qu'une chose à faire. Ruby se précipita vers la chaise où étaient posés ses vêtements et se changea en vitesse, ne marquant un temps d'arrêt qu'à la fin, au moment d'enfiler les boucles d'oreilles abîmées. Elle les détestait plus que tout au monde, mais la faiblesse n'avait pas sa place ici. Aussi, ravalant son dégoût, Ruby ferma les yeux et glissa les anneaux répugnants à ses oreilles. Puis elle s'assit sur le lit le cœur lourd et poussa un long soupir. Le pire était fait.

Maintenant, il ne lui restait plus qu'à attendre.

53

— Tu es devenue folle ?

La question était justifiée et Charlie l'avait vue venir. Après deux heures de bavardages anodins et de plongée dans les souvenirs, elle avait enfin trouvé le courage de demander à sa plus vieille amie de lui rendre un service qui pourrait lui coûter sa carrière. Comme il fallait s'y attendre, la réponse du capitaine Sally Mason était chargée de stupeur et de colère.

— Je ne suis en poste là-bas que depuis six mois et c'est un super-boulot ! J'en reviens pas que tu me demandes un truc pareil !

Un instant, les mots échappèrent à Charlie. Elle savait que Sally adorait son travail, mais la violence de sa réaction la surprit malgré tout. Elles avaient suivi leur formation à l'école de police ensemble, y survivant en grande partie grâce à leur sens de l'humour commun et à leurs petites entorses au règlement. Elles étaient taillées pour le terrain plus que pour remplir des formulaircs, et heureuses d'enfreindre les règles au besoin. Mais depuis, Sally était devenue une adulte responsable, une carriériste avec un grade, un poste et une retraite respectables. Sally avait raison : il serait insensé de risquer de tout perdre.

— Je sais, et je me sens très mal de te demander ça, mais je n'ai pas d'autres moyens...

— Tu cherches vraiment à planter ta carrière et la mienne d'un seul coup ? Qu'est-ce que tu as fait, bon sang ? Pourquoi prendre un tel risque ?

— Ce n'est pas pour moi... poursuivit Charlie qui hésitait à en dévoiler plus.

Sally la dévisagea. À présent, elle paraissait plus intriguée que furieuse.

— Pour qui, alors ?

— Helen Grace.

— *La* Helen Grace ?

— Oui.

— Mais tu es en congé mat. Et elle peut passer par les voies habituelles, non ?

— Elle est coincée. Ça concerne son neveu, Robert Stonehill.

Sally garda le silence. Le nom était familier à la plupart des flics, même si c'était via les journaux et les bruits de couloirs.

— Son nom apparaît dans un rapport d'incident – une bagarre dans le centre-ville de Northampton –, mais l'original a été lourdement censuré. Personne ne veut l'aider, tout le monde espère juste qu'elle l'oublie, mais il est sa chair et son sang, la seule famille qui lui reste. Je sais que c'est beaucoup demander, trop même, mais j'espère que tu comprendras que je n'ai pas le choix. En dépit de tout, elle est... C'est le meilleur flic avec qui j'aie jamais travaillé et une des meilleures personnes que je connaisse.

Sally considéra Charlie de longues secondes, puis finit par déclarer :

— Si je fais ça pour toi, ce sera à une condition. Ce n'est pas moi qui te l'ai filé ; même sous la torture, tu ne diras pas que ça vient de moi.

— Bien sûr. Plutôt démissionner que de te causer des ennuis.

— Et si ça porte ses fruits, continua Sally, tu veilleras à ce qu'Helen Grace me renvoie l'ascenseur.

Ceci expliquait donc cela. La réputation d'Helen était telle que les officiers faisaient la queue pour intégrer la brigade criminelle du Hampshire, les candidats étant plus nombreux que le commissariat ne pouvait en accueillir. Toutefois, les excellents agents de soutien logistique, eux, valaient de l'or et si Sally avait envie de travailler aux côtés d'Helen pour que rejaillisse sur elle un peu de sa gloire, Charlie ne doutait pas que cela pouvait être arrangé.

Les deux femmes se séparèrent peu après, non sans s'être mises d'accord pour se retrouver une heure plus tard au McDonald's situé en face du commissariat afin de procéder à la remise du document. En regardant Sally partir, Charlie se sentit tout à coup surexcitée. Contre toute attente, elle avait réussi. Elle avait rempli sa mission. Mais à quel prix ? Que risquaient-elles, Sally et elle ?

Et surtout, que risquait Helen ?

54

— Allez, dites-moi comment elle est. Je meurs d'envie de connaître les détails.

Pour la énième fois, le cœur de Ceri Harwood se serra. Coincée dans un autre de ces dîners interminables, elle avait fait de son mieux pour tenir son rôle d'hôtesse : elle avait régalé ses invités d'anecdotes sur les criminels hauts en couleur qu'elle avait pincés et sur les situations impossibles et surprenantes dont elle s'était sortie, elle les avait amusés en les menaçant d'une fouille au corps à la recherche de substances illicites. Du grand cinéma – alors qu'elle était épuisée et n'en avait rien à faire –, mais elle jouait la comédie avec brio. Il était primordial pour la société de son mari que les conseillers municipaux et les chefs d'entreprise aient une bonne opinion de lui et elle était ravie de remplir son rôle, sauf que chaque fois, ça se terminait de la même façon. Les gens ne s'intéressaient pas à elle mais à quelqu'un de plus fascinant, et ce quelqu'un était invariablement Helen Grace.

Pour l'heure, la femme qui la questionnait était une blonde séduisante, d'agréable compagnie. Divorcée, elle dirigeait une agence de pub locale et était très à l'aise financièrement. Bien fait pour son ex-mari infidèle. Ceri avait apprécié leur discussion mais, tandis qu'elles abordaient son travail dans la police, elle sentit la conversation virer inexorablement vers sa bête noire.

— C'est un bon flic, concéda Ceri en toute bonne foi. Même si ses méthodes ne sont pas toujours très conventionnelles et qu'elle a tendance à monopoliser l'attention. Quand on atteint un certain degré de notoriété, je crains qu'une part de soi-même ne recherche sans cesse à être le centre du monde. Elle est d'une efficacité redoutable, c'est certain, mais il lui arrive d'oublier que le travail de la police est un travail d'équipe.

Son invitée, Lucy, semblait porter peu d'intérêt à l'ego d'Helen ou à ses écarts de conduite professionnelle. Ce qu'elle voulait, c'était un compte rendu par le menu des événements survenus lors de la fusillade fatale qui avait entraîné la mort de Marianne Baines. Avait-elle vraiment tiré sur sa propre sœur ? Et qu'en était-il d'Ella Matthews ? Helen l'avait-elle tuée elle aussi ? Et d'où ce commandant de police tirait-elle son flair pour les affaires de ce genre ?

Les questions fusèrent. Son invitée paraissait presque éperdue d'amour pour le commandant Grace, songea Ceri peu charitable. Elle était sur le point de briser ses illusions – elle aimait faire croire que ces éléments étaient confidentiels même s'ils avaient été étalés dans tous les journaux – quand elle croisa le regard de Tim. Il la dévisageait d'un œil attentif. Connaissait-il le sujet de leur conversation ? Quoi qu'il en soit, il lui donnait le feu vert, l'invitant tacitement à offrir à Lucy ce qu'elle réclamait.

Ainsi, après une autre gorgée de cabernet franc, Ceri détailla scrupuleusement l'héroïsme d'Helen. Ce déballage lui restait en travers de la gorge mais elle n'avait pas d'autre choix que de faire bonne figure. *Encore une soirée de foutue en l'air*, se dit-elle en son for intérieur.

Encore une soirée à se morfondre dans l'ombre d'Helen Grace.

55

Helen claqua la porte d'entrée derrière elle et se précipita dans le salon. Elle ne prit même pas la peine d'allumer, tout ce qu'elle voulait c'était ouvrir le dossier que lui avait remis Charlie pour en lire les moindres détails.

À sa grande frustration, le dossier non censuré restait concis. Il faisait état d'une altercation à l'extérieur du pub Filcher and Firkin, dans le centre de Northampton, entre Robert et un voyou local répondant au nom de Jason Reeves. Sous l'effet de l'alcool, leur simple dispute au sujet d'une fille avait tourné à l'échauffourée. L'utilisation d'une bouteille cassée élevait la bagarre au rang de délit majeur, mais les blessures restaient sans gravité.

L'agent de police qui avait procédé à l'arrestation avait flairé la bonne prise : agression aggravée avec une arme mortelle. Cependant, vingt-quatre heures après que Jason Reeves avait fait sa déposition, dans un langage des plus colorés, il avait brusquement retiré sa plainte. Aucune attestation concernant sa rétractation n'était enregistrée ; on ne trouvait qu'une courte phrase à la fin du rapport. Plainte retirée en raison d'une méprise d'identité.

Helen relut le dossier de bout en bout. Il était clair qu'on avait contraint Reeves à changer son histoire, car dans sa déposition initiale il était catégorique sur l'implication de Robert. Et puisque son neveu n'avait pas vraiment d'amis à Northampton et qu'il n'avait pas eu le temps de peaufiner son réseau au sein des organisations criminelles locales, Helen ne pouvait en conclure qu'une chose : c'était la police qui avait fait pression sur Reeves.

Dans quoi Robert était-il impliqué pour pouvoir compter sur un tel soutien ? Seule explication possible : il jouait les indics. Cette idée fit tressaillir Helen ; les choses se terminaient rarement bien pour les informateurs, même quand ils étaient très prudents.

Noyé au milieu de cette masse de mystère et d'incertitude, Helen repéra tout de même un indice : le nom de l'officier qui avait signé l'acte d'accusation qui disculpait Robert. Son grade était curieux – trop expérimenté pour être un simple agent ou un flic de proximité – ainsi que son patronyme. Le commandant Tom Marsh. Ce nom lui disait-il quelque chose ? Helen devait-elle l'approcher directement ou employer la ruse ? Ignorant à quel genre d'individu elle avait affaire, elle ne savait pas sur quel pied danser.

Elle réfléchissait encore à sa prochaine manœuvre quand son téléphone sonna. Cette journée décidément pleine de surprises lui en réservait encore une. C'était Daniel Briers qui l'appelait.

56

Il avait pris le bus 76 à destination d'Otterbourne, attendu d'être presque au terminus pour allumer le téléphone de Ruby et envoyer les tweets et textos de rigueur. D'habitude, cette petite comédie l'amusait, mais aujourd'hui elle l'inquiétait. Avait-il posté un message depuis le portable de Pippa *après* la découverte de son corps ? Si oui, la police avait-elle fait le rapprochement ?

Tant de questions sans réponses… Cette ignorance était une véritable torture. Épuisé par les événements de la journée, il ne tirait aucune satisfaction de cette danse macabre ; il voulait juste rentrer chez lui. Il descendit à l'avant-dernier arrêt de la ligne puis traversa la rue pour prendre le 38 et revenir en ville.

De retour dans la vieille demeure, il s'effondra sur le canapé, soulevant un nuage de poussière. Toute la maison était sens dessus dessous : partout, du bricolage à moitié réalisé, des taches de moisissures qui s'épanouissaient, et des cartons à pizzas éparpillés que les rats venaient grignoter la nuit. En dépit de ses espérances, rentrer chez lui ne lui remonta pas le moral et il éprouvait un curieux sentiment d'abattement. Summer se montrerait-elle encore récalcitrante et hostile, comme tout à l'heure ? Il n'était pas persuadé de pouvoir encaisser un nouveau bras de fer. Remettant à plus tard leurs retrouvailles, il s'empara d'un sac-poubelle dans la cuisine et entreprit d'y fourrer des détritus, bien résolu à reprendre en main cette maison qui s'effondrait autour de lui.

Bientôt, il se retrouva couvert de poussière, assoiffé et encore plus fatigué qu'à son arrivée. Son corps et son esprit le pressaient d'aller se coucher, de se reposer un peu. Mais il continuait de lutter. Elle était en bas, sous ce plancher, à l'attendre. Il avait beau essayer de toutes ses forces, il ne pouvait résister à son attraction. Elle était sa drogue. La seule chose dont il ne pouvait pas se passer.

Il s'arrêta et se contempla dans le miroir. Son visage jeune et plaisant auparavant lui apparaissait aujourd'hui soucieux et fatigué. Logique qu'elle se débatte et se refuse à lui… N'empêche, quel besoin avait-elle de se montrer aussi cruelle ? Si elle continuait sur cette lancée, il serait contraint de sévir. Il lui retirerait son inhalateur. S'il fallait qu'elle soit brisée, très bien…

Sans s'en rendre compte, il était déjà arrivé à mi-chemin de sa cellule, ses pas le guidant malgré lui. Il avait l'impression d'être dans un rêve, incapable de contrôler ses gestes ou les événements. Il se força à reprendre pied dans la réalité et fit coulisser le panneau de la porte. Pour une fois, elle n'était pas allongée sur le lit, en proie au découragement. Difficile de distinguer les détails dans la pénombre, mais elle semblait être assise, à attendre quelque chose.

Il referma le panneau, alluma le plafonnier et se glissa à l'intérieur. À sa grande surprise, il découvrit Summer, exactement comme il l'avait toujours imaginée, installée sur le lit dans sa petite jupe et son haut moulant, les anneaux à ses oreilles, un joli sourire aux lèvres.

C'est un rêve, songea-t-il. Mais un beau rêve, enfin.

57

Elle détestait le mensonge mais parfois il n'y avait pas d'autre choix. C'était en tout cas ce que se répétait le lieutenant Sanderson en composant le numéro de Sinead Murphy. Elle avait déjà trompé ses collègues au sujet de ses occupations, voilà qu'elle s'apprêtait à mentir à un civil sans méfiance.

— Cela concerne votre fille, Roisin.

La voix à l'autre bout du fil, encore chaleureuse et accueillante quelques secondes plus tôt à peine, se fit tout à coup silencieuse.

— Il n'y a aucune raison de s'alarmer. Il ne s'agit que d'un appel de routine pour le suivi de l'enquête, enchaîna Sanderson qui voulait mettre à l'aise la mère de Roisin. D'après nos dossiers, vous avez signalé la disparition de votre fille il y a bientôt trois ans. C'est exact ?

— Oui. Pour ce que ça m'a apporté…

— J'en déduis que vous ne l'avez pas revue depuis ?

— Non.

La réponse était brève et sobre.

Sanderson parcourut les informations renseignées dans la déclaration – profession, situation familiale, description physique, antécédents – avant de poser la seule question qui lui importait.

— Avez-vous eu le moindre contact avec Roisin depuis sa disparition ? Quoi que ce soit ?

Un long silence lui répondit puis :

— J'imagine qu'on peut parler de contact.

— Comment ça ?

— Elle envoie un texto de temps en temps. Ou elle poste sur Twitter. Mais elle ne répond jamais à mes messages.

— Vous avez essayé de l'appeler ?

— À votre avis ? fusa la réponse cinglante.

— Et ?

— Je tombe toujours sur la messagerie.

— À quand remonte la dernière fois où elle a tweeté ?

— Qu'est-ce que vous voulez savoir, en fait ? Pourquoi vous me posez toutes ces questions ?

Sanderson se tut. Que répondre à ça ?

— Nous essayons juste de faire avancer l'enquête sur la disparition de Roisin. En toute franchise, trop peu a été fait jusqu'à présent et ses communications sont notre meilleure chance de découvrir où elle se trouve.

Nouveau long silence, puis :

— En fait, elle a tweeté tout à l'heure.

— Que disait-elle ?

— Rien de bien intéressant. Elle se plaignait de passer une mauvaise journée.

— Vous rappelez-vous l'heure exacte ?

— Attendez, répondit Sinead.

Et Sanderson l'entendit chercher dans son sac pour prendre son portable.

Allez, allez, implora mentalement le lieutenant en jetant des regards nerveux sur la feuille posée devant elle qui répertoriait les horaires.

— Ah, voilà, reprit Sinead. Elle a tweeté à… 18 h 14 aujourd'hui.

— Et son dernier message avant celui-ci ?

— Hier. À 10 heures et quelques.

Sanderson interrogea Sinead sur les dates et heures d'autres messages puis raccrocha, non sans promettre de revenir vers elle au plus vite. Elle avait le mauvais pressentiment qu'elle honorerait sa promesse et qu'elle ne serait pas porteuse de bonnes nouvelles. Les heures auxquelles les cinq derniers tweets de Roisin avaient été postés correspondaient à celles des derniers messages venant de Ruby Sprackling.

Helen Grace avait vu juste depuis le début.

58

— Vous avez passé une bonne journée ?

Les mots lui paraissaient incongrus, pourtant elle se força à les prononcer, veillant à conserver tout du long son large sourire.

— Oui, merci.

— Vous étiez au travail ? Est-ce que vous travaillez ?

— Tu sais bien que oui, Summer.

Sa réponse condescendante l'ébranla un instant mais elle n'allait pas se laisser démonter. Pas aujourd'hui.

— Qu'est-ce que vous faites comme métier ?

Il la considéra et sourit.

— Tu es jolie, ce soir, finit-il par dire.

— Merci... J'ai eu envie de faire un effort.

— Ça se voit.

Ruby hésita, baissa les yeux puis les releva vers lui avant de poursuivre :

— Je voulais aussi vous dire que j'étais désolée. De ne pas avoir été gentille. Ce n'était pas mon intention.

Il la dévisagea, comme s'il hésitait à la croire.

— Je veux que nous soyons amis, insista-t-elle.

Il ne répondit pas. Ne sourit pas, ne la réprimanda pas. Rien. Aucune réaction.

— Je me sens seule ici, alors si nous pouvions passer plus de temps ensemble…

— C'est tout ce que je désire, Summer. Tout ce que j'ai toujours souhaité.

La ferveur qui perçait dans sa voix la prit de court. Elle voulut parler mais à nouveau la peur la paralysait, la rendant muette.

— On repart tous les deux de zéro, alors, continua-t-il. Si on passait la soirée ensemble ? Je nous préparerais à dîner.

Il plongea son regard dans le sien. Dans les yeux de l'homme, brûlait une lueur vive que Ruby n'avait jamais vue encore.

— Ce sera comme au bon vieux temps.

59

Helen n'avait aucune idée de ce qu'elle faisait là. Toujours est-il qu'elle se retrouvait installée dans le restaurant panoramique du Great Southern en compagnie de Daniel Briers.

— J'ai un peu honte, déclara-t-il en lui reservant du café. Je n'ai aucune information à vous communiquer et je suis certain que vous m'auriez contacté s'il y avait eu du nouveau dans l'enquête. Je crois que je voulais juste être avec quelqu'un qui sait ce que je traverse.

— Pas de souci. Je ne faisais rien d'important, mentit-elle.

— J'espère ne pas vous avoir enlevée à votre famille ?

— Non, non, ne vous inquiétez pas, répondit Helen en évitant avec talent la véritable question.

— On devient un peu fou à force de rester enfermé dans une chambre toute la journée. J'ai essayé de sortir mais je ne connais pas le coin et… pour être tout à fait honnête, je n'ai pas très envie de découvrir cette ville. Je me sens mieux ici.

— Je comprends. C'est difficile. Et si vous ressentez le besoin de rentrer chez vous, je ne vous en tiendrai pas rigueur. Il existe de nombreuses façons de montrer votre amour et votre dévouement à Pippa.

Il la considéra quelques instants avant de répondre.

— Je préfère rester.

Helen hocha la tête et durant de longues secondes aucun des deux ne parla. Daniel contemplait Southampton qui s'étalait en contrebas pendant qu'Helen étudiait les autres clients du restaurant. Elle croisa le regard d'une femme d'une quarantaine d'années qui la dévisageait. Celle-ci était clairement en train de s'interroger sur leur compte : sans doute essayait-elle de deviner s'ils étaient ensemble. S'ils étaient mariés. Ou amis. À ces réflexions, Helen se sentit ridicule.

Quand elle reporta son attention sur lui, elle fut surprise de trouver Daniel en train de lui sourire.

— Si cela vous met mal à l'aise d'être ici, dites-le-moi. Je ne cherche pas à vous compliquer la vie, Helen.

— Je veux vous aider, répondit-elle.

Et c'était la vérité. Daniel venait de lui offrir une porte de sortie, mais elle n'avait aucune envie de l'abandonner ici ; lui, l'homme en deuil, seul dans une ville inconnue.

— Je sais ce que vous traversez, poursuivit-elle. Lorsqu'on perd un proche... On se sent comme submergé, non ? On a du mal à voir plus loin.

Daniel acquiesça.

— Je n'arrête pas de penser à elle. Elle est plus vivante dans mon esprit qu'elle ne l'a jamais été.

Helen sourit. Elle tendit la main et prit la sienne.

— Et c'est normal. Ce n'est ni bizarre ni morbide. C'est naturel. Vous l'aimiez. Vous l'aimez encore. Rien de ce qu'il s'est passé ne peut changer ça.

— Merci, Helen. Je croyais que je devenais fou mais...

— Ça n'a rien de fou et vous devez penser à elle. Vous devez toujours penser à elle.

Daniel la remercia d'un hochement de tête, réussissant tout juste à garder le contrôle de ses émotions.

— Enfant, Pippa était si turbulente. On dit que les garçons sont les plus chahuteurs mais, chez nous, ce n'était pas le cas. Elle avait une très bonne copine – Edith – et ensemble elles mettaient tout sens dessus dessous. Elles se déguisaient en pirates, en soldats, et elles inventaient toute sorte de jeux élaborés dans le salon. Les canapés se transformaient en cachettes, les cordes à sauter devenaient des lassos, les tubes en carton des lance-fusées. Elles pouvaient jouer pendant des heures comme ça.

Tandis que Daniel se perdait dans ses souvenirs des exploits enfantins de Pippa, Helen se remémora sa propre enfance. Au milieu de l'horreur, des maltraitances et des humiliations, elle avait connu des moments heureux, certes peu nombreux mais bien réels. Les vacances sur l'île de Sheppey, les vols à l'étalage avec sa mère et sa sœur, les fous rires au cidre avec Marianne et leur ami Sam. Quelques fines tranches de bonheur.

Le seul individu à jamais absent de ces réminiscences était son père. Elle s'efforça de repenser à un moment où il se serait montré bon ou affectueux mais aucun ne lui vint à l'esprit. Tout ce qu'il avait jamais donné à ses enfants, c'étaient des bleus et des fractures. Pour lui, les gosses étaient d'abord une source d'irritation et un gouffre financier avant de devenir un bien qu'il refilait à ses copains pédophiles. Il avait peut-être souffert dans son enfance, subi des abus. De mauvaises expériences et des démons tenaces l'avaient peut-être poussé à agir comme il l'avait fait, mais Helen avait toujours évité de s'aventurer sur ce terrain de réflexion. Elle refusait de considérer l'idée que sa brutalité se justifiait ou pouvait être pardonnée.

Il n'avait absolument rien à voir avec l'homme respectable et meurtri assis en face d'elle à cet instant. Voilà pourquoi elle se retrouvait ici au milieu de la nuit, à boire un café avec un homme qu'elle connaissait à peine. L'amour sincère qu'il éprouvait pour sa fille, ses inquiétudes réelles pour son bien-être l'émouvaient tout particulièrement. Et malgré les reproches qu'elle s'infligeait de ne pas confier Daniel à un agent de liaison avec les familles plus expérimenté qu'elle dans ce domaine, elle n'en ressentait aucune culpabilité. Elle appréciait le flot de ses souvenirs paternels, empreints d'une innocence et d'une chaleur qu'elle trouvait irrésistibles. Ni l'un ni l'autre ne semblait disposé à mettre fin à la soirée. Et aucun des deux ne parut non plus remarquer que, plusieurs minutes plus tard, ils se tenaient encore la main.

60

Il tendit la main et prit la sienne, enroulant ses doigts autour des siens.

— C'est agréable, non ?

Ruby lui répondit d'un sourire, prenant une autre bouchée de pâtes. Elle ne savait pas à quoi elle s'était attendue, mais en tout cas la nourriture était excellente : des pâtes à la carbonara, riches, crémeuses et réconfortantes. Elle nettoya son assiette, puis vida le gobelet en plastique dans lequel il lui avait servi du vin. Malgré l'absurdité de la situation, l'alcool coulait avec délice dans sa gorge, envoyant une décharge fulgurante de joie intense dans tout son corps.

— Du dessert ?

Ruby acquiesça et, en moins d'une minute, elle avait englouti une part de gâteau. Recluse dans sa prison souterraine, elle ne songeait qu'à la faim qui la tenaillait.

— Je voulais vous demander quelque chose, annonça-t-elle tout à coup. Je... Je m'ennuie ici quand vous n'êtes pas là, alors je me disais que vous pourriez m'apporter des livres.

Il la considéra une seconde avant de répondre :

— Quel genre de livres ?

— N'importe.

— Tu n'es pas difficile.

— Je veux juste de la lecture.

Nouvelle pause.

— Donne-moi des titres et je verrai ce que je peux faire.

Ruby se creusa la cervelle, cita quelques-uns de ses livres préférés qui l'aideraient à se sentir un peu moins seule. Des ouvrages que son père aimait, des romans dont Cassie était fan. Ici, ils deviendraient sa famille. Au bout d'un moment, elle fut à court d'idées. Son ravisseur étouffa un bâillement, l'épuisement ayant enfin raison de lui.

— Merci, Summer. Je me suis amusé ce soir.

— Moi aussi, répondit Ruby.

Ce qui était vrai, pour une infime partie en tout cas.

— Et si tu es gentille avec moi, on verra pour ces livres.

Il fit un pas en avant. Son instinct primal poussa Ruby à reculer, mais elle se força à tenir bon. Il avança encore, passa ses bras autour d'elle et la serra contre lui. Elle se laissa faire malgré ses hurlements de rage intérieurs. Puis elle sentit ses lèvres qui approchaient de son oreille.

— Tout vient à point à qui sait attendre, murmura-t-il.

Sans prévenir, les yeux de Ruby se remplirent de larmes. À travers le tissu de leurs vêtements, elle sentit son érection pressée contre elle. Elle voulait s'écarter, s'enfuir, être loin, très loin, de lui. Comme il se dégageait, elle s'essuya les yeux d'un geste rapide ; pas question de craquer maintenant et risquer de tout fiche en l'air.

— Bonne nuit, dit-il en se dirigeant vers la porte. Et merci.

Tandis qu'il s'en allait, Ruby resta clouée sur place. Attendant d'être certaine qu'il était bien parti, elle demeura ainsi encore cinq longues minutes, un sourire forcé collé aux lèvres, la soumission feinte, alors qu'intérieurement elle tremblait comme une feuille.

61

Il fonça droit dans sa chambre, verrouilla la porte et s'allongea sur le lit. Il défit sa braguette et glissa la main dans son pantalon. Le contact de peau à peau le fit frémir.

Il savait qu'il devrait résister mais impossible de lutter ce soir. Il était rentré à la maison déprimé, déchiré par les doutes et les peurs, et la soirée l'avait totalement pris au dépourvu. Il s'était préparé à faire face à une attitude méprisante, blessante et acrimonieuse, et il avait en fait été accueilli par la gentillesse et la conciliation.

Était-il fou de croire que Summer recommençait à l'aimer ? Les choses étaient pénibles et crispantes, et soudain, elle semblait avoir franchi un cap. Elle *voulait* être avec lui et prenait plaisir à sa compagnie. Et ce soir, il avait réagi, d'une manière qui l'avait tout autant surpris que stimulé. Il s'était senti si excité auprès d'elle que presque tout son être lui avait crié de la mettre au lit sur-le-champ.

D'ordinaire, il parvenait à maîtriser ses pulsions. Mais pas ce soir. Il jouit vite et avec violence. Plus tard, étendu sur le lit, il se sentit heureux mais étrangement insatisfait. Il ne s'était plus autorisé à se soulager dans le fantasme depuis bien longtemps ; sa dernière déception l'avait échaudé. Mais ses besoins n'étaient malgré tout pas comblés ce soir. Face au retour probable de Summer, il voyait s'intensifier son désir d'être avec elle. Il ne la bousculerait pas, non, il avait déjà commis cette erreur. Mais les sentiments qui renaissaient dans son cœur et dans son corps lui donnaient des ailes. Les jours sombres touchaient à leur fin, son salut était à portée de main et tout se mettait en place pour qu'il puisse passer à l'action.

Bientôt, l'attente s'achèverait. Bientôt, leur amour serait réel.

62

Debout dans la chambre de sa fille, Alison Sprackling regardait par la fenêtre. Elle venait souvent ici, une fois le reste de la maisonnée endormie. Avait-elle dormi, elle, depuis la disparition de Ruby ? Sans doute que oui, sinon elle ne serait pas en état de continuer à fonctionner, même si elle n'avait pas du tout l'impression d'y arriver. Jonathan était dans le même cas, il tournait et virait toute la nuit, mais ça ne la réconfortait pas. Ils semblaient se parler de moins en moins.

Alison s'assit sur le lit de Ruby et ouvrit le tiroir de sa table de chevet. Elle devrait avoir honte de s'installer ainsi sur la vieille couette, à fouiller dans des tiroirs qu'on lui avait autrefois interdit d'ouvrir, mais que pouvait-elle faire d'autre ? Elle avait examiné les affaires de sa fille trois ou quatre fois déjà, cherchant le plus petit indice sur l'endroit où elle pourrait se trouver ; farfouillant dans les boîtes à chaussures qui contenaient de vieilles lettres, des tickets de caisse oubliés, d'anciens bulletins scolaires. En vain. Ruby persistait à lui échapper.

La police n'avait plus de suspect en garde à vue. Le bref élan d'optimisme qui les avait transportés quand les flics avaient interrogé cet ouvrier avait

184

tourné court. Comme elle les avait maudits en l'apprenant ! Jonathan avait eu beau lui conseiller de ne pas se bercer d'illusions, Alison s'était déjà monté la tête. Une enquête rapide, une arrestation expéditive et Ruby qui rentrait à la maison saine et sauve.

La vérité, c'était que les coupables évidents n'étaient pas légion, voilà ce qui énervait Alison. Shanelle avait été blanchie, l'autre type aussi, et, en dépit des fouilles minutieuses menées par Alison, aucun autre suspect n'était apparu. À ce qu'on disait, le responsable était souvent un proche dans des affaires comme celle-ci, mais dans leur cas c'était impossible, n'est-ce pas ? Elle avait contacté les petits amis et les anciens camarades de classe de Ruby, mais elle les avait tous trouvés seulement gênés, étonnés et innocents surtout.

Qui alors ? Qui ferait une telle chose ? Alison avait le sentiment que la réponse se devait d'être aussi simple qu'évidente : elle ne croyait ni au croquemitaine ni aux méchants inconnus. Tout ceci était tellement déroutant et décourageant. Elle interrompit sa fouille et se recroquevilla sur le lit. L'odeur qui se dégageait de l'oreiller la fit pleurer. C'était le parfum de Ruby. En secret, Alison avait toujours détesté le choix de sa fille – un de ces produits vantés par une célébrité qui ne valaient rien mais coûtaient les yeux de la tête –, mais aujourd'hui, cette odeur était la plus douce qu'elle connaissait. Elle sentait *sa* Ruby. Alison enfouit son visage dans l'oreiller et sanglota doucement. Encore une nuit blanche en perspective ce soir, mais pour une fois, elle ne se sentirait pas aussi désespérément seule.

63

Le jour n'était pas encore levé et les rues désertes étaient plongées dans l'obscurité. En raison de coupes budgétaires dues à la récession, les réverbères de la ville étaient éteints après minuit, conférant à Southampton une atmosphère menaçante et isolée au cœur de la nuit. Bizarrement, Helen aimait la ville ainsi, elle appréciait le manteau d'anonymat que cela lui prodiguait. Filant dans les rues sur sa moto, elle se sentait détendue et à son aise, malgré l'heure indue. Et malgré ce qui l'attendait.

Bientôt, elle roulait sur le périphérique puis l'autoroute, cap au Nord. Elle passa Londres puis contourna Northampton pour se diriger vers une commune à l'est de la ville. Bugbrooke était un vieux village à l'architecture romane, peuplé de jeunes familles et d'ouvriers à la retraite ; un coin agréable et tranquille où il faisait bon vivre.

Georges Avenue commençait tout juste à s'éveiller quand Helen gara sa moto en face du n° 82. Les rideaux aux fenêtres de la maison restaient tirés mais tout autour les lève-tôt prenaient le chemin du travail ; ils faisaient tourner le moteur de leur camionnette et sifflaient le café dans leur Thermos en prévision de la longue journée qui les attendait. Helen les regarda partir, notant leurs regards curieux, consciente de dénoter dans cette rue, appuyée contre sa Kawasaki dans son pantalon en cuir.

Elle n'eut pas longtemps à patienter. Elle se doutait que le commandant Marsh démarrait de bonne heure, et à 7 heures tapantes, il sortit de chez lui, non sans embrasser sa femme sur le pas de la porte. Helen observa la scène et attendit qu'il ouvre la portière de sa voiture pour l'approcher.

— Commandant March ? fit-elle en brandissant sa plaque au moment où il tournait la tête vers elle. Commandant Grace, de la police du Hampshire. On peut discuter ?

— Comment savez-vous où j'habite ?

— J'ai mené mon enquête, Tom. Je peux vous appeler Tom ?

Ils étaient maintenant assis dans la voiture. Marsh ne répondit pas, Helen continua.

— Votre page Facebook livre plus d'informations perso qu'elle ne le devrait.

Marsh ne dit rien, concédant le point d'un grognement.

— Je suis désolée de vous tomber dessus comme ça, poursuivit Helen. Mais je souhaitais m'entretenir avec vous et je ne peux pas passer par les voies officielles, compte tenu de la nature de ma requête.

Tom Marsh la considéra, intrigué.

— Je crois comprendre que vous êtes impliqué dans une mission d'infiltration, et loin de moi l'intention de vous forcer à trahir les promesses que vous avez faites ou de vous pousser à compromettre vos opérations, mais j'aimerais en apprendre davantage sur l'un de vos informateurs.

— Robert Stonehill, lâcha Marsh d'un ton posé.

— À l'évidence, vous savez qui je suis et qui il est aussi. Dites-moi s'il travaille pour vous.

Marsh glissa la main dans la poche de sa veste et en sortit un paquet de cigarettes. Il s'en alluma une. Clairement, il se demandait s'il allait ou non envoyer cette femme se faire voir avec ses questions. Helen tenta de se rassurer en se disant que c'était un père de famille et qu'il se montrerait peut-être compatissant et compréhensif.

— Je ne peux vous fournir aucun nom ni détail précis puisque l'opération est toujours en cours. Mais il s'agit de stupéfiants, OK ? De ce que j'en ai compris, Stonehill a débarqué ici les mains dans les poches. Il s'est acoquiné avec des types des quartiers pauvres et, très vite, il a fait le coursier. Il dealait un peu ; les bandes du coin cherchent sans cesse de nouveaux livreurs, de la chair fraîche pour prendre les risques à leur place. Il s'est avéré qu'il était plutôt doué : il a pris l'habitude de faire profil bas. Et il a gagné la confiance de quelques intermédiaires, il a même rencontré quelques gros fournisseurs.

— Qui sont ceux qui vous intéressent vraiment.

— Tout à fait.

— Comment payent-ils Robert ? En liquide ou en drogue ?

— Surtout en liquide. Il y a un peu touché mais la came ne le branche pas plus que ça.

— Et vous aussi vous le payez ?

Marsh se fendit d'un sourire puis regarda par la vitre. Il ne voulait pas s'embarquer sur ce terrain.

— Vous l'avez toujours sur votre radar ? s'enquit Helen.

— Désolé, mais je n'ai pas la liberté de…

— D'accord, mais dites-moi au moins s'il est toujours à Northampton.

Long silence pendant lequel Marsh se demandait s'il devait parler ou pas. Puis :

— Vous ne tenez pas l'info de moi et nous ne nous sommes jamais rencontrés mais... oui, il est toujours ici. Sous le nom de Mark Dolman.

— Une idée de l'endroit où il habite ?

— Quelque part dans Thorplands. Je ne sais pas où exactement. Thorplands est...

— Je sais où ça se trouve, le coupa Helen, ravie d'avoir une longueur d'avance sur lui pour une fois.

C'était grisant. De le savoir à Northampton, quelque part.

— Et où est-ce que vous vous rencontrez tous les deux ?

— Non, fut la réponse sans appel de Marsh.

— Je vous demande pardon ?

— Je sais ce que vous allez me demander et j'ai bien peur de devoir refuser.

— Allons, Tom. Mettez-vous à ma place...

— Je compatis à votre situation, vraiment. Mais je ne vais pas mettre en péril une enquête d'un an pour vous. Je vous en ai assez dit comme ça, plus que je n'aurais dû. Donc, si vous voulez bien, j'aimerais m'en aller maintenant, OK ?

Son ton était ferme et définitif. Helen le remercia et prit congé, puis elle le regarda mettre les gaz pour s'éloigner dans sa Ford C-Max. Il lui en avait révélé autant qu'elle pouvait espérer, mais elle se sentait frustrée. Elle ne savait pas du tout à quand remontait sa dernière rencontre avec Robert ni dans quel état d'esprit se trouvait son neveu. Elle n'avait aucune adresse non plus. Ceci étant, elle possédait tout de même quelques pièces du puzzle. C'était peu, mais elle devrait s'en contenter pour l'instant.

Chevauchant sa moto sur le chemin du retour à Southampton, Helen avait la tête qui bouillonnait en songeant à ce qu'elle allait faire ensuite. Comme toujours, sa vie consistait en un numéro d'équilibriste précaire. Sa priorité numéro un devait être Ruby Sprackling – il fallait qu'ils dénichent un indice quelque part, n'importe comment, pour se rapprocher d'elle –, mais elle était irrésistiblement poussée vers Robert. Il lui faudrait peut-être bosser vingt-quatre heures sur vingt-quatre, mais elle devait trouver le moyen de s'occuper des deux. Ne serait-ce que pour son propre équilibre mental.

Ces pensées tournoyaient encore dans sa tête quand Helen remarqua la petite voiture de couleur sombre dans son rétroviseur. Elle venait juste d'atteindre la banlieue de Southampton et fonçait vers l'hôpital quand elle la repéra, quelques véhicules derrière elle. Sa plaque d'immatriculation – qui se terminait par un EKO caractéristique – lui paraissait familière. Son imagination lui jouait-elle des tours ou avait-elle bien aperçu cette même voiture qui la suivait sur la M1 depuis Northampton ? Elle accéléra et tourna brusquement à gauche une fois, puis deux, faisant rapidement le tour du pâté de maisons pour revenir sur la rue principale, une centaine de mètres plus bas que là où elle l'avait quittée.

La voiture avait disparu. Aucune trace d'elle sur l'artère principale ni dans les rues perpendiculaires. Helen avait-elle rêvé ? Ou quelqu'un avait-il suivi ses faits et gestes de la journée ? Refoulant son inquiétude, elle mit son clignotant et fonça vers le commissariat central de Southampton.

64

Sanderson lui tomba dessus à la minute où Helen entra dans la salle des opérations. Quelques instants plus tard, elles prenaient leurs quartiers dans le bureau d'Helen, stores baissés et porte fermée.

— Pardon pour tout ce cinéma, fit Sanderson en référence aux précautions prises. Mais j'ai pensé que vous deviez voir ça.

Elle fit glisser un dossier sur la table. À l'intérieur, quatre feuilles, chacune avec la photo d'une femme accrochée par un trombone en haut à droite.

— J'ai passé les dernières vingt-quatre heures à parcourir les listes des personnes portées disparues dans la région et à contacter les agences compétentes. Et il en ressort quatre victimes potentielles.

Helen ne montra aucune réaction, mais elle n'aimait pas ce chiffre.

— Chacune d'elles présente les bonnes caractéristiques physiques – cheveux noirs, yeux bleus –, vit seule, dispose d'un faible revenu et est portée disparue depuis un moment. Deux d'entre elles – Anna Styles et Debby Meeks – semblent s'être complètement évanouies dans la nature, aucune communication d'aucune sorte. Les deux autres – Roisin Murphy et

Isobel Lansley – envoient de temps à autre un texto ou postent sur Twitter.

— Avec quelle régularité ?

— Pas très souvent mais toujours en même temps, à quelque chose près.

— Et le portable est éteint juste après ?

— Exactement, répondit Sanderson en hochant la tête, l'expression sombre.

— Est-ce que les heures auxquelles elles ont communiqué concordent avec celles des messages de Pippa et Ruby ?

— Oui. Elles correspondent parfaitement.

Helen examina les photos : Roisin était une mère célibataire, percée de partout, un peu vulgaire mais dotée d'un regard bleu-vert incroyable. Isobel, quant à elle, était d'un autre genre. Ses yeux, tout aussi remarquables, se dissimulaient derrière une longue frange brune. Son regard était légèrement oblique, comme si elle ne voulait pas être photographiée. Helen poussa un long soupir, frappée soudain par l'idée qu'elle contemplait peut-être les visages de deux cadavres.

Elle se leva et marcha jusqu'à la porte.

— Je prends cette piste sous mon entière responsabilité à compter de maintenant, lança-t-elle par-dessus son épaule.

Helen n'avait pas le temps d'attendre, ni d'hésiter ; elle savait ce qu'elle avait à faire.

65

Il était installé sur le lit quand elle se réveilla. Ruby s'assit en sursaut, affolée de le trouver en train de la fixer.

— Tu as passé une mauvaise nuit, fit-il remarquer avec bienveillance.

Il avait raison. Ruby avait à peine fermé l'œil, tenaillée par l'espoir autant que par la peur. Le désir flagrant que son ravisseur avait éprouvé pour elle hantait encore son esprit.

— J'ai eu froid, mentit-elle en tirant le drap sur elle.

— Je t'apporterai des couvertures en plus, poursuivit-il. Et je vais essayer de te trouver les livres que tu voulais aujourd'hui.

— Merci, répondit-elle, ce qui lui valut un sourire en retour. Si vous voulez être encore plus gentil, il y a deux ou trois autres choses que j'aimerais bien, continua Ruby d'un ton aussi détaché que possible.

Aussitôt, le visage de l'homme s'assombrit. Avait-il des soupçons ? Reniflait-il le mauvais coup ? Gardant une expression aussi docile que possible, elle reprit :

— Je voudrais bien quelques affaires de toilette. Un peu de maquillage. Une brosse à cheveux par exemple, du rouge à lèvres, un recourbe-cils et, si ça ne vous gêne pas d'en acheter, du vernis à ongles.

Il la considéra sans prononcer un mot.

— Je veux juste être jolie pour vous. Et je pense que je le mérite, vous ne croyez pas ?

Après une nouvelle pause interminable et pénible, il se fendit d'un large sourire.

— Tu avais peur de me demander tout ça ?

Ruby baissa les yeux sur ses pieds, de crainte d'être trahie par l'expression de son visage.

— Tu n'as aucune raison d'avoir peur. Ça ne me dérange pas quand tu te montres un peu revendicatrice. Ça te ressemble. C'est plus toi, comme avant.

Sur ce, il se leva.

— Je t'apporterai tout ça. Tu seras... Tu seras belle comme un cœur.

Il s'en alla sur ces paroles. Sitôt qu'il fut parti, Ruby s'effondra à nouveau dans le lit. Tenir son rôle lui avait coûté sa dernière once de courage, mais elle avait réussi au-delà de ses espérances. Elle s'était attendue à des soupçons, davantage de résistance, mais en fait, il avait joué son jeu à la perfection.

La première phase de son plan était terminée.

66

— Ça dépasse les bornes, putain ! Et je ne le tolérerai pas !

Ceri Harwood jurait peu et rarement. Du coup, c'était curieusement jouissif de voir sa supérieure perdre son sang-froid ; Helen se promit de la provoquer plus souvent.

— Le commandant Grace connaît la hiérarchie, enchaîna Harwood qui bouillait de rage. Elle sait qu'elle aurait dû venir me trouver en premier.

Le chef de la police Stephen Fisher hocha la tête, avant de reporter son attention sur Helen.

— Voulez-vous m'expliquer pour quelle raison vous n'en avez rien fait, commandant Grace ?

Parce que Harwood m'aurait répondu d'aller me faire pendre, pensa Helen avant de ravaler son sarcasme. Sa décision d'aller voir directement le grand patron était réfléchie et intentionnelle, c'était un pari calculé.

— Le commissaire principal Harwood et moi avons déjà eu cette conversation et elle s'est montrée très claire sur...

— Dans ce cas, pourquoi en reparlons-nous ? l'interrompit Fisher.

— Parce que la situation a évolué, répondit Helen. Des recherches approfondies…

— Des recherches qui n'ont pas été autorisées ! la coupa Harwood.

— Des recherches approfondies ont révélé plusieurs victimes potentielles, poursuivit Helen. J'ai toujours eu la conviction que le meurtrier de Pippa n'en était pas à son coup d'essai et les indices tendent à confirmer cette hypothèse.

— Les indices ? interrogea Harwood avec mépris.

— Roisin Murphy et Isobel Lansley. Deux jeunes femmes à l'apparence physique similaire, au même profil, qui sont portées disparues depuis plus d'un an et qui ont envoyé des textos et des tweets aux mêmes heures, les mêmes jours et depuis les mêmes lieux que Ruby et anciennement Pippa. Les sites géographiques ne suivent aucune logique : le parc de New Forest, le centre de Southampton, puis Brighton, et Hastings. Leurs déplacements sont si erratiques et improbables que la seule explication possible est que quelqu'un cherche délibérément à brouiller les pistes. En outre, quelles sont les chances que quatre personnes sans aucun rapport entre elles suivent le même parcours aléatoire ?

— Donc vous voulez retourner sur la plage ? intervint Fisher d'un ton catégorique.

— Oui. C'est le seul endroit à notre connaissance où il s'est débarrassé d'un corps et les tueurs en série sont connus pour suivre leur routine avec fidélité. C'est un lieu discret, à l'écart, et les indices, empreintes ou autres, y sont régulièrement effacés par les vagues. C'est l'endroit idéal pour lui et il serait idiot de ne plus l'utiliser.

— Il ? Vous ne cessez de dire « il ». Qui est-il ? Vous parlez comme si vous le connaissiez.

— Nous ne disposons d'aucun élément concret pour l'instant…

— Mais vous voulez quand même qu'on ferme l'accès d'une plage publique, qu'on épuise nos ressources pour creuser et retourner tout le sable, et qu'on crée un épouvantable ouragan médiatique qui plongera le public dans l'inquiétude et fera de la mauvaise publicité à la ville. Tout ça à cause de votre instinct.

— Tout ça à cause de son mode opératoire. Il est absolument impossible qu'il n'ait pas cherché à enlever d'autres filles entre Pippa et Ruby. Et Roisin et Isobel correspondent à la perfection.

— Il nous faut plus de temps, Stephen, interjeta Harwood en se tournant vers son supérieur. Commençons par enquêter sur les circonstances de la disparition de ces filles, et voyons…

— C'est déjà fait, rétorqua Helen avec agressivité. Roisin avait un bébé âgé d'un an quand elle a disparu. Elle a tweeté qu'elle ne supportait plus son rôle de mère, et s'il est vrai qu'elle avait des difficultés à assumer, sa famille a l'absolue certitude que jamais elle n'aurait abandonné son petit garçon volontairement. Ils la recherchent depuis deux ans. Ils se sont tournés vers la police, vers les associations de recherche, les œuvres caritatives. Ils ont même engagé un détective privé. Aucune des « pistes » fournies par ses messages n'a abouti. Elle n'a été vue ou aperçue absolument nulle part depuis sa disparition il y a bientôt trois ans.

— Quand bien même, les recherches menées par la famille ne peuvent se substituer au travail en bonne et due forme de la police, renchérit Harwood. Reprenons cela avec méthode et circonspection pour vérifier si une de ces « intuitions » porte ses fruits.

Nous précipiter tête la première dans une opération de recherches d'envergure risque de nous faire passer pour des amateurs.

Les deux femmes avaient plaidé leur cause. Fisher les considéra, pesa ses options. C'était lui qui avait nommé Harwood à son poste et jusque-là, ça lui avait plutôt bien réussi. Voilà pourquoi Helen s'étonna quand il déclara :

— Je vous accorde une journée sur la plage, commandant Grace. Mettez-la à profit.

67

La vendeuse de Boots fourra les articles dans un sac en plastique et prit les billets qu'il lui tendait sans un regard pour lui. Il avait arpenté le magasin avec un nœud à l'estomac : quoi de plus louche qu'un homme qui remplissait son panier de produits de maquillage ? Le journal local continuait de faire ses choux gras avec l'affaire Pippa Briers et pressait ses lecteurs d'ouvrir l'œil et de surveiller toute activité suspecte qui pourrait conduire à son assassin. Ils étaient même allés jusqu'à publier un profil détaillé du suspect, y décrivant son origine probable, ses antécédents, son langage corporel et sa psychologie. Du grand n'importe quoi, bien sûr, mais certaines de leurs suppositions l'avaient quand même perturbé. Au cas où, il avait donc prévu son petit mensonge, allant jusqu'à glisser un vieil anneau éraflé à son annulaire histoire de passer pour un père et un mari modèle ; mais en l'occurrence, ses précautions s'étaient avérées complètement inutiles. En bonne représentante de la jeunesse actuelle, la vendeuse ne s'intéressait qu'à elle : elle ramassa d'un geste las son smartphone dès qu'elle eut fini de s'occuper de lui.

En voyant la fille vérifier ses messages, il se rappela une tâche primordiale qui lui était sortie de la tête. En temps normal, avant de retourner bosser, il aurait pris un train ou un bus pour une destination nouvelle – il envisageait Bournemouth cette fois-ci –, et il y aurait envoyé une petite fournée de textos et de tweets avant de regagner Southampton. Une bonne technique pour brouiller les pistes sans trop empiéter sur son temps de travail.

Mais son détour par Boots au cours de sa pause déjeuner prolongée ne lui laisserait pas le loisir d'y aller aujourd'hui. C'est pourquoi, après avoir déniché un coin tranquille dans le parc de Southampton Common, il entreprit d'envoyer ses messages. Avant, il appréciait ce petit plaisir coupable – endosser l'identité des filles et s'exprimer à leur place –, mais là encore, la nervosité qui l'habitait gâchait tout. Il courait un risque indéniable en utilisant ces téléphones si près de son lieu de travail et la joie que lui procurait habituellement sa petite routine en était entachée.

Pourkoi la vie s'acharne qd on est déjà à terre ? On s'habitue à force, tweeta-t-il depuis le portable de Roisin. Il faisait toujours attention à utiliser un langage – fautes et abréviations comprises – qui correspondait à ces filles. Roisin broyait sans arrêt du noir ; ça lui ressemblait donc bien de se lamenter sur les injustices de la vie. Il ajouta quelques réflexions cyniques de plus, envoya deux SMS, puis éteignit le portable avant de le ranger dans son sac.

Une conversation non loin lui fit lever la tête. Deux mamans jacassaient à tue-tête en marchant tranquillement derrière leurs poussettes. Surpris, il s'enfonça plus loin dans les arbustes. Il attendit qu'elles se soient bien éloignées avant de sortir le téléphone de Ruby. Il fit le nécessaire, mais le cœur n'y était pas. Il avait le sentiment irrépressible que des événements capitaux étaient en train de se produire et qu'il n'avait aucun contrôle dessus. Avant, il continuait à faire vivre ces filles avec la conviction que personne ne soupçonnait qu'elles étaient mortes. Il s'était délecté de cette liberté et de cette absence totale de soupçons. Mais la découverte du corps de Pippa Briers avait tout chamboulé. À présent, une enquête criminelle de grande ampleur était en cours, dirigée par le commandant Helen Grace, rien que ça. Pour la première fois de sa vie, il comprenait ce que ça faisait d'être traqué.

68

Les deux femmes se faisaient face, aucune ne voulant céder. Sanderson n'était pas du genre à mener des attaques en règle, mais elle était trop furieuse pour battre en retraite. Le lieutenant Lucas se trouvait visiblement dans le même état d'esprit, à grogner en montrant les dents pour que Sanderson « retourne dans sa niche ».

Cette dernière aurait volontiers étranglé sa collègue. Merde, c'était *son* idée de solliciter les compagnies de téléphonie mobile pour qu'elles leur signalent la moindre activité sur les portables des filles disparues. Et maintenant que ce plan portait ses fruits, elle serait bien conne de rester à l'écart et de laisser Lucas rafler la mise. Les portables avaient émis un bref signal quelque part dans l'enceinte ou à proximité du parc de Southampton Common et l'action logique à entreprendre était de foncer là-bas au plus vite, d'interroger les témoins potentiels, de se procurer les vidéos des caméras de surveillance, de chercher une trace de leur tueur.

— C'est à moi que le capitaine Fortune a explicitement confié les rênes, disait Lucas. Si un élément significatif se présente pendant qu'il se trouve sur la plage, je dois m'en occuper.

Sanderson s'apprêtait à riposter, mais Lucas n'en avait pas terminé.

— Et chaque minute passée à discuter restreint nos chances de choper ce mec et de ramener Ruby chez elle saine et sauve. Est-ce que c'est bien compris, lieutenant Sanderson ?

Lucas avait prononcé son nom en détachant délibérément chaque syllabe, pour bien souligner son sentiment. Le reste de l'équipe avait les yeux braqués sur Sanderson et il n'y avait pas moyen qu'elle poursuive ce combat sans passer pour une irresponsable. De mauvaise grâce, elle capitula et regagna son bureau.

Depuis que l'enquête englobait les disparitions de Roisin Murphy et Isobel Lansley, Sanderson avait compilé les rapports sur les deux femmes, s'invitant dans leurs vies afin de vérifier la théorie d'Helen sur leur enlèvement. Elle avait bien avancé, mais à présent elle feuilletait les dossiers sans enthousiasme, bouillonnant encore de colère après sa confrontation avec Lucas. Elle n'avait jamais aimé cette parvenue de fliquette sans humour dont les dents rayaient le plancher, mais alors là elle commençait carrément à la détester. Ce genre de conflit était inutile et contre-productif. Il risquait de monter les membres de l'équipe les uns contre les autres, un handicap pour l'enquête. Que Lucas l'accuse de mettre des vies en péril était insultant, d'autant que c'était son ego à elle qui risquait de leur coûter cher.

Sanderson se remit à la tâche, détournant son esprit de ses envies de crucifier Lucas pour se consacrer à l'importante besogne qui l'attendait. La colère et l'amertume ne devaient pas compromettre son travail ; ce ne serait juste ni pour Ruby ni pour Pippa. Par conséquent, elle se remit à parcourir les rapports, à comparer avec application la vie de Roisin – mère célibataire d'origine anglo-irlandaise qui subsistait grâce aux allocations et vivait dans un petit appartement à Brokenford – avec celle d'Isobel Lansley, dont ils ne savaient quasiment rien sinon qu'elle était étudiante à l'Université de Southampton. Elle avait peu d'amis, peu de revenus, pas de boulot ni de hobbies. Tout ce qu'ils savaient à son sujet, c'était qu'elle vivait dans un studio à...

Sanderson s'arrêta net, son cœur s'emballa. Elle vérifia une fois de plus les renseignements, revint rapidement au dossier qui s'étoffait de Roisin pour y retrouver la donnée pertinente. Elle était là, sous les yeux de Sanderson. Cette découverte lui coupa le souffle.

Enfin, ils tenaient un indice.

69

Les trois silhouettes se tenaient à l'écart, fouettées par le vent qui mugissait sur le Solent. Helen se trouvait d'un côté du trio, Harwood de l'autre, et, au milieu, un capitaine Fortune au comble de l'inconfort. Les deux femmes avaient à peine échangé deux mots depuis leur arrivée et l'atmosphère était électrique. Helen sentait que Lloyd aurait préféré être ailleurs. Tant pis pour lui. L'enjeu était trop important pour qu'elle ne soit pas secondée de son bras droit.

La plage était déserte quand ils avaient débarqué, si bien que la fermer au public avait été aisé. Étant donné le court créneau dont elle disposait, Helen avait sorti les grands moyens et réquisitionné une dizaine d'agents de police de secteur pour délimiter rapidement le périmètre de sécurité et placer les affichages nécessaires. Personne ne viendrait piquer une tête ici aujourd'hui.

Une équipe de recherche avait été dépêchée d'urgence depuis le commissariat du Kent, rejoignant Carsholt en moins de deux heures – Helen avait insisté sur le caractère urgent de la situation. Ils s'étaient déjà attelés à la tâche ; les détecteurs de métaux, les chiens renifleurs et les radars de sol fouillant la vaste étendue de sable en quête de la moindre trace d'inhumation, de dépôt ou de restes humains. De temps à autre, un détecteur de métal émettait un petit bip ; c'était le seul son qui parvenait aux oreilles d'Helen par-dessus le souffle du vent.

La plage se présentait sous un jour bien différent de la dernière fois où Helen y était venue. Lorsqu'ils avaient découvert le corps de Pippa, le ciel était d'un bleu magnifique, presque déconcertant, le soleil cognait dur sur les techniciens de scène de crime qui remplissaient leur délicate mission d'expertise médico-légale. Aujourd'hui, il se dissimulait derrière des nuages gris menaçants, privant le lieu de sa chaleur et de son réconfort. La mer aussi semblait vouloir être de la partie : elle était déchaînée, les vagues venaient s'écraser sur le rivage avec fureur.

Le capitaine Fortune jeta un coup d'œil à sa montre.

— Combien d'heures encore avons-nous avant la tombée de la nuit ? lui demanda Helen.

— Environ sept, répondit-il à la hâte.

Sa voix était hachée, teintée par l'angoisse d'un homme au service de deux maîtres.

— Sept heures avant de mettre un terme à cette mascarade, ajouta Harwood. Vous prévoyez de rester ici toute la journée, commandant Grace ? Ou bien vous avez des enquêtes à mener ?

— Je resterai aussi longtemps que nécessaire, répliqua Helen d'un ton égal.

Elle n'allait pas se rabaisser à se prendre le bec avec Harwood devant un officier subalterne.

— Après tout, nous disposons d'un laps de temps limité.

Helen considéra le silence d'Harwood à sa dernière pique comme le signal pour partir ; elle se dirigea vers le rivage. Une fois sur place, elle fit volte-face, embrassant tout le panorama de Carsholt Beach.

Harwood et Fortune étaient en grande conversation, plus détendus maintenant qu'Helen n'était plus avec eux. Leur décontraction contrastait de manière flagrante avec la concentration des renforts venus du Kent qui avaient quadrillé le périmètre et passaient à présent chaque centimètre carré au peigne fin.

Helen sentit la tension monter en elle devant le spectacle de leur travail patient et minutieux.

Avait-elle ordonné ces recherches trop rapidement ? Elle n'était pas dans les petits papiers du chef de la police Fisher et encore moins dans ceux d'Harwood ; si la fouille d'aujourd'hui se révélait infructueuse, elle ne pourrait pas requérir des ressources supplémentaires plus tard dans l'enquête. Un instant, Helen s'en voulut de son impatience légendaire. C'était une obsession pour elle, ce désir de suivre une piste, de découvrir le fin mot de l'histoire. Une fois embarquée dans une enquête de cette ampleur, où chaque seconde comptait, il lui était presque impossible d'en détourner son esprit : elle était sans cesse en train de réévaluer ses hypothèses, de vérifier ce qu'elle pouvait améliorer, faire mieux ou plus vite. Elle disait adieu au sommeil réparateur et aux moments de détente, mais il ne pouvait en être autrement. On ne choisissait pas ce métier pour mener une vie tranquille. Mais parce qu'on voulait changer les choses.

Elle s'extirpa de sa rêverie : une des équipes venait d'interrompre brutalement ses recherches. Ils ne fouillaient plus, ils creusaient. Helen se précipita au pas de course vers les quatre officiers et les rejoignit quelques secondes avant le capitaine Fortune. L'expression sur leurs visages se passait de commentaire.

— On a trouvé un truc.

70

Sous les nuages gris amoncelés, le parc de Southampton Common paraissait désolé et sinistre. *Un lieu tout à fait approprié aux errances d'un tueur*, songea le lieutenant Lucas. Nouvelle venue à Southampton, elle ne connaissait pas encore très bien la ville ; elle avait donc amené avec elle autant d'agents de police qu'elle avait pu en rassembler. Des bons gars, droits dans leurs bottes, qui connaissaient chaque centimètre carré de ce terrain et qui lui serviraient de guides.

Ils se déployèrent et se mirent à pied d'œuvre, interpellant les joggeurs, les mères, les hommes d'affaires, même les employés municipaux qui tondaient les pelouses, pour les questionner sur leurs faits et gestes et les interroger sur ce qu'ils avaient vu dans le parc le matin même. Pour la grande majorité, ils s'étonnaient de cet interrogatoire. D'autres se montraient taciturnes et méfiants, craignant de se retrouver embarqués dans une affaire qui ne les concernait pas. Toute l'opération était laborieuse et éreintante, et sans doute vouée à l'échec – il y avait tant de passage dans le parc en semaine. Pourtant, leur homme était là, quelque part.

Le signal émis par les portables remontait à quarante-cinq minutes à peine. Sans son face-à-face avec Sanderson, Lucas se serait trouvée sur place plus tôt encore, mais elle se félicitait quand même de leur réactivité. Elle disposait à présent de six officiers de la police criminelle en plus d'elle-même et des quinze agents en uniforme qui passaient chaque parcelle du parc au peigne fin. Ils auraient peut-être de la chance… Ou pas. Mais ses tripes lui soufflaient qu'elle serait de leur côté aujourd'hui.

Elle s'aventura hors des sentiers battus, s'éloigna du noyau des équipes de recherche et s'enfonça dans les sous-bois de la réserve naturelle. En dépit du ciel sombre qui bordait la forêt, l'endroit était d'une beauté surprenante. Les magnifiques arbres centenaires aux lourdes branches accueillaient des dizaines d'oiseaux qui s'interpellaient les uns les autres tandis que le lieutenant pénétrait plus profond dans les bois.

Crac.

Lucas s'immobilisa, tous ses sens aux aguets. Elle regarda autour d'elle, mais ne vit rien.

— Police. Qui va là ?

Rien. Le silence sembla s'étirer à l'infini, puis soudain : *Crac. Crac. Crac.* D'où venait ce bruit ? Elle tendit l'oreille au maximum, mais dans l'impossibilité d'en localiser la provenance, elle plongea sur un coup de tête à travers les broussailles sur sa droite.

Soudain, tout s'accéléra. Une silhouette se mit à détaler. Sûrement celle qui avait produit ces craquements en tentant de s'éloigner à pas de loup. Maintenant, l'individu était en pleine lancée. En un éclair, Lucas partit à ses trousses, piquant un sprint sur les sentiers forestiers, sautant par-dessus les branches tombées. Lucas avait toujours été une bonne coureuse et là elle devait solliciter chaque once de son talent car le fugitif fonçait avec aisance entre les branches et autour des buissons, résolu à s'échapper. Il connaissait la forêt bien mieux qu'elle, il semblait évoluer sans entraves à travers bois pendant que Lucas affrontait de plein fouet les branches et les ronces qui lui éraflaient le visage et les bras. Les arbres commencèrent à se clairsemer, Lucas saisit sa chance.

Coupant à l'angle du bosquet, elle augmenta sa vitesse. Elle prenait un risque calculé, pariant que l'homme qu'elle pourchassait irait à gauche après avoir quitté le sanctuaire de la forêt et se dirigerait vers l'animation du centre-ville plutôt que vers l'espace dégagé du parc où il serait à découvert.

Au sortir du bois, l'homme tourna brusquement à gauche et courut à toute vitesse vers la sortie du parc. Bam ! Lucas le plaqua au sol, les bras autour de ses jambes, l'écrasant face contre terre sur le bitume de l'allée. Très vite, elle était debout et le relevait pour le coller contre le panneau d'affichage du parc. Il était menotté et conciliant quand les autres officiers arrivèrent pour lui prêter main-forte.

Le cœur de Lucas battait à tout rompre, mais son triomphe fut de courte durée. L'individu en question se révéla n'être qu'un ado de seize ans avec un penchant pour les drogues douces et deux gros sachets de cannabis dans la poche. Ce qu'il n'avait pas sur lui en revanche, c'était les téléphones portables de filles disparues.

Avec un juron, Lucas le refila aux agents et repartit en chasse. Vingt minutes plus tard, il était clair qu'à moins que leur tueur n'ait un désir pathologique de se faire coincer, il avait fichu le camp depuis belle lurette.

71

Helen se tenait au bord de la fosse et l'équipe continuait de creuser. Le radar de sol avait repéré deux formes épaisses enterrées non loin l'une de l'autre et assez profond dans le sable. Le corps tout entier crispé, elle priait pour se tromper mais craignait qu'ils n'aient trouvé ce qu'ils étaient venus chercher.

— C'est une jeune femme.

Les mots, prononcés avec simplicité, émurent au plus profond de leur être tous ceux qui les entendirent. Il y a des choses auxquelles on ne s'habitue jamais et le décès tragique d'une jeune personne en est une des plus bouleversantes. Helen descendit avec précaution dans le trou, prenant garde à ne pas gêner le travail des techniciens et à ne pas piétiner les indices potentiels. Tout comme avec Pippa, le sable froid et humide avait permis de préserver ce qu'on lui avait confié. L'état de décomposition était peu avancé et la jeune femme donnait l'impression de s'être simplement endormie six pieds sous terre. Comme il était étrange que ces filles qui avaient connu une fin aussi abominable paraissent si paisibles dans la mort.

À l'aide d'outils de précision et de petites brosses, l'équipe exhuma le visage de la femme et la chevelure sombre qui l'encadrait. Helen l'examina de plus près.

Elle aperçut deux trous minuscules dans sa narine droite mais, comme pour Pippa, les bijoux avaient été retirés. Toute trace de maquillage avait également disparu, l'humidité et les mouvements du sable avaient gommé la peau de la jeune fille. Ses traits étaient d'une simplicité brute, fiers et sans artifices. C'était un beau visage mais accablant. Helen avait vu les photos, lu les rapports, et à contempler celle qui reposait là en bas, elle n'eut aucun doute : elle avait sous les yeux le cadavre de Roisin Murphy.

Maintenant qu'elle en avait la confirmation, Helen était tentée de délaisser Roisin. Le reste de l'équipe travaillait sur le site voisin, à une vingtaine de mètres de là. Ils exhumaient un second corps et il était primordial de déterminer au plus vite s'il s'agissait de celui de l'autre disparue, Isobel Lansley. Pourtant, quelque chose retenait Helen sur place. Étrange, le lien instantané que l'on peut créer avec une inconnue, une personne qu'on n'a jamais vue auparavant et dont la vie a été ôtée des mois, voire des années plus tôt. Cependant, maintenant que le corps de cette pauvre fille avait été retrouvé, d'autres qu'Helen allaient vouloir s'y raccrocher. Sa famille la recherchait depuis si longtemps, continuant d'espérer envers et contre tout qu'elle se portait bien, se demandant si elle reviendrait un jour auprès de son petit garçon. L'incertitude prenait fin aujourd'hui : jamais plus ils ne reverraient la pétulante jeune femme à problèmes – fille, mère et amie. La pauvre avait vu son entourage la laisser tomber et la vie la trahir sans pitié ; bien qu'il n'y ait plus rien à faire pour elle désormais, il semblait cruel de l'abandonner encore une fois.

Cela défaisait peut-être toute raison, mais personne n'envisageait de quitter cette fosse avant d'avoir libéré la jeune femme de son tombeau. Les gestes avec lesquels les techniciens dégageaient ses membres supérieurs du sable étaient empreints de tendresse. Bien sûr, leur délicatesse visait à préserver les indices et la scène de crime mais elle n'en était pas moins très émouvante, comme un acte ultime de compassion en hommage à une vie trop courte remplie de brutalité. Helen se dit qu'il faudrait penser à remercier l'équipe plus tard pour leur professionnalisme et leur bienveillance.

Mais déjà, son cerveau passait à l'étape suivante, réfléchissant aux paroles qu'elle emploierait pour apprendre à la famille de Roisin la terrible nouvelle. Tout à coup, elle vit une chose qui stoppa net ses pensées. L'épaule et le bras droits de Roisin étaient à présent découverts. Le sang d'Helen ne fit qu'un tour.

Là, s'affichant avec fierté sur l'épaule nue et livide, était tatoué un petit merle bleu.

72

Ruby observa son reflet, mais une inconnue lui renvoya son regard. Leur relation s'améliorant, la jeune femme avait dans la foulée convaincu son ravisseur de laisser le plafonnier allumé la journée puis avait poussé jusqu'à réclamer un miroir. Il avait refusé, bien entendu – pas question de lui fournir quoi que ce soit qui pourrait se transformer en arme.

Toutefois, par égard pour ses désirs, il avait collé ensemble deux feuilles de papier réfléchissant et avait fabriqué une sorte de miroir. Trouver ce papier Mylar ne lui avait pris que quelques minutes à l'étage et Ruby s'était interrogé sur le métier qu'il exerçait. Le Mylar servait à confectionner les ballons argentés remplis d'hélium qu'on voyait dans les anniversaires d'enfants ou qu'on offrait pour souhaiter un prompt rétablissement. Était-il animateur ? Travaillait-il dans une boutique de cadeaux ?

Chassant ces pensées de son esprit, Ruby s'observa dans le « miroir ». Déjà, elle avait perdu du poids, l'angoisse et le manque de nourriture amincissaient sa silhouette à vue d'œil. Elle pouvait compter ses côtes – toutes ses côtes – et ses bras étaient squelettiques. Ruby se demanda combien de temps elle survivrait dans cette cave et, de nouveau, des fantasmes d'évasion emplirent son esprit. Son corps décharné et les traits creusés de son visage imposaient de prendre des mesures.

Son plan était en branle et, ce soir, elle saurait si l'homme avait marché. L'attente était insoutenable. Avait-il trouvé ce dont elle avait besoin ? Et plus important encore, s'il lui procurait ce qu'elle avait demandé, aurait-elle le courage d'aller jusqu'au bout ?

73

Elle glissa sa clé dans la serrure et ouvrit la porte. Le devoir exigeait qu'elle regagne le poste après leurs découvertes macabres sur la plage – pour briefer Stephen Fisher et discuter avec la responsable de la coordination presse –, mais c'était au-dessus de ses forces. Elle avait la bouche sèche, la tête comme une enclume et ne désirait qu'une seule chose : s'isoler du monde un instant.

Une fois encore, Helen Grace l'avait tournée en ridicule. S'ils ne l'évoquaient plus jamais, ils ne garderaient pas moins en mémoire la virulence avec laquelle elle avait insisté pour qu'ils évitent de perdre leur temps et de gâcher leurs ressources en effectuant des recherches sur la plage. Personne ne l'oublierait ; ni elle, ni Stephen, ni Helen. Cette dernière y verrait la confirmation que sa patronne était davantage une politicienne et une gratte-papier qu'une vraie flic, mais le pire, c'était que sa relation avec Stephen en pâtirait. Il la connaissait bien et l'avait toujours appréciée, mais ces derniers temps elle en était venue à se demander à qui il accordait sa loyauté. Était-il attiré par Helen ? La plupart des hommes l'étaient, en dépit du fait qu'elle était totalement inaccessible. Il était peut-être seulement séduit par son image de figure héroïque des forces de l'ordre de Southampton ? Une nouvelle fois, Helen avait prouvé qu'elle avait du flair pour les grosses enquêtes qui pouvaient forger une carrière. Si elle coinçait un autre tueur en série, ce serait Stephen qui en récolterait les lauriers. Et Ceri, elle, deviendrait la sombre idiote qui avait failli tout foutre en l'air.

Harwood ouvrit le frigo et but au goulot une grande gorgée de chardonnay avant de poser la bouteille fraîche contre son front douloureux. Le froid la soulagea et tout à coup, elle n'eut plus qu'une envie : rejoindre Tim, se pelotonner sur le canapé et finir ce vin. Cette pensée réconfortante la poussa à agir et elle gravit les marches de l'escalier deux par deux. Tim travaillait souvent à domicile et ne cessait de la harceler pour qu'elle rentre plus tôt à la maison afin qu'ils puissent passer du temps ensemble. Elle le faisait rarement ; difficile au poste qu'elle occupait ! Mais là, grisée par le sentiment de faire l'école buissonnière, elle se réjouissait de le surprendre avec son retour impromptu.

Elle se trouvait à mi-chemin de la dernière volée de marches qui menaient au bureau installé dans le grenier quand elle s'arrêta net. L'étage était plongé dans le silence, pourtant des sons lui parvenaient d'ailleurs. De leur chambre. Elle entendit la voix de Tim mais aussi celle d'une femme. Ils riaient, ils discutaient, et plus encore.

Ceri s'ordonna de bouger, mais ses pieds restaient ancrés dans l'escalier. Qu'était-on censé faire en pareil cas ? S'éloigner sans un bruit ou affronter le problème bien en face ? Elle voulait la première solution – de tout son être –, toutefois un reste d'ego la força à opter pour la seconde. Rassemblant son courage, elle avança d'un pas décidé, tourna le bouton de porte et entra dans la chambre.

Le chaos s'abattit aussitôt. La surprise, le choc, les excuses affolées, les deux amants nus qui cherchent tant bien que mal à se rendre présentables. Planté au milieu de la chambre, Tim essayait déjà de la faire sortir mais elle ne le voyait pas. Elle n'avait d'yeux que pour sa maîtresse. La femme à qui elle avait consciencieusement passé de la pommade en de nombreuses occasions, lorsqu'elle venait dîner chez eux. Lucy White.

Repoussant son mari d'un mouvement d'épaules, Ceri Harwood dévala les escaliers jusqu'à la cuisine. Sa première pensée fut pour leurs filles – elle refusait de leur infliger ça. Elle demanda donc par texto à une autre maman de les récupérer à l'école. Alors qu'elle inventait une excuse pour expliquer le contretemps urgent, elle fut coupée dans son élan par cette idée. Ce serait comme ça, maintenant alors ? Elle mentirait pour camoufler sa douleur en même temps que les incartades de Tim ? Qu'était-on censé dire à ses enfants dans ce genre de situation ?

Ceri se laissa tomber sur une chaise. Rien de tout cela ne lui semblait réel. Pourtant, lorsqu'elle entendit la porte d'entrée qui se refermait sans bruit et les pas délicats de Lucy qui redescendaient les marches du perron, filant vers la liberté, elle sut qu'elle ne rêvait pas. La journée avait mal commencé, elle n'avait fait qu'empirer au fil des heures et elle s'achevait dans l'horreur totale.

Maintenant, il ne restait plus qu'à constater les dégâts.

74

Ils se retrouvaient en tête à tête dans la petite arrière-salle du restaurant, à l'abri des regards indiscrets. D'instinct, Helen avait voulu demander à Daniel Briers de la rejoindre au poste mais elle y avait réfléchi à deux fois : pas assez d'intimité et un caractère bien trop officiel. En plus, elle haïssait la salle d'accueil des familles avec ses murs beiges tristounets, dont l'ambiance lugubre semblait saper le moral de tous ceux qui y mettaient les pieds. Par conséquent, malgré l'incongruité de la situation, Helen avait choisi un petit restaurant chic pour informer Daniel des derniers rebondissements de son enquête. Elle sentait que c'était la bonne décision. Ils étaient déjà sortis depuis un moment du cadre de la simple relation professionnelle d'usage.

Daniel écouta avec attention tandis qu'Helen lui apprenait ce qu'ils avaient découvert sur la plage. Elle ne s'attarda pas sur les détails, consciente du surplus de douleur qu'elle était malgré elle en train de lui infliger. Mais le fond de son message était limpide.

— Il s'agit d'un tueur en série ?

Daniel ferma les paupières en prononçant ces mots.

— C'est notre opinion.

— Oh Seigneur, qu'a-t-elle enduré ?

Il posa sur elle un regard où l'angoisse le disputait au besoin de savoir. Comme tous les proches confrontés à une telle tragédie, une fois le pire confirmé, Daniel avait espéré une condamnation rapide, une explication claire et compréhensible. Une dispute conjugale. Un crime passionnel. Un accident avec délit de fuite. Mais imaginer sa fille en victime, en jouet morbide, en esclave d'un psychopathe... C'était trop à encaisser.

— Qu'est-ce qu'il a fait à ces filles ?

Helen nota qu'il parlait d'elles comme si, dans son esprit, les deux cadavres de la plage qui venaient d'être découverts étaient dissociés de l'affaire de Pippa. Comment lui en vouloir ? À sa place, elle réagirait exactement pareil. Mais de son point de vue, il était indéniable que les trois femmes avaient été les proies d'un meurtrier aussi prolifique qu'expérimenté. Les circonstances de leur inhumation, le soin avec lequel elles avaient été dépouillées de toutes caractéristiques pouvant permettre leur identification et, plus perturbant encore, l'oiseau tatoué sur les trois corps indiquaient sans l'ombre d'un doute qu'il s'agissait d'un seul et même homme.

— Nous recherchons encore des indices, répondit Helen en évitant toute mention à la morgue et aux autopsies. Mais il n'y a aucun signe de violence et il ne semblerait pas que sa motivation ait été sexuelle...

— Alors quoi ? Il se contente de les affamer jusqu'à ce que mort s'ensuive ?

— Je ne sais pas, Daniel, mais nous allons le découvrir.

Il encaissa sans mot dire, les yeux baissés. Helen essaya de lire dans son esprit, d'imaginer les scénarios abominables qui se jouaient dans sa tête : sa fille, seule et effrayée, affrontant une mort lente et douloureuse.

Espérant envers et contre tout que l'unique personne qui l'ait jamais vraiment aimée, son papa, viendrait la secourir et la sortir de ce cauchemar éveillé. À quel moment avait-elle perdu espoir ?

— Vous allez l'attraper, pas vrai ? finit-il par demander, la voix brisée.

— Je vous donne ma parole : Pippa obtiendra justice.

Il leva sur elle des yeux emplis de larmes. Puis, prenant sa main dans la sienne, il dit simplement :

— Merci, Helen. Merci.

75

Il étala son butin sur le lit. Il se sentait comme Ali Baba revenant dans sa caverne pour y entreposer ses trésors ; même s'il ne s'agissait que de produits cosmétiques bon marché dans un sous-sol vieillot. Il était très satisfait de lui-même. Elle avait exigé et il exécutait au-delà de ses souhaits.

Elle souriait de toutes ses dents. Elle chantait ses louanges et l'abreuvait de compliments. Leurs désaccords et petites chamailleries paraissaient bien bêtes à présent ! De quoi s'était-il inquiété ? Elle avait juste besoin de temps pour s'habituer. Mais le jeu en valait la chandelle et maintenant il se réchauffait à son approbation.

— Je ne savais pas trop ce que tu voulais…

Mascara, rouge à lèvres, recourbe-cils, vernis. Il aimait toutes ces couleurs – le doré des tubes, le rouge profond pour les lèvres, le rose vif du vernis. La féminité qui se dégageait de l'ensemble de ces produits le transportait de joie et l'excitait.

— Merci.

— Si ces affaires te plaisent, on pourra peut-être réfléchir à d'autres choses que tu voudrais. De nouveaux habits, des sous-vêtements peut-être…

Il prononça ces derniers mots à la hâte, il ne voulait pas paraître gêné devant elle. Puis il enchaîna en dressant la liste d'autres articles qui pourraient lui faire plaisir. Tout du long, il sentit son sexe durcir dans son pantalon. Elle était son petit bout de paradis, caché du reste du monde.

Bafouillant des excuses, il se précipita dehors. Une fois la lourde porte refermée et verrouillée derrière lui, il s'appuya contre le métal froid, goûtant sa fraîcheur apaisante. Il avait connu tant de déboires et tellement souffert, mais finalement tout irait bien. Elle était à lui, maintenant.

76

Qu'est-ce qu'il foutait là dehors, bordel ?

Assise sur le lit, le corps tendu de nervosité, Ruby attendait. Son ravisseur était sorti et avait verrouillé la porte, alors pourquoi ne partait-il pas ? Elle gardait les yeux rivés sur le panneau mobile, s'attendant à le voir coulisser à tout moment. Le sentiment de claustrophobie lié à son enfermement la frappa soudain de plein fouet. Elle n'avait le contrôle sur rien ici.

Toujours pas un bruit, aucun mouvement. Avait-elle mal interprété la situation ? Se méfiait-il d'elle ? Elle contempla l'étalage de produits de beauté sur le lit. Des broutilles grotesques servant à maquiller une réalité affreuse. Elle avait cru leur achat significatif, comme une preuve de sa volonté de lui faire confiance. Mais elle n'en était plus aussi sûre maintenant. Elle avait mis trop de soin à fomenter son plan pour qu'il s'écroule à la première difficulté.

Puis elle entendit les pas s'éloigner doucement. Disparaissant enfin. Malgré tout, Ruby resta pétrifiée. Elle avait du mal à y croire. Ne voulait pas précipiter les choses, au cas où il reviendrait sans prévenir.

Mais le silence s'installa pour de bon. D'un geste leste, elle s'empara du recourbe-cils. Elle tripota l'accessoire et l'examina ; comme elle l'avait espéré, il s'agissait d'un outil de pacotille plutôt que d'un instrument professionnel. Elle serra entre ses doigts la tête incurvée et poussa et tira dessus pour la déloger, mais elle refusa de casser. Avec un juron, Ruby souleva le pied du lit métallique qu'elle cala sur la tête du recourbe-cil, la plaquant au sol. Puis elle tira sur le manche de toutes ses forces. L'objet se brisa d'un coup sec. Elle récupéra alors la tête incurvée et appuya dessus avec son talon. Légèrement d'abord puis avec plus de force, écrasant la petite pièce métallique. Sur le sol dur et poussiéreux, elle ne produisit qu'un faible bruit sourd ; bizarrement, Ruby se sentait en sécurité, certaine de ne pas être entendue. L'adrénaline lui faisait perdre toute prudence.

Elle s'arrêta, essuya la pellicule de transpiration sur son front. Elle leva son pied et découvrit que la pièce de métal incurvée était maintenant plate.

Après l'avoir ramassée, elle retira les draps, la couverture puis le matelas pour exposer la structure du lit. Il fallait agir vite. Accroupie, elle examina le cadre. Il était en métal, composé de quatre pieds, d'un sommier, d'une tête de lit. Le sommier était fixé à la tête par deux vis. Serrées au maximum, elles s'étaient jusque-là révélées impossibles à dévisser, mais Ruby s'y attaqua bille en tête, insérant son bout de métal aplati dans la fente et tournant de toutes ses forces.

Rien. Il ne se passa absolument rien. Déjà Ruby sentait les larmes lui monter aux yeux. Elle redoubla d'efforts. Quelques secondes plus tard, elle s'interrompit et jura entre ses dents. Elle n'avait quand même pas fait tout ça pour rien ?

Rassemblant ce qu'il lui restait de courage, elle se remit au boulot. Elle s'entaillait le bout des doigts à faire tourner la pièce de métal, mais elle persévéra sans se soucier du bord acéré qui lui coupait la peau. Et tout à coup, enfin, la vis céda. Elle tourna avec réticence d'abord puis avec facilité, et bientôt Ruby tint au creux de sa paume la vis capricieuse.

Une de faite. Il n'en restait plus que trois.

77

Lloyd sut qu'il y avait un sérieux problème dès qu'elle lui ouvrit. Ceri Harwood était toujours tirée à quatre épingles, maîtresse d'elle-même et de la situation. Pour le coup, il en resta bouche bée. Jamais auparavant il ne l'avait vue énervée et encore moins ivre. Elle tenta en vain d'expliquer son bafouillage par les cachets qu'elle prenait pour son rhume, mais Lloyd sentait son haleine avinée.

Leur rendez-vous de ce soir lui était clairement sorti de l'esprit. Un oubli qui le mit en colère – comment pouvait-elle se montrer aussi désinvolte ? Elle le considéra d'un air absent d'abord, comme si elle cherchait à se rappeler d'où elle le connaissait, puis, sans un mot, elle tourna les talons et rentra dans la maison. Lloyd se sentit idiot, planté là, sur le seuil, sa petite enveloppe matelassée serrée dans la main, façon coursier indésirable. Qu'était-il censé faire ? Entrer ou attendre sur place ? L'avait-elle congédié ou invité à la suivre ?

D'un pas rapide, Lloyd pénétra dans la maison. Il ferait ce qu'il avait à faire et s'en irait – inutile de s'attarder et risquer de se faire repérer. Un Noir ne passerait pas inaperçu dans ce quartier et susciterait un intérêt superflu. Il préférait rester aussi discret et anonyme que possible.

— Vous êtes là ?

Sa voix résonna dans l'intérieur spacieux et superbement aménagé.

— En bas.

La réponse apathique lui était parvenue d'en bas. Il descendit un escalier raide en colimaçon et déboucha dans une vaste cuisine en sous-sol. Un profond malaise qu'il se reprocha aussitôt d'éprouver le saisit. Il n'avait rien contre les riches, ceux qui profitaient du fruit de leur labeur, mais ce monde lui était tellement étranger. Il n'avait jamais côtoyé ni le luxe ni le privilège. Il ne saurait pas quoi faire d'une telle baraque s'il en possédait une.

— Du vin ?

Harwood lui décocha un sourire sombre tout en le servant.

— Non, ça va. Je… Il faut que j'y retourne.

— Foutaises, répliqua Harwood en lui donnant d'office le verre rempli à ras bord. Alors, quelles sont les nouvelles du front ?

Lloyd baissa les yeux sur le verre dans sa main et sentit la colère monter en lui. Elle n'avait aucun droit de jouer avec lui.

— Les deux cadavres ont été exhumés et confiés à Jim Grieves. Nous ne les avons pas officiellement identifiés encore, mais nous sommes sûrs à quatre-vingt-dix-neuf pour cent qu'il s'agit de Roisin Murphy et d'Isobel Lansley.

Harwood avala son vin d'un trait.

— Les journalistes ?

— Rien pour l'instant, mais nous avons refermé l'accès à la plage, alors les questions ne vont pas tarder à fuser. Une stratégie média a-t-elle été élaborée avec l'officier de liaison ?

— Vous n'avez qu'à refiler à ces scribouillards une photo dédicacée d'Helen Grace. Ça devrait leur suffire.

Qu'elle cherche à faire de l'humour rendait la situation encore plus surréaliste. Tout à coup, Lloyd n'avait plus qu'une idée en tête : se tirer. Il ne savait pas du tout d'où lui venait cette attitude inhabituelle, mais ça ne lui plaisait pas. Pour la première fois, il envisagea la possibilité qu'Harwood ne contrôle pas autant la situation qu'elle le prétendait.

— Tenez.

Il lui tendit l'enveloppe.

— Posez-la par là, fit-elle avec un geste en direction de l'immense îlot central recouvert de marbre avant de retourner vers le frigo.

— À quoi vous jouez, bordel ?

Enfin, la colère de Lloyd explosait.

— Vous avez conscience des risques ? enchaîna-t-il. Pour vous ? Pour moi ? Si vous n'en avez rien à carrer, pourquoi vous être lancée là-dedans ?

Harwood s'immobilisa et fit volte-face. Elle paraissait plus surprise qu'outrée par ses paroles. Elle jeta un regard au paquet et son visage s'adoucit. À pas lents, elle revint vers lui.

— Excusez-moi, Lloyd, dit-elle avec douceur. J'ai eu une journée de merde.

Elle semblait ignorer comment poursuivre. De son côté, Lloyd ne savait pas quoi répondre.

— Je sais de quoi ça a l'air. Mais je vous suis reconnaissante de tout ce que vous avez fait. Je sais que je peux toujours compter sur vous.

Elle le couva d'un regard empreint de chaleur.

— Oublions ma mauvaise conduite, prenons un verre et discutons d'autre chose, d'accord ?

— Je ne veux pas m'imposer. Surtout si Tim est à la maison et que…

— Je l'ai foutu à la porte.

Une fois de plus, Lloyd resta sans voix. Visiblement, le sujet ne serait pas davantage discuté. Harwood fit un pas dans sa direction, se planta à quelques centimètres à peine de lui.

— Et si on s'installait tranquillement sur le canapé, pour déguster ce vin et nous détendre ?

Tout en prononçant ces paroles, elle fit courir un doigt sur le visage de Lloyd, caressant ses lèvres et son menton avant de mettre la main sur son torse. Elle le dévorait des yeux. Il n'éprouvait aucun désir pour elle, juste un mélange d'horreur et de pitié.

Il retira avec délicatesse la main qu'elle posait sur lui et lui rendit le verre auquel il n'avait pas touché avant de déclarer :

— Il faut vraiment que je rentre chez moi.

78

Jim Grieves n'était déjà pas un grand bavard mais, aujourd'hui, il était encore plus taciturne que d'habitude. Et pour cause : deux cadavres de femmes partiellement décomposés reposaient sur des tables d'autopsie adjacentes dans sa morgue. S'il n'était pas ravi du surplus de travail que cela lui donnerait, il était surtout rebuté par la perspective des nombreuses heures déprimantes qui l'attendaient en compagnie de deux jeunes femmes qui auraient dû avoir la vie devant elles. À cinquante ans passés, Jim était un personnage mordant, goguenard, qui accomplissait son travail avec humour ; mais l'homme, lui-même père de deux filles adultes, se sentait particulièrement touché par ces dernières venues.

— Roisin Murphy et Isobel Lansley, commença Jim à l'intention d'Helen. Leurs empreintes dentaires se trouvaient dans leur dossier des personnes portées disparues. J'ai envoyé des échantillons d'ADN pour une double vérification, mais il s'agit bien d'elles.

Helen acquiesça.

— Depuis combien de temps ?

— Roisin, environ deux ans et Isobel, moins – entre douze et dix-huit mois.

Deux autres filles gardées en vie après la mort via des tweets et des textos. Helen ne retirait aucune satisfaction d'avoir eu raison depuis le début au sujet du tueur et de son besoin de nouvelles victimes.

— Il va me falloir un peu plus de temps pour vous confirmer la cause de la mort. Mais elles semblent toutes les deux avoir souffert d'une défaillance organique. Elles ont été affamées et maintenues dans le noir. Comme chez Pippa, leur vision s'est détériorée, leur organisme a été totalement privé de vitamine D, leur épiderme est tanné. À un moment donné, leur corps a simplement lâché. J'en saurai plus au fur et à mesure.

Helen s'en était doutée mais elle n'en fut pas moins bouleversée.

— En revanche, si les trois corps ont été nettoyés soit par le meurtrier, soit par Mère Nature, j'ai tout de même trouvé quelque chose sur Isobel. Deux des cheveux de sa frange étaient collés ensemble par une sorte de solvant.

— Une idée de ce que c'est ?

— Pas la moindre, répondit-il d'un ton enjoué. Ce n'est pas mon domaine. Je les ai envoyés au labo pour analyse, en spécifiant bien que nous avions besoin d'un retour dans les prochaines heures. Vous pouvez imaginer ce qu'ils m'ont répondu.

Pour la première fois de la journée, Helen esquissa un sourire. Jim adorait asticoter les techniciens du labo, qu'il considérait injustement comme des robots.

— Et pour le tatouage ? poursuivit-elle.

— Les pigments utilisés sont similaires à ceux retrouvés sur Pippa. Difficile de dire s'il s'est servi de la même aiguille – si elle comportait des bactéries, on pourra le déterminer –, mais ce qui est certain en tout cas, c'est qu'il s'améliore. Le tatouage d'Isobel est bien plus réussi que celui de Pippa.

Helen digéra cette information.

— On peut acheter ces encres et ces aiguilles sur Internet ou dans une vingtaine de boutiques dans le Hampshire, continua Jim. Ce sont des produits génériques alors je ne suis pas sûr que cette piste vous mènera quelque part. À votre place, je me concentrerais sur le motif. Cherchez ce que représente cet oiseau bleu pour le meurtrier.

Helen s'attarda encore quelques instants avant de remercier Jim pour son travail et de partir. Il avait raison, bien entendu, mais ça ne les avançait pas beaucoup. Les vérifications d'usage concernant le tatouage avaient été faites : aucun individu arborant un merle bleu n'avait été arrêté récemment, et aucun cadavre avec un tel motif n'avait été signalé. Les dossiers informatisés ne remontaient qu'à dix à quinze ans en arrière ; l'indice qu'ils cherchaient existait donc peut-être avant l'informatisation, mais elle ne pouvait pas se permettre d'assigner à l'examen des archives une main-d'œuvre précieuse. Encore moins pour suivre une piste dont les résultats potentiels étaient aussi incertains.

Il lui restait en revanche une carte à jouer, même si ce n'était pas une carte qu'elle était pressée d'abattre. Elle s'interrogeait encore sur la façon dont elle allait manœuvrer quand son téléphone sonna.

À l'autre bout du fil, une Sanderson survoltée.

79

Lloyd était arrivé au milieu des marches du perron quand il l'entendit qui l'appelait.

Son départ avait été si brusque et précipité, impoli même, qu'il ne fut pas surpris. L'instinct avait repris le dessus ; il voulait juste s'éloigner. Pourtant, il s'arrêta. Après tout, elle était sa patronne. Encadrée dans l'embrasure de la porte, elle lui fit signe de revenir, comme si elle craignait que les voisins ne les épient. Réprimant son irritation, il gravit les marches à pas lent et se planta devant elle. Il avait la désagréable sensation d'avoir été convoqué dans le bureau du proviseur. Et pourquoi ? Il n'avait rien fait de mal, lui.

— Un mot avant que vous partiez.

Lloyd trouva soudain Harwood plus froide et maîtresse de la situation qu'elle ne l'était cinq minutes plus tôt. La dame de fer inébranlable était de retour, en dépit de son ébriété évidente.

— Oublions ce qu'il s'est passé aujourd'hui. À partir de maintenant, c'est strictement professionnel.

Elle choisit ses mots avec soin et les prononça avec emphase et conviction. Une fois de plus, Lloyd se sentit pris au piège.

— J'apprécie tout ce que vous avez fait pour moi, continua-t-elle d'un ton égal. Et il serait dommage que notre relation de travail privilégiée soit compromise d'une quelconque manière. Vous n'êtes pas d'accord ?

Lloyd acquiesça, même si c'était tout le contraire qu'il ressentait. Harwood s'en rendit peut-être compte car elle se pencha en avant et, frôlant presque son oreille de ses lèvres, elle susurra :

— Ne me décevez pas, Lloyd.

Alors elle se retira, claquant la porte derrière elle.

Au volant de sa voiture sur le chemin du retour, Lloyd se maudit de sa bêtise. Pourquoi s'était-il associé à Harwood ? Était-il con au point de croire qu'il pourrait s'en sortir sans une égratignure ? Ça semblait si simple au début, mais il se rendait compte maintenant combien il avait été stupide. Et s'il avait fini par croire à l'image qu'il renvoyait ? Celle du gamin surdoué qui réussit tout dans la vie et gravit les échelons sans jamais faire un pas de travers. Il y avait cette blague qui le suivait partout, une plaisanterie qui l'exaspérait par son racisme délibéré, comme quoi il était « plus blanc que blanc ». Un modèle de vertu, irréprochable dans ses prouesses et sa réputation. Lloyd savait que cela le rendait impopulaire, mais, curieusement, c'était une croix qu'il se plaisait à porter, le rappel de sa valeur et de son dévouement, supérieurs à ceux de tous ces autres rigolos. Avait-il foutu tout ça en l'air ?

Il se gara et gagna d'un pas las sa porte d'entrée. Les lumières dans le salon étaient allumées, son père était donc encore debout. Lloyd ressentit une pointe d'irritation – pourquoi s'obstinait-il à veiller aussi tard ? –, puis la honte le submergea. Quel besoin avait-il de critiquer son père quand en réalité c'était contre lui-même qu'il était furieux ?

— Tu as passé une bonne journée ?

Caleb se tourna vers son fils, éteignant aussitôt le poste. En lui sautant dessus avec un tel enthousiasme, il donnait l'impression d'avoir attendu Lloyd et un peu de compagnie toute la journée. Ses autres enfants ne venaient jamais lui rendre visite, ses anciens collègues de travail n'appelaient jamais. Comme de nombreuses personnes âgées, son père restait seul la plupart du temps. Lloyd avait essayé de l'encourager à adhérer à des associations, il avait même à un moment tenté d'obtenir une aide à domicile pour que Caleb ait une présence en journée, mais celui-ci avait rejeté cette idée. Il n'avait rien à raconter à de nouvelles personnes, disait-il. Il voulait seulement passer du temps avec sa famille. Ce qui dans la pratique, signifiait avec Lloyd.

— Comme d'hab, répondit celui-ci d'un air détaché.

— Tu es sûr ? Tu m'as l'air un peu abattu, fiston.

Lloyd haussa les épaules.

— Quelques soucis au boulot. Rien d'important.

— Tu as des difficultés sur une affaire ?

— Non, c'est juste des histoires de… collègues, répondit Lloyd.

— Tu veux en parler ?

— Merci, papa, mais pour être honnête, je voudrais aller me coucher. Je suis crevé.

Caleb ne répondit pas et Lloyd resta planté où il était, comme s'il attendait la permission de partir.

— Tu peux te confier à moi, tu sais, fiston. Je n'ai pas toujours été tendre avec toi, c'est vrai, mais… tu peux me parler. J'aimerais bien parler.

Son imagination lui jouait-elle des tours ou la voix de son père avait-elle légèrement tremblé ? Se sentait-il seul à ce point ? Mis à l'écart par son propre fils ? Il jeta un coup d'œil à son père qui se hâta de baisser le regard.

Lloyd s'attarda quelques minutes de plus, bavardant de tout et de rien, puis il partit se coucher. En réalité, il n'avait absolument aucune envie de discuter, de ruminer son imprudence crétine de s'être associé à Harwood. Et cela ne fit qu'accentuer le dégoût qu'il éprouvait pour lui-même.

Aujourd'hui, il avait foiré sur toute la ligne. Comme flic et comme fils.

80

Sanderson se demanda si elle se trouvait en présence d'un tueur. L'homme croisa son regard puis le détourna rapidement pour s'intéresser plutôt à Helen, assise de l'autre côté du bureau.

Andrew Simpson n'avait de toute évidence pas trop apprécié d'être accueilli par des officiers de police sur son lieu de travail et sa nervosité était palpable. La première fois que Sanderson était venue le trouver, il avait paru sûr de lui, méticuleux et serviable ; cette fois, il était sur ses gardes. Toute cette affaire n'avait plus rien de la simple routine.

— Connaissiez-vous bien Roisin Murphy ? demanda Helen, squeezant les formalités.

— Je ne la connais pas.

— Mais vous étiez son propriétaire ?

— Ça veut pas dire que je la connaissais. Je gère la plupart de mes affaires sur Internet, je rencontre le client une fois, on signe le bail et basta.

— Vous n'avez plus aucun contact après la signature ?

— Non, sauf en cas de problèmes sérieux. Pour tout ce qui est des interventions mineures, les fuites, les pannes de chaudière, par exemple, ce sont mes gars qui s'en occupent.

— Des gars comme Nathan Price.

— Exact. Quelle surprise d'apprendre qu'il a été arrêté et inculpé de détournement de…

— Nous ne sommes pas ici pour discuter de Nathan Price. Mais de vous, Andrew.

Sanderson réprima un sourire. Elle adorait voir Helen sortir le grand jeu. Parce qu'elle était élancée, athlétique et jolie, les gens s'imaginaient qu'elle serait douce et aimable – et c'était souvent le cas. Mais il y avait aussi en Helen une dureté et une concentration infaillible qui déconcertaient ceux qu'elle interrogeait. Il leur était impossible de la détourner de l'objectif qu'elle s'était fixé, il n'existait aucun point d'appui pour amener l'interrogatoire sur un terrain qui leur paraîtrait moins dangereux. Le regard qu'elle posait sur son suspect était si intense et si déterminé que de nombreux criminels rendaient l'âme avant même de commencer.

— Donc, pour être clair, vous n'avez rencontré Roisin qu'une fois ?

— Une fois ou deux, concéda Andrew en tripotant sa cravate.

Helen hocha la tête, prit des notes dans son calepin, le changement subtil du « une fois » en « deux » dûment constaté.

— Et Isobel Lansley ?

— Pareil.

Des réponses courtes, pas même des phrases entières ; c'était bon signe. Le signe qu'il se sentait déjà acculé.

— Quelle est la proportion de femmes parmi vos locataires ? demanda Sanderson, entrant enfin dans la bataille.

Maintenant qu'Helen lui avait flanqué la trouille, elle voulait prendre les commandes de la conversation. C'était sa piste après tout.

— Aucune idée.

— Au hasard ? insista Sanderson.

— J'en sais rien – cinquante ou soixante pour cent.

— Nous avons ici une ordonnance du tribunal nous autorisant un accès total à la liste de vos locataires.

Andrew Simpson la dévisagea, perplexe.

— Donc, lorsque nous consulterons vos dossiers, nous découvrirons qu'en gros cinquante à soixante pour cent de vos locataires sont des femmes ? Vous en êtes certain ?

Sanderson repéra le coup d'œil furtif qu'Andrew Simpson jeta aux officiers de la police criminelle qui, à l'extérieur de son bureau, étaient en train d'examiner avec méticulosité le contenu de son classeur à tiroirs. Sa secrétaire, toute paniquée, se tenait à côté, totalement dépassée par cette intrusion aussi soudaine qu'inattendue.

— Peut-être pas cinquante à soixante pour cent, finit-il par reprendre. C'est difficile de se rappeler comme ça…

— Combien ? intervint Helen.

— Environ quatre-vingt-dix pour cent, plus ou moins.

Sanderson jeta un regard à Helen, mais sa patronne ne réagit pas. La réponse flotta dans les airs. Puis, d'un hochement de tête quasi imperceptible, Helen donna à son lieutenant la permission de continuer.

— Environ quatre-vingt-dix pour cent. Sans doute même plus, j'imagine, reprit Sanderson. Une statistique hautement improbable si vos locataires sont sélectionnés au hasard. Pourquoi autant de femmes parmi vos clients ?

Le « vos » résonna un peu plus fort que le reste de la phrase.

— Parce qu'elles causent moins de problèmes. Elles sont plus propres, plus organisées, plus fiables…

— Pas toujours, le coupa Sanderson. Pippa Briers vous a laissé dans la panade, non ?

Après un instant d'hésitation, Simpson confirma :

— Oui.

— Et Roisin Murphy ? Vous a-t-elle donné un préavis en bonne et due forme ?

— Pas que je m'en souvienne, reconnut-il.

— Et Isobel Lansley ?

— Il faudrait que je consulte mes dossiers…

Sanderson le fusilla du regard.

— Mais je pense que non, ajouta-t-il.

Silence. Un long silence lourd de sens.

— Pour votre gouverne, les cadavres de Roisin Murphy et d'Isobel Lansley ont été retrouvés ce matin. Comme Pippa Briers, elles étaient vos locataires. Y a-t-il la moindre information les concernant dont vous souhaiteriez nous faire part ? demanda Helen.

Simpson secoua la tête avec vigueur. Sanderson remarqua les premières gouttes de sueur qui perlaient à son front.

— Selon nos estimations, leurs morts remontent à deux ou trois ans. Il me semble que vous les connaissiez toutes les deux bien avant. Est-ce exact ?

— Je vous l'ai déjà dit : je ne les « connaissais » pas. Oui, je leur louais des appartements depuis plusieurs années mais…

— Parlez-moi de l'appartement d'Isobel Lansley, l'interrompit Helen. Dans quel état se trouvait-il quand vous y avez pénétré après sa disparition ?

— Ça allait. Elle gardait toujours son intérieur propre et bien rangé. Elle était très soignée.

— Je croyais que vous ne la connaissiez pas ? s'empressa de contrer Helen.

— C'est le cas. Ce que je veux dire c'est que c'était propre et rangé quand j'y suis entré.

— Aucun signe de lutte ? Du mobilier cassé ou autre ?

— Non.

— La serrure de la porte d'entrée était-elle intacte ? Les fenêtres avaient-elles été forcées ?

— Non, rien de ce genre.

— Elles auraient donc ouvert la porte à leur meurtrier... Ou alors il serait entré avec une clé ?

Andrew Simpson ne pipa mot.

— Je suppose que vous possédez la clé de tous vos appartements ?

— Bien sûr, reconnut-il à contrecœur. Il m'arrive de les passer aux ouvriers quand ils doivent intervenir...

— Et au besoin, faire faire des doubles ne devrait pas être trop compliqué, je suppose ?

Simpson haussa les épaules.

— Notre hypothèse est qu'elles ont été enlevées par un individu qui avait accès à leur domicile. Qu'en pensez-vous ? poursuivit Helen.

— C'est vous le flic, rétorqua-t-il avec calme.

Elle acquiesça d'un signe de tête.

— Combien d'appartements possédez-vous dans la région de Southampton ? reprit Sanderson.

— Quarante-deux.

Aucune hésitation ici.

— Possédez-vous d'autres logements ?

— Non. À part ma maison, bien sûr.

— Vous habitez à Becksford, c'est bien ça ?

— Oui.

— C'est plutôt mignon et tranquille par là-bas, non ?

Andrew hocha la tête, il observait Helen avec attention. Celle-ci lui renvoya son regard, savourant la tension qui électrisait la pièce. Alors, sans prévenir, elle se leva.

— Ce sera tout pour l'instant. Je crains de devoir laisser sur place un ou deux agents pour qu'ils rassemblent les documents nécessaires. Mais merci beaucoup de votre aide.

Sanderson le remercia d'un sourire à son tour. Rien ne déstabilisait plus un suspect qu'une attitude reconnaissante et courtoise. Elle suivit l'exemple d'Helen, serra la main de Simpson, puis quitta le bureau sur ses talons. Les deux femmes regagnèrent la voiture en silence. Les mots étaient inutiles : Sanderson connaissait bien sa supérieure et elle n'avait pas besoin de lui parler pour savoir qu'elle aussi se sentait grisée par cet entretien. Enfin, ils avançaient.

81

Il était tard et Ceri Harwood se tenait seule dans l'obscurité. Après sa confrontation déplaisante avec Lloyd Fortune, elle avait versé le reste de la bouteille de vin dans l'évier et s'était écroulée sur le canapé. Elle s'y trouvait encore, l'apathie éthylique s'installant doucement, à s'en vouloir pour sa faiblesse et son manque de contrôle. Se soûler en plein milieu de la journée était déjà pitoyable, mais se présenter ivre devant un subalterne était impardonnable. Qu'allait-il penser ? Avait-il saisi l'avertissement qu'elle lui avait lancé ? L'avait-il repoussée ? Cette idée lui donna envie de vomir.

Tout en se maudissant, elle tourna le regard vers l'îlot central et la petite enveloppe matelassée posée dessus. Au milieu de ce chaos et de ce tumulte d'émotions, elle l'avait complètement oubliée. Une part d'elle-même n'avait aucune envie de s'en soucier maintenant ; tant de choses s'étaient passées ces dernières heures, ses autres préoccupations devenaient sans importance. La trahison de Tim avait changé à jamais ses perspectives. Et pourtant... une petite voix en elle lui soufflait qu'il s'agissait peut-être là de sa planche de salut. Une façon de s'affirmer dans un monde qui prenait un malin plaisir à la faire souffrir.

Elle s'extirpa du canapé et alla récupérer l'enveloppe qu'elle déchira. Comme prévu, à l'intérieur elle trouva une cassette. Elle la sortit et la glissa dans son magnétophone portatif.

Trop énervée pour s'asseoir, l'excitation courant dans tout son corps, elle se mit à faire les cent pas après avoir lancé la lecture. Au début, elle n'entendit rien sinon un bruit de frottement de tissu contre le micro. Elle savait qu'il y aurait autre chose – Lloyd ne se serait pas donné la peine de la lui apporter aussi vite s'il n'y avait que ça. L'inquiétude la gagna tout de même.

Alors des voix s'élevèrent. Une voix d'homme – étrange, inconnue, avec un accent – et une voix de femme. La conversation était hachée et ponctuée de silences à mesure que des défis étaient lancés et des décisions prises. En dépit de leurs divergences, les deux interlocuteurs semblaient parvenir à un arrangement. Un sourire se dessina sur les lèvres de Ceri.

Elle écouta encore un peu. Les deux individus ne scellèrent pas franchement leur pacte d'une poignée de mains mais l'affaire fut conclue. Elle l'avait entendu de ses propres oreilles. Quelle étrange journée ! Si troublante et déprimante, et pourtant au milieu du naufrage qu'était sa vie aujourd'hui, elle avait trouvé sa bouée ; la seule chose qu'elle désirait, celle qu'elle cherchait depuis des mois.

Le moyen de détruire Helen Grace.

82

Vingt-deux heures. La salle des opérations était déserte à l'exception de deux silhouettes solitaires. Resserrées autour du bureau du commandant, Helen et Sanderson examinaient avec soin les photocopies des documents recueillis dans les dossiers de Simpson.

Il leur avait menti ; pas de doute. Il ne disposait pas de quarante-deux appartements, mais de plus de cinquante. Pour certains – une maison délabrée qu'il avait divisée en cinq logements minuscules et insalubres –, il en était le propriétaire exclusif, pour d'autres, il officiait seulement comme bailleur. Information digne d'intérêt : il détenait également plusieurs propriétés abandonnées, des garages, des dépendances, une ou deux granges même, éparpillées dans tout le comté. Certaines à la campagne, d'autres en ville. Toutes isolées.

À mesure qu'Helen passait en revue la liste compilée par Sanderson, elle sentait s'accroître en elle l'envie furieuse d'inspecter tous ces endroits. Dans un monde idéal, elle serait déjà en contact avec une équipe à organiser les opérations : faire décoller l'hélico, réquisitionner les chiens renifleurs, sortir le matériel de recherche thermique. Mais procéder à la fouille d'un si grand nombre de propriétés requerrait un énorme déploiement de ressources. Jamais elle n'aurait l'autorisation de mobiliser autant de moyens sans des preuves en béton. Et puis, de toute façon, elle n'était même pas sûre d'obtenir un mandat. Ils avaient peut-être trouvé un lien entre Simpson et les victimes – un lien solide, il est vrai –, mais aucune preuve pour l'instant qui établirait son implication dans l'enlèvement ou le meurtre de ces femmes. Il n'avait pas de casier judiciaire, aucun antécédent de comportement inconvenant et rien chez lui pour l'instant n'indiquait un intérêt malsain pour les jeunes femmes. Helen avait déjà renvoyé McAndrew chez Ruby avec une équipe médico-légale. Si les techniciens trouvaient une preuve de la présence de Simpson chez elle, alors ils auraient une base de travail ; d'autant plus qu'il avait juré ses grands dieux n'avoir pas mis les pieds dans cet appartement depuis des années.

Helen savait donc que, malgré sa forte envie de défoncer des portes, elle allait devoir procéder à l'ancienne.

— Prenez autant d'officiers que possible, dit-elle à Sanderson. Et des agents de service aussi. Vous allez m'inspecter chacune des propriétés de cette liste. Porte-à-porte et enquête de voisinage. Je veux savoir si quelqu'un a vu ou entendu quoi que ce soit de louche. Des cris, des pleurs, de la lumière la nuit. Faites le nécessaire et trouvez-moi de quoi avancer.

Sanderson était déjà sur le pont, prête à sonner le clairon et à rassembler les troupes.

— Vous ne vous joignez pas à nous ?

— J'aimerais bien, mais j'ai un truc bien plus désagréable de prévu.

Sanderson la dévisagea d'un air interrogatif.

— J'ai rendez-vous avec Emilia Garanita, expliqua Helen.

83

Emilia Garanita loucha sur la une du journal de la veille. Elle avait décroché peu de gros titres ces derniers temps – le rédacteur en chef la punissait de son infidélité, elle en était convaincue –, et elle s'autorisa à se délecter de celui-ci un instant. C'était un bon article accompagné d'une photo géniale : le cordon de police qui battait au vent devant non pas une, mais deux scènes de crime en arrière-plan, à quelque distance l'une de l'autre. L'intensité dramatique était parfaitement rendue, l'âpreté de la plage et l'isolement des tombes soulignant le fait qu'une nouvelle fois, les forces de l'ordre du Hampshire traquaient un tueur en série. En rédigeant son papier, Emilia avait à nouveau éprouvé ce frisson jubilatoire qu'elle adorait tant. Enfin une histoire à sensation dans laquelle planter ses crocs !

Lorsqu'elle abaissa son journal, elle vit Helen Grace qui marchait vers elle. Heureux hasard qui la tétanisa un court instant. C'était quelque chose de voir le fin limier du commissariat central de Southampton s'avancer vers elle à grandes enjambées, au beau milieu d'une enquête. Avant, Emilia l'aurait accueillie avec sarcasme et insinuations sournoises, mais pas aujourd'hui. Elle conduisit Helen dans le bureau vide du rédacteur en chef et referma la porte derrière elles.

— Il faut que vous m'aidiez.

Fidèle à elle-même, son ancienne adversaire alla droit au but. En dépit de leur passé difficile, Emilia était la première à reconnaître qu'Helen Grace et elle possédaient des qualités similaires. En tant que femmes évoluant dans des secteurs dominés par les hommes, elles étaient toutes les deux dotées d'un courage et d'une franchise qui faisaient défaut aux autres représentantes de leur sexe.

— Je serais ravie de vous apporter mon aide, répondit Emilia d'un ton jovial.

— Nous devons découvrir la signification d'un tatouage qu'arborent les trois victimes.

— Le merle bleu, répliqua Emilia.

— Exact. Nous n'avons pas été en mesure de le relier à des victimes antérieures ni à des criminels connus de nos services. Ça ne mènera peut-être nulle part. Ou si ça se trouve, ce tatouage est un leurre pour nous mettre sur une fausse piste.

Emilia répondit d'un hochement de tête empreint de sagesse, ravalant son sourire. Jamais encore Helen Grace ne s'était montrée aussi franche et directe avec elle à propos d'une enquête en cours. Pourquoi ce changement ? Cette affaire lui causait-elle plus de souci que d'habitude ? Se trouvait-elle dans une impasse ? Ou bien fallait-il voir là le début d'un réchauffement dans leur relation ?

— Ou alors, continua Helen, c'est la clé de cette enquête. Dans ce cas, il y a fort à parier que quelqu'un, quelque part, sait ce que ce tatouage représente. Qu'il l'ait vu sur un collègue, un ami, un membre de sa famille. C'est tiré par les cheveux, je sais, et il faut supposer que notre meurtrier habite la région, mais nous espérions que l'*Evening News* pourrait mettre le paquet, histoire de capter l'attention du public...

— Et de déstabiliser le meurtrier aussi ?

— Pourquoi pas.

Il y avait une limite à ce qu'Helen voulait bien lui donner. En tout cas, Emilia appréciait d'être à nouveau dans la partie.

— J'en parlerai à mon rédac' chef mais je suis sûre qu'il sera ravi d'aider. C'est une histoire qui intéresse le public.

Et qui peut rapporter gros aussi, ajouta Emilia en son for intérieur.

Les grandes lignes établies entre les deux femmes, Helen prit congé. Emilia savait que la coutume aurait voulu que ce soit la responsable presse qui se charge d'une demande de coopération, mais Helen était venue en personne. La vendetta passée d'Emilia contre le commandant était-elle oubliée ? Elle se sentit à nouveau vibrer d'excitation. Voilà qui redorerait son blason au journal ; et qui sait, auprès d'autres peut-être aussi ? Elle prit place à son bureau, le prochain éditorial à moitié rédigé, et se jura de casser la baraque avec cette histoire.

84

Ruby n'avait pas fermé l'œil de la nuit. Les efforts qu'elle avait fournis l'avaient épuisée et, en des circonstances normales, elle serait tombée comme une masse mais l'espoir et l'adrénaline la tenaient éveillée. Le temps s'étirait à l'infini ici ; si les minutes s'écoulaient naturellement, elle n'avait aucune idée de l'heure qu'il était en réalité. Elle se força à cesser de compter et tenta de penser à autre chose.

Elle songea à ce qu'elle faisait quand elle était libre. Aux rêves qu'elle nourrissait mais qu'elle avait remis à plus tard par peur, par inquiétude ou par manque de moyens. Plus d'hésitation, maintenant ! C'était idiot, mais elle s'imagina à Tokyo. Elle avait toujours voulu visiter le Japon. Pourquoi ? elle n'en avait aucune idée, mais une fois elle était allée jusqu'à s'acheter un CD d'apprentissage du japonais et l'avait écouté avec dévotion tout un été. Elle avait quasiment tout oublié maintenant bien sûr mais elle avait quand même retenu certains mots. Elle en aimait toujours autant la musicalité. *O-né-ga-i-chi-mass*. *Ko-ni-tche-a*. Avec un sourire, elle fit rouler les mots sur sa langue, goûtant leur familiarité.

Du mouvement à l'étage. Un bruit, puis un autre. Était-ce le matin ? Il ne s'agissait peut-être que de l'homme en train de se déplacer dans la maison. Il ne dormait pas beaucoup et elle l'entendait marcher à n'importe quelle heure. Mais le silence prolongé qui suivit lui donna l'espoir que la nuit était enfin terminée.

Le moment était venu, alors. Ruby serra son arme un peu plus fort dans sa main. Elle n'aurait droit qu'à un seul essai, alors mieux valait assurer. Elle se surprit à sourire bêtement encore une fois, l'excitation supplantant la prudence. Avait-elle tort d'espérer ? Ce cauchemar pouvait-il se terminer aussi facilement ? Elle tenta de réprimer son enthousiasme – échouer maintenant serait insurmontable –, mais c'était plus fort qu'elle. Elle avait gagné sa confiance. Elle avait pour elle l'effet de surprise. Et une petite voix intérieure lui soufflait qu'elle serait rentrée chez elle à la tombée de la nuit.

85

Allongé sur le lit, il fixait le plafond. Une tache d'humidité couleur rouille lui répondait. Il en observa le contour, les nuances, et distingua dans sa forme des milliers de choses – une île, un nuage, un voilier, une licorne. L'excentricité dont il faisait preuve l'amusa : il était là, à rêvasser dans son lit alors qu'il y avait tant à faire ! Pourtant il n'essaya pas de s'en empêcher. Cela faisait si longtemps qu'il ne s'était pas laissé aller au luxe du bonheur – pourquoi ne pas y céder un peu ?

Sa vie était bien sombre et dure depuis le départ de Summer. Comment avait-il pu survivre à toutes ces années de misère et de solitude ? Plus de dix ans sans elle maintenant, ça paraissait complètement dingue. Son abandon l'avait anéanti et un reste de honte l'étreignait quand il se revoyait, plus jeune, en train de serrer Summer dans ses bras, la giflant pour tenter de la réveiller. Après les événements, il n'avait pas pu prononcer un mot pendant un mois, rendu muet par le choc de cette soudaine trahison. Avec étonnement, il s'aperçut que, encore aujourd'hui, s'il se concentrait de toutes ses forces, il pouvait sentir l'odeur âcre du vomi dans lequel elle baignait cette nuit-là.

Sa toute première réaction en comprenant qu'elle l'avait quitté fut de vouloir se suicider. C'était l'évidence même et à de nombreuses reprises depuis il avait regretté de ne pas en avoir eu le courage ; dans un magasin de bricolage, il avait acheté tout le nécessaire, mais, une fois au pied du mur, quelque chose l'avait retenu. Sur le coup, il avait rationalisé son impuissance à passer à l'acte et choisit d'y voir une intervention de Summer. Mais aujourd'hui, il se demandait s'il ne s'agissait pas plutôt de lâcheté pure et dure. Était-ce un signe de force ou un manque de loyauté qu'il respire encore ? Qu'il soit encore à la recherche du bonheur ?

Plus d'une fois depuis, allongé dans ce lit, il s'était revu là-bas. Quand il repensait à leur petite chambre sous les toits, au parquet penché et aux solives pourries, il s'y voyait toujours à l'horizontale. Couché sur le ventre, à épier à travers les planches les allées et venues à l'étage du dessous, ou allongé sur le dos à côté de Summer, à fixer le plafond en se rêvant n'importe où ailleurs.

Les précédents occupants avaient laissé un tel bazar dans cette mansarde ! Summer et lui s'étaient créé un petit sanctuaire privé à partir d'objets oubliés. Un rouleau de moquette moisie, une vieille caisse à thé, une maison de poupée ancienne, un fauteuil poire affaissé. Ils les disposaient en rond et s'installaient au milieu, à l'abri du reste du monde, enveloppés au chaud dans le secret et l'amour. Dans un livre écorné qu'ils avaient volé à la bibliothèque – un larcin qui les avait fait éclater de rire quand ils avaient échappé à la grosse bibliothécaire furibarde ! –, ils avaient piqué l'idée des cercles de fées et des porte-bonheur, puis, récitant les mots fantaisistes qui se trouvaient dedans, ils avaient ensorcelé leur petit domaine pour le protéger.

Une fois en sécurité, ils s'étaient intéressés aux jouets à l'intérieur de leur cercle magique. Ils avaient volé des Gameboys chez Dixon et des livres, des poupées et des cartes à jouer aux autres gosses. Bizarrement, c'était la maison de poupée qui les attirait sans cesse. Elle était en mauvais état : les fenêtres en plastique avaient disparu depuis longtemps et des gribouillis au stylo sur le toit refusaient de partir malgré l'acharnement qu'ils mettaient à les frotter. Pourtant, ils l'adoraient. C'était peut-être aussi à cause des deux petits personnages qui se trouvaient à l'intérieur.

Chacun adopta le sien – l'un vêtu de rose, l'autre de bleu – qu'il nomma comme lui. Alors, ils commencèrent à jouer avec la réalité, s'imaginant dans des contrées lointaines, menant des vies extraordinaires et luxueuses. Roi et reine de tout ce qu'ils contemplaient. Ils s'étaient créé un monde imaginaire saisissant, spécial et rien qu'à eux, et ils y jouèrent tous les jours, jusqu'à ce que d'autres centres d'intérêt prennent le dessus. Il ressentait encore une pointe de honte chaque fois qu'il repensait à la triste fin de la maison de poupée – brisée en mille morceaux de sa propre main. Il avait détruit ces quatre murs avec amertume ; son seul regret à l'époque étant de ne pas avoir d'allumettes pour la réduire en cendres. Quel imbécile il avait été ! Il n'y avait rien d'autre dans cette baraque pourrissante, en surface en tout cas, qui comptait plus pour lui. Cette maison de poupée lui manquait tellement.

Le réveil le tira de sa rêverie. Il n'avait pas beaucoup dormi, mais il avait apprécié ce demi-sommeil propice aux souvenirs étranges. Mais plus le temps de traîner ! Il devait être au boulot bientôt et il était résolu à passer inaperçu. La police était sur les dents, il devrait se montrer scrupuleux pour ne pas éveiller les soupçons. La ponctualité et la normalité étaient essentielles ; ce devait être une journée comme une autre pour le reste du monde.

Mais bon, en faisant vite, il pouvait se permettre une petite visite en bas. Il n'aimait pas la savoir seule. Ainsi donc, il s'habilla à la hâte, se donna un coup de peigne et sortit précipitamment de la chambre. Il marchait d'un pas allègre, le cœur léger. La journée s'annonçait bien.

86

Regarder quelqu'un imploser n'a rien de facile. Mais le pire que l'on puisse faire, c'est détourner les yeux. À quoi bon prétendre qu'il ne se passe rien ? Mieux vaut affronter les choses bien en face, prendre la personne qui souffre par la main et l'aider à se sentir mieux. Secondée par McAndrew, c'était ce qu'Helen Grace s'efforçait d'accomplir.

Sinead Murphy était en train de s'effondrer sous leurs yeux, brisée par la confirmation irrévocable du décès de sa fille. Helen se félicita de ne pas lui avoir annoncé la nouvelle la veille. Elle y avait pensé au moment de quitter la morgue, mais elle répugnait toujours à accomplir ces tâches-là en fin de journée. Il était préférable de délivrer ces mauvaises nouvelles de bon matin, pour que l'officier de liaison avec les familles puisse apaiser un peu les choses, et que les proches et amis aient le temps de se réunir avant que la nuit impitoyable ne tombe. Alors seulement, on pouvait espérer laisser les gens endeuillés dans un état pas trop éloigné de la normalité.

Regardant Sinead, qui tirait avec avidité sur sa troisième cigarette depuis leur arrivée, Helen se demanda si croire cela ne dénotait pas d'un optimisme naïf. Roisin avait été conçue dans des circonstances difficiles et son père était parti depuis longtemps quand elle avait fêté son premier anniversaire. Elle-même avait reproduit le schéma. Son ex-petit ami, Bryan, avait rompu avec elle avant que leur petit garçon, Kenton, ne sache marcher. Bryan était à présent assis, mal à l'aise, sur le canapé, à côté de la belle-mère au tempérament explosif avec laquelle il ne s'était jamais entendu. Ils formaient un couple étrange tous les deux : Sinead en surpoids qui pleurait dans sa tasse de thé pendant que Bryan, maigre comme un clou, fixait le bout de ses chaussures. À l'évidence, il ne savait pas quoi ressentir à l'égard de la mère de son enfant, la femme qui l'avait fichu à la porte et qui aujourd'hui était morte. Malgré sa dégaine, sa tenue et son apparente absence d'émotion, il inspirait de la compassion à Helen. Cette situation était affreuse pour tout le monde.

Et elle était la pire pour Kenton ; le petit garçon en train de jouer avec ses briques de construction sur la moquette marron. Sa vie tout entière avait été chamboulée et les choses iraient de mal en pis à compter de maintenant. Sa mère n'était plus portée disparue, elle avait été assassinée. Helen savait parfaitement comment cette différence le hanterait en grandissant. Si elle détestait ses parents de manière générale, leur mort de la main de sa sœur avait garanti leur présence dans ses rêveries éveillées tout comme dans ses cauchemars où ils accusaient leurs deux filles de les avoir trahis. Mais au-delà de cela encore, le meurtre violent d'un proche – famille ou amis – colorait à jamais votre vision de la vie. Quand une personne censée être auprès de vous vous est brutalement arrachée cela vous laisse un sentiment de malaise et vous force à regarder sans cesse par-dessus votre épaule.

— Quel genre de mère était Roisin ?

Sinead n'allait pas tarder à se refermer comme une huître, l'effondrement total semblait imminent, aussi Helen prit les devants, décidée à recueillir le plus d'informations possible.

Après un long silence, la femme finit par répondre :

— Ce n'était pas facile. Elle était encore si jeune. Aucune de ses copines n'avait d'enfants. Tout ce qu'elle voulait c'était faire la fête. Je ne dis pas qu'elle n'aimait pas Kenton, au contraire ! Mais elle n'était pas prête pour lui.

— Donc, quand elle a disparu, vous ne l'avez pas signalé tout de suite ?

Sinead secoua la tête et tira une nouvelle bouffée goulue sur sa cigarette.

— Elle avait du mal. Kenton ne dormait pas beaucoup et Roisin n'a jamais été du matin, poursuivit Sinead en esquissant un léger sourire au souvenir de sa fille grincheuse. Elle a posté un message pour dire qu'elle avait besoin de s'éloigner un moment. Ça n'avait rien de si surprenant...

— Mais ?

— Mais ça ne collait pas. Kenton est resté seul dans l'appartement. Toute la nuit. Si elle avait vraiment voulu partir, je suis certaine qu'elle me l'aurait amené. J'aurais râlé un peu – moi aussi j'ai mes problèmes –, mais je n'aurais jamais refusé de le prendre. J'aurais fait de mon mieux.

Helen n'en doutait pas une seconde : l'amour de Sinead pour son petit-fils rayonnait ; c'était le seul point positif dans cette histoire.

— Vous étiez donc inquiète ?

Sinead hocha la tête, puis reprit :

— Mais je ne voulais pas contacter les autorités, je ne voulais pas attirer d'ennuis à Roisin. Elle n'avait pas beaucoup d'argent et elle comptait sur les allocations pour nourrir le petit.

Bryan remua, mal à l'aise. Ce que Sinead pensait de lui transparaissait clairement dans ses paroles.

— Et vous, Bryan ? demanda Helen. Qu'avez-vous pensé quand vous avez appris que Roisin avait disparu ?

Celui-ci haussa les épaules ; il avait hâte que tout cela se termine, à l'évidence.

— Ça vous a surpris ?

— Ben oui.

— Pourquoi ?

— Parce que... Parce que c'était tout ce qu'elle avait. L'appart, le gosse.

— Votre fils ?

— Ouais.

Helen le dévisagea. Elle sentit qu'il fallait creuser. Que son caractère revêche dissimulait plus que son malaise.

— Vous ne viviez pas avec elle lorsqu'elle a disparu ?

— Non, on avait cassé.

— Depuis combien de temps ?

— Six mois, à peu près.

— Et où habitiez-vous à ce moment-là ?

— Chez des potes.

Le détachement résolu qu'il affichait commençait à lui taper sur les nerfs, mais Helen ravala sa frustration et insista.

— A-t-elle jamais fait mention de quelque chose que vous auriez par la suite trouvé louche ? Avait-elle peur de quelqu'un ? Avait-elle des ennuis ?

— Non, répondit-il en haussant les épaules.

Helen médita quelques instants puis reprit :

— Au moment de la disparition de Roisin, qui possédait des clés de l'appartement ?

Elle avait posé sa question avec légèreté, c'était pourtant celle qui l'intéressait le plus.

— Moi, bien sûr, confirma Sinead.

— Bryan ?

— Elle m'avait obligé à lui rendre les miennes.

— Sinead, vous avez toujours votre clé ?

— Évidemment. J'ai emballé toutes ses affaires, dit-elle avec une pointe d'indignation.

— Il va falloir que j'examine tout ce que vous avez, j'espère que vous comprenez.

Sinead dévisagea Helen quelques instants ; confier les souvenirs de sa fille disparue à une autre ne serait pas facile. Malgré tout, elle se leva et monta à l'étage accompagnée de McAndrew, le bon sens reprenant le dessus.

— Y a-t-il eu des cambriolages ? Des effractions ? poursuivit Helen en se tournant vers Bryan.

Il secoua la tête.

— A-t-elle mentionné quelqu'un qui rôdait dans les parages ? A-t-elle dû changer ses serrures ? A-t-elle jamais craint pour sa sécurité ?

— Non, rien de tout ça, répondit le jeune homme. Elle allait bien.

— Je vais vous demander de noter le nom de toutes les personnes en relation avec elle, reprit Helen quand Sinead les rejoignit. Nous allons vérifier les antécédents de tout le monde, chercher si quelqu'un avait une raison de vouloir faire du mal à Roisin.

Tous deux promirent de l'aider, offrant pour une fois le même son de cloche. Helen se leva, les remercia et se dirigea vers la porte. Dans l'entrée, elle s'arrêta pour examiner les trois cartons qui contenaient les affaires de la courte vie de Roisin. Soudain, une immense tristesse l'envahit ; elle avait de la peine pour la jeune femme, pour son fils. Elle prit congé avec soulagement. Tout en s'éloignant, elle jeta à travers la fenêtre du salon un dernier regard à la famille endeuillée. Bryan se préparait à partir, Sinead se tenait la tête entre les mains et, derrière eux, sur le sofa, se trouvait Kenton, qui jouait gaiement sans avoir aucune idée du drame qui se déroulait autour de lui.

87

Elle était là, en train de dormir comme d'habitude. Il referma d'un coup sec le panneau mobile et tira les verrous. Malgré l'amélioration de leur relation, il restait très pointilleux question sécurité et ne traînait jamais. Il avait payé le prix de sa négligence par le passé.

— Summer ?

Il secoua la tête devant son manque de réaction et referma la porte, la verrouillant en silence. Summer n'avait jamais été du matin. Parfois, ça l'agaçait au plus haut point, d'autres fois il trouvait ça charmant. Aujourd'hui, il se sentait d'humeur magnanime.

— C'est l'heure de se lever. Nous n'avons pas beaucoup de temps, mais je peux te préparer quelque chose de bon pour le petit déjeuner, si tu veux. Je peux faire des pancakes…

Elle avait toujours adoré les pancakes. Quel mal y avait-il à la gâter un peu de temps en temps ?

— Summer ?

Il courut vers le lit et se pencha au-dessus d'elle.

— Parle-moi, Summer. Tu es malade ?

Il tira le drap et ne découvrit qu'une couverture roulée en dessous. Avant de comprendre, il entendit des pas précipités derrière lui. Il commença à pivoter, trop tard. Le métal dur s'enfonça à l'arrière de son crâne et il s'écroula lourdement par terre.

Il essaya de se redresser, mais le choc le fit vaciller. Ruby n'hésita pas une seconde, elle abattit de nouveau la longue barre métallique sur sa tête. Le montant du lit était lourd et elle aurait dû être trop faible pour le soulever mais portée par l'adrénaline, elle le fit tournoyer et frappa une troisième fois. Cette fois, l'homme tomba de tout son long et ne se releva pas.

Lâchant son arme, Ruby s'agenouilla et plongea les mains dans la poche du pantalon de son geôlier. Ce maniaque gardait toujours les clés dans sa poche droite. Sauf qu'il était tombé sur le ventre et qu'elles se retrouvaient coincées sous son poids. Ruby se mit tout à coup à paniquer. Pourquoi n'y avait-elle pas pensé avant ? Ses efforts seraient-ils réduits à néant à cause d'une erreur aussi grossière ?

Il grommela, porta la main sur sa nuque. Rassemblant son courage, Ruby cala son épaule sous la cuisse de l'homme et souleva son corps du sol. Il était lourd, plus lourd qu'elle n'aurait cru étant donné sa silhouette mince. Pendant un instant, ils restèrent tous deux en l'air, grotesques, se balançant d'avant en arrière. Puis, avec un grognement animal, elle le fit basculer sur le dos. Elle plongea la main dans sa poche et trouva le trousseau qu'elle arracha d'un geste vif.

Voilà qu'elle se dirigeait vers la porte. Sa main tremblait tandis qu'elle essayait de glisser la clé dans la serrure. Son ravisseur poussa un autre bougonnement. Les paupières fermées, Ruby ordonna à sa main de s'immobiliser. Cette fois, la clé entra et s'enfonça à l'intérieur. Elle tourna aussi fort que possible vers la gauche, en vain. De désespoir, elle tenta l'autre sens, y mettant toutes ses forces. La clé refusait toujours de bouger. Baissant les yeux sur le trousseau, elle se rendit compte avec horreur qu'elle n'avait pas choisi la bonne.

Elle tira dessus mais elle était coincée dans la serrure maintenant ! Son geôlier commença à remuer ; Ruby l'entendait dans son dos, qui se relevait lentement du sol. Elle était comme paralysée ; une terreur à l'état pur annihilait sa capacité de mouvement. L'homme jurait et crachait entre ses dents, il n'était plus déboussolé et en état de choc, il était furieux. Si elle hésitait plus longtemps...

Ruby tira sur la clé avec vigueur et, soudain, elle réussit à la déloger, mais dans la manœuvre, elle perdit l'équilibre et recula en titubant vers son ravisseur. Elle sentit sa main qui lui attrapait la jambe, ses doigts s'agitant pour assurer une bonne prise. Elle lui donna un coup de pied et courut vers la porte.

Elle choisit une seconde clé qu'elle introduisit dans la serrure et tourna avec fermeté, mais le verrou, vieux et grippé, résista à tous ses efforts. Avec un cri de désespoir, elle força des deux mains et, finalement, le verrou céda. Ruby ouvrit la porte.

D'instinct, elle voulut détaler à toute vitesse mais elle se ressaisit, se retourna pour retirer la clé de la serrure. Si elle l'enfermait, elle serait en sécurité. Elle s'en empara mais le trousseau lui échappa et atterrit à quelques centimètres de son ravisseur. Elle fit un pas puis un autre dans sa direction avant de s'arrêter net. Il était déjà à quatre pattes, rampant vers elle. Elle saisit les clés à la volée, pivota et prit ses jambes à son cou.

Elle courut le long du couloir défraîchi et atteignit bientôt une autre porte verrouillée. Elle s'y attendait. Il refermait toujours cette porte en silence, sans doute pour qu'elle en ignore l'existence, mais elle l'avait entendu. D'une main plus ferme à présent, elle l'ouvrit et s'élança vers la liberté.

Avec surprise, elle découvrit un long tunnel qui s'étirait devant elle. Elle accéléra, aiguillonnée par le besoin désespéré de s'éloigner de cet endroit. L'effort l'épuisait, elle n'avait pas utilisé ses muscles depuis des jours et n'était pas habituée à ce brusque sursaut d'activité. Mais sentant la délivrance proche, elle continua coûte que coûte.

Soudain, elle s'arrêta, regardant d'un œil incrédule devant elle. Elle se trouvait à un croisement. Trois galeries distinctes partaient de là, toutes s'enfonçant dans l'obscurité. L'une d'elles devait mener à la sortie, loin de cet enfer. Oui, mais laquelle ?

Rassemblant le peu de courage et d'énergie qu'il lui restait, Ruby fonça tête la première dans le couloir de droite, se laissant engloutir par des ténèbres noir d'encre.

88

La puanteur était ce qui frappait en premier. Une odeur d'humidité oppressante, piquée de relents de canalisations engorgées et de puissants effluves de friture. Le lieutenant Sanderson sortit du salon délabré et passa la tête dans la cuisine : elle remarqua sur-le-champ le plafond jauni par des années de vapeurs de graisse et de fumée de cigarette.

La famille kurde qui logeait dans ce pitoyable appartement la considérait d'un air soupçonneux et se montrait peu loquace. Ils devaient être en situation irrégulière, mais Sanderson s'en fichait. Les pauvres n'avaient pas atterri dans un pays de cocagne mais ils ne semblaient pas versés dans la petite escroquerie. Leurs conditions de vie chez eux étaient-elles meilleures ? Mieux valait ne pas poser la question.

Sanderson n'était pas là pour leur chercher des noises, elle avait autre chose à faire. Depuis deux heures, elle supervisait, de concert avec une Lucas taciturne, le ratissage des propriétés de Simpson dans tout le Hampshire : frapper aux portes, se faire inviter à entrer, poser des questions à des occupants méfiants. Une tâche d'une telle ampleur que les deux lieutenants s'y étaient collées aussi. Sanderson avait proposé qu'elles effectuent leur ronde ensemble – autant pour la compagnie que pour des raisons de sécurité –, mais Lucas avait décliné.

— On aura terminé plus vite si on se sépare.

Sanderson avait approuvé, feignant de prendre son excuse pour argent comptant ; mais, au fond d'elle, elle sentait qu'il se passait autre chose. Lucas se l'était joué petit chef avec elle, revendiquant une supériorité qui n'existait pas vraiment. Mais les choses avaient beaucoup changé ces derniers jours. Le capitaine Fortune était souvent absent, distrait lorsqu'il se trouvait *effectivement* au poste, tandis qu'Helen Grace était là, sur tous les fronts, conduisant l'enquête d'une main de maître. Un avantage indéniable pour Sanderson, alliée de longue date du commandant Grace, mais qui renvoyait Lucas dans l'ombre. Si elle était maligne, cette dernière ferait des efforts et tenterait de se rapprocher de Sanderson – elle pousserait peut-être même le vice jusqu'à lui présenter des excuses – mais d'après Sanderson, ce n'était pas son genre. Trop jeune et pas assez sûre d'elle pour montrer la moindre vulnérabilité.

Ainsi, elles faisaient leurs rondes chacune de leur côté. La famille kurde possédant une maîtrise limitée de la langue, Sanderson acheva sa visite de l'appartement après quelques questions infructueuses. Bien plus de personnes occupaient ce logement que la prudence et même la légalité ne le prévoyaient – une famille plus qu'élargie s'entassait dans quatre pièces exiguës dans des conditions qui ne pouvaient même pas être qualifiées de rudimentaires. Simpson avait fait en sorte de respecter certaines des obligations légales qu'il devait remplir en tant que logeur. Il avait notamment installé des portes coupe-feu et des détecteurs de fumée dans chaque pièce – y compris la salle de bains, souvent oubliée par les radins –, et il fournissait à chacun un bail en règle. Mais la considération qu'il avait pour ses locataires s'arrêtait là. Tous les appartements sans exception que possédait ou gérait Andrew Simpson étaient des taudis – il n'y avait pas d'autres mots pour les décrire. Le papier peint partait en lambeaux, le parquet apparaissait sous la moquette crasseuse et élimée, des ampoules nues pendouillaient dans des pièces lugubres.

Pour la énième fois depuis le début de la journée, Sanderson éprouva un sentiment de culpabilité, la culpabilité du plus chanceux. Elle ne roulait pas sur l'or mais elle possédait un appartement décent, une petite voiture, de beaux habits – tous les attributs de la vie moderne et urbaine. Ces pauvres gens ne connaissaient que misère et dégradation. Elle eut honte qu'ils aient parcouru tout ce chemin depuis chez eux pour ne trouver que cette précarité. Toutefois, à sa culpabilité se joignait aussi la colère. Une colère noire envers Andrew Simpson. Nombreux étaient les propriétaires coupables de négligence, mais là, on atteignait des sommets. L'homme était désagréable, cupide et immoral, mais Sanderson était tout de même choquée qu'il n'hésite pas à traiter ses semblables pire qu'il n'aurait traité des animaux.

89

Le cœur de Ruby s'arrêta : un cul-de-sac ! Elle avait couru à toute vitesse jusqu'au bout du couloir de droite, tout ça pour découvrir qu'elle avait fait le mauvais choix. Le tunnel sombre semblait faire partie d'un réseau minier – sol en terre brute et lumières industrielles fixées aux poutres en bois qui soutenaient le plafond – et se terminait par une sorte de zone de stockage. Bouteilles en plastique, sacs vides et autres détritus s'empilaient jusqu'en haut. Ruby tourna les talons et repartit en direction du croisement aussi vite que possible. Ses poumons brûlaient, elle avait le souffle court et irrégulier, mais il fallait continuer. Ce serait sa seule chance.

Les grognements de son ravisseur lui parvinrent plus fort. Était-il sorti de la chambre ? Venait-il vers elle ? Une brève seconde, Ruby se figea, ne sachant que faire, la peur de se faire attraper lui ôtait soudain toute énergie et détermination.

Des pas. Elle entendit des pas. Elle tourna et plongea dans la galerie du milieu. Ses jambes menaçaient de céder sous elle mais son désir de vivre la poussait en avant. Elle courait de toutes ses forces, suivant les lignes droites et prenant les virages. C'était le bon, il fallait que ce soit le bon. Ce tunnel était plus long que l'autre et elle sentait de l'air frais devant elle. Un air froid et piquant. Oui, c'était le bon chemin, *forcément*.

Ruby tourna à un angle et aussitôt les larmes lui montèrent aux yeux. Des larmes de terreur pure. Une impasse, encore. Une grille de ventilation, mais pas de porte de sortie. Le désespoir s'abattit sur elle, puis une idée lui vint. Ce conduit était peut-être une issue après tout. Elle glissa les doigts dans les trous de la grille et tira dessus de toutes ses forces, prenant appui du pied sur le mur brut. Rien. La grille était scellée avec plusieurs vis rouillées et sans outil, elle ne pouvait rien faire. Ruby appuya sa tête douloureuse contre la grille ; l'air frais qui filtrait la narguait en caressant son visage strié de larmes. C'était la fin, alors ? S'il la trouvait, il la tuerait, Ruby en était convaincue. Jamais elle ne reverrait sa famille, ses amis… Jamais elle ne reverrait la lumière du jour.

Tout était calme à présent. Elle tendit l'oreille. Plus de grognements, plus de pas. Soudain, une autre idée la traversa. Et s'il avait pris à droite, laissant le couloir de gauche sans surveillance ? Ses empreintes de pas devaient être visibles sur le sol en terre, il les avait sûrement suivies.

Collée au mur, Ruby revint sans bruit au croisement, s'arrêtant toutes les trois secondes pour écouter. Tous ses sens étaient aux aguets, mais elle ne vit aucun signe de lui. Elle avança un peu plus, tout doucement. Elle n'était plus qu'à une dizaine de mètres de l'embranchement. Elle essaya de ralentir son souffle, se prépara à fournir un dernier effort. C'était maintenant ou jamais.

Elle bondit de sa cachette, vira d'un coup sur la droite. Sans une hésitation, elle fila dans la galerie de gauche. Il l'avait sûrement entendue, alors il n'y avait rien d'autre à faire que foncer tête la première et courir.

Un bruit lui fit lever les yeux et elle stoppa net. Il ne l'avait pas suivie dans le couloir de droite finalement, il était allé directement vers la sortie. Et il se tenait maintenant devant elle, lui barrant le passage.

Ruby pivota pour repartir dans l'autre sens, mais il la rattrapa en un éclair. Elle sentit sa main rêche qui lui tirait la tête en arrière, puis elle tituba quand son poing s'abattit sur son visage. Sous les coups qui pleuvaient, Ruby s'écroula par terre. Elle ne chercha même pas à se défendre ni à se protéger ; elle se contenta de fermer les paupières, encaissa les coups et attendit patiemment la mort.

90

— OK, faisons le point.

Il était midi et Helen avait rassemblé l'équipe dans la salle des opérations. Sanderson et Lucas étaient rentrées de leur battue, McAndrew avait passé au crible les effets personnels de Roisin ; c'était la première fois depuis longtemps que toute la brigade se trouvait réunie. Helen les observa se regrouper, notant qui se tenait près de qui, qui évitait qui et ainsi de suite. Elle voyait bien qu'un malaise subsistait au sein de l'équipe. Simple désaccord ? Guerre de territoire ? Il était trop tôt pour le dire mais ce constat l'inquiéta. Elle n'avait pas de temps à perdre – et Ruby encore moins ! – en disputes internes.

— Nous avons donc trois victimes et une femme portée disparue. Pippa Briers a été assassinée il y a trois à quatre ans, Roisin Murphy il y a environ deux ans. Isobel Lansley est notre victime la plus récente – selon l'estimation de Jim Grieves, elle serait morte depuis moins de dix-huit mois. Toutes ces femmes se ressemblent physiquement – cheveux noirs, yeux bleus – et chacune des victimes arbore le tatouage d'un merle bleu à l'épaule gauche. Grâce au travail appliqué du lieutenant McAndrew auprès de la famille de Roisin et de son ex-compagnon, nous avons la confirmation que Roisin n'avait pas ce tatouage au moment de sa disparition. Idem pour Pippa.

— Et pour Lansley ? demanda Lucas.

— Nous devons encore interroger ses parents. Ils sont installés en Namibie depuis plusieurs années, mais nous les avons informés des derniers développements et ils doivent prendre l'avion sous peu, répondit Grounds.

— Le plus tôt sera le mieux, insista le capitaine Fortune.

— Nous pouvons donc supposer que c'est le meurtrier qui a tatoué ces femmes, poursuivit Helen. Pour quelle raison ? Est-ce pour les marquer ? Montrer qu'elles lui appartiennent ? Pour les faire ressembler à quelqu'un d'autre ? Pour s'amuser ? Quelle est la signification de ce tatouage ?

Silence dans l'équipe, Helen continua.

— Quelle importance revêt leur apparence physique ? Pourquoi ces femmes en particulier ? J'aimerais que Lucas et McAndrew continuent d'examiner à la loupe les vies de ces femmes pour essayer de déterminer où et quand il serait entré en contact avec elles. Quels étaient les impératifs réguliers de ces femmes ? Où travaillaient-elles ? Où retrouvaient-elles leurs amis ? Où faisaient-elles du sport ? Nous devons recueillir des éléments précis afin de trouver des correspondances.

McAndrew et Lucas opinèrent du chef sans avoir l'air ravi de cette mission conjointe. Helen n'en avait cure – elle allait obliger les membres de son équipe à bosser ensemble.

— Ensuite, l'accès. D'après Sinead Murphy, Roisin possédait quatre jeux de clés de son appart. Sinead en avait un dans son sac, les trois autres ont été retrouvés dans les cartons contenant les affaires de Roisin. Ils se trouvaient donc chez elle, après sa disparition.

— Elle connaissait son ravisseur, alors ? émit Fortune.

— C'est une possibilité à envisager vu qu'il n'y avait aucune trace d'effraction ou de lutte. Mais le cercle relationnel de Roisin était restreint et d'après sa mère et son ex, elle n'avait mentionné personne de nouveau ou d'inquiétant. Par conséquent, il faut aussi tenir compte des gens que l'on laisse volontiers entrer chez soi. Les officiels – policiers, ambulanciers, agents du gaz ou de l'électricité, bénévoles. Ces femmes accueilleraient-elles facilement de telles personnes chez elles ? Interrogeons à nouveau les familles, essayons d'en apprendre davantage.

— Comment les enlève-t-il ?

Le lieutenant Stevens avait enfin parlé. Sa question était concise mais pertinente.

— Isobel Lansley présentait des résidus d'un produit collant dans les cheveux. D'après les tests, il s'agirait d'un solvant industriel, répondit Helen. Du trichloréthylène.

— À quoi ça sert ? demanda Sanderson.

— À plein de choses. Nettoyage des surfaces de travail, dégraissage de parties métalliques. On en trouve dans le cirage et les produits de nettoyage à sec. Et puis avant certains se défonçaient avec.

— Et ça pourrait assommer quelqu'un ?

— Dans les années 1920, on a procédé à des tests pour l'utiliser comme une alternative au chloroforme, sous forme d'anesthésique, avant que le domaine industriel ne s'en empare. Donc oui, il s'agit d'un produit en mesure d'immobiliser une personne. Comme avec du chloroforme, un linge imbibé sur le nez et la bouche suffirait.

L'équipe garda le silence une nouvelle fois. Ce dernier élément était aussi inquiétant que déroutant.

— Pour les endormir, il faudrait qu'il soit près d'elles, intervint Lucas, reprenant le fil. Mais il n'y avait pas de casse, aucune trace de lutte dans l'appartement de Ruby, alors...

— Elle devait avoir suffisamment confiance en lui pour le laisser s'approcher, déclara Fortune.

— Ou alors, les victimes dormaient déjà, intervint Sanderson. Nous savons que Ruby était sortie et avait bu. Elle aurait très bien pu s'endormir et...

Nouveau silence.

— Retournons aux domiciles des victimes, reprit Helen. Ça remonte mais des locataires de l'époque se rappelleront peut-être avoir vu des représentants de l'autorité traîner autour des appartements tard le soir. Tout ce qui leur a paru inhabituel. Il y a forcément une explication au fait que ce type ne laisse aucune trace. Il faut qu'on découvre comment il pénètre chez elles !

L'équipe se sépara, chaque membre assigné à sa tâche par un capitaine Fortune débordant d'énergie. Helen les regarda partir. Leurs progrès restaient modestes mais ils disposaient enfin de quelques pièces du puzzle, assez pour leur donner un coup de fouet. Un élan d'optimiste bien nécessaire. Ils allaient peut-être enfin comprendre le mode opératoire de leur tueur.

Les réflexions d'Helen furent interrompues par la sonnerie de son portable. Elle s'étonna en voyant qui l'appelait : James, son voisin du dessous. Le beau et jeune médecin de l'hôpital South Hants avait tenté une approche avant de faire machine arrière en comprenant qu'Helen n'était pas du genre à devenir une nouvelle conquête à son tableau de chasse. Perplexe, elle se hâta de décrocher.

— James ?

— Tu ferais mieux de rappliquer, Helen.

— Qu'est-ce qu'il se passe ? Ne me dis pas qu'il y a encore une fuite !

— Ils sont chez toi.

— Qui ça ?

— Les flics. Une demi-douzaine. Ramène-toi *illico* !

91

Helen gravit les marches trois par trois. Arrivée au dernier étage, elle était en nage mais elle n'hésita pas une seconde et franchit la porte en trombe. Elle s'attendait au pire, mais ce qu'elle vit la laissa sans voix.

Son appartement – son cher appartement – avait été mis sens dessus dessous. Six officiers en combinaison blanche étaient en train de mettre à sac son domicile. Ils ouvraient les tiroirs du bureau, regardaient sous les tables, emballaient son ordinateur et son iPad.

— Quelqu'un voudrait bien m'expliquer ce que c'est que ce bordel ? grogna Helen en montrant sa plaque. Je suis commandant de police du Hampshire, vous êtes chez moi ; vous n'avez rien à foutre ici.

— Au contraire, rétorqua une femme d'une quarantaine d'années à la coupe de cheveux ratée, en sortant elle aussi sa plaque. Capitaine Lawton, anti-corruption.

Helen examina le badge sans comprendre.

— L'anti-corruption ?

— Exact, et nous avons un mandat de perquisition nous autorisant la fouille de votre appartement.

Helen arracha le papier des mains de Lawton et le lut, y cherchant les éléments clés. Bien entendu, le document ne révélait rien d'utile.

— Pourquoi vous êtes là ? Qu'est-ce que vous cherchez ?

Personne ne daigna lui répondre.

— Je dirige actuellement une enquête majeure. Je ne sais pas ce que vous croyez être en train de faire mais je peux vous assurer la police du Hampshire va vous renvoyer d'où vous venez à coups de...

— On se calme, commandant Grace. On sait qui vous êtes et ce que vous faites. Mais pour votre gouverne, c'est un des vôtres qui nous a prévenus, alors vous feriez mieux de nous laisser poursuivre notre travail et de garder vos injures pour d'autres.

Avec un air renfrogné, Lawton se remit à la tâche. Helen resta pétrifiée sur place, choquée par cette dernière révélation. Si elle ignorait toujours ce qu'ils cherchaient, au moins maintenant elle connaissait avec certitude l'identité de son dénonciateur.

92

— Vous n'avez aucun droit de faire ça ! Quels que soient nos différents passés, je vous interdis de répandre des mensonges sur mon compte !

Bouillonnant de rage, Helen faisait face à Ceri Harwood plantée de l'autre côté de son bureau.

— Je vais déposer une plainte officielle auprès de Fisher...

— Qu'est-ce qui vous fait croire que ce sont des mensonges ? rétorqua Harwood avec froideur.

Son ton décontenança Helen. Elle poursuivit malgré tout.

— L'anti-corruption ? Vraiment ? Je crois que mon dossier montre clairement de quel côté de la barrière je me trouve.

Elle faisait référence au prédécesseur d'Harwood, le commissaire principal Whittaker, qu'elle avait, à raison, servi sur un plateau d'argent à l'anti-corruption.

— Ce qui rend vos actes d'autant plus surprenants, Helen.

Encore cette froideur.

— Qu'est-ce que vous voulez dire ?

— J'aimerais vous faire écouter quelque chose, répondit Harwood. L'enregistrement original se trouve entre les mains de l'anti-corruption, d'où le petit cirque de ce matin. J'ai fait cette copie pour nos archives.

Helen se crispa quand Harwood appuya sur la touche lecture de son lecteur portatif. À quoi jouait-elle ?

Le silence, puis des bruits de froissement et enfin des voix. Helen reconnut aussitôt la sienne, puis celle du commandant Tom Marsh. Un instant, le choc la paralysa. Pourquoi aurait-il enregistré leur conversation ? Il ne pouvait pas savoir qu'Helen allait venir le coincer chez lui, dans le Northamptonshire...

Elle s'était fait piéger. Marsh était mouillé depuis le début ! Il avait enregistré Helen quand elle lui demandait de lui communiquer des informations classées confidentielles, de compromettre une mission d'infiltration en cours, de risquer la vie d'agents en service... La liste des inculpations ne cessait de s'allonger. Et Harwood avait tout cela sur bande.

— Je vous avais dit de ne pas vous mêler de ça. Non, je vous ai *ordonné* de ne pas vous approcher de Robert Stonehill, reprit Harwood. Mais vous ne m'avez pas écoutée. Je ne sais pas très bien encore comment vous avez eu accès à son dossier, mais je trouverai.

Helen songea aussitôt à Charlie. Dans quoi l'avait-elle embarquée ?

— Son dossier ? répéta-t-elle avec un sang-froid feint.

— Ne jouez pas les modestes, Helen. La seule façon dont vous avez pu avoir connaissance de l'implication du commandant Marsh, c'est en ayant lu le dossier censuré.

— Je ne me rappelle aucun dossier.

— Nom de Dieu, Helen, si c'est votre ligne de défense, vous êtes vraiment dans de beaux draps ! L'anti-corruption va passer votre appartement au peigne fin ; quand ils auront trouvé ce qu'ils cherchent, vous serez finie. Et ce ne sera pas trop tôt.

Helen fixa sa supérieure. Il y avait quelque chose de différent chez elle aujourd'hui. Même à l'orée de sa victoire, elle paraissait lasse et vidée. Comme si sa propre haine l'avait rongée de l'intérieur. Elle avait fomenté un stratagème complexe pour piéger Helen et il avait fonctionné. Alors pourquoi semblait-elle si abattue ?

— Est-ce que c'était vrai, au moins ? La bagarre à Northampton ? L'implication de Robert avec la police ?

— Je crains que ces informations ne soient confidentielles...

Et elles le resteraient sans aucun doute. La colère d'Helen enflait ; l'idée que sa vie personnelle, ses faiblesses les plus intimes aient été utilisées contre elle faisait bouillir son sang. Elle avait sous-estimé la soif de vengeance d'Harwood et elle récoltait le fruit de sa suffisance.

— Évidemment, tant que cette affaire n'est pas réglée, vous êtes suspendue de l'enquête...

— Je ne crois pas, non.

Harwood partit d'un grand rire.

— J'admire votre culot, Helen, mais je ne suis pas sûre que cette décision vous appartienne. Quand nous en aurons terminé ici, je dois rencontrer Fisher pour entériner votre suspension. Il est au courant de la situation évidemment...

— Dans ce cas, je suis certaine qu'il verra quelle connerie ce serait. Question image, ce ne serait pas terrible. On fait mieux comme publicité, pas vrai ? Vous m'avez déjà suspendue par le passé et regardez ce que ça a donné : j'ai trouvé Ella Matthews pendant que vous tourniez en rond. Justement, j'ai rafraîchi la mémoire d'Emilia Garanita à ce sujet l'autre jour ; je ne suis pas sûre que l'*Evening News* cautionnera la suspension de l'officier le plus efficace du commissariat central de Southampton au beau milieu d'une enquête de cette importance. Je suis convaincue par contre que la presse sera très intéressée d'entendre que je suis la victime d'une campagne de harcèlement, et qu'en dépit d'une absence de preuves totale, vous menez une vendetta personnelle contre moi...

— Vous êtes sérieuse ? On vous a pris la main dans le sac ! tonna Harwood.

— Une conversation hypothétique entre deux officiers, au cours de laquelle aucune information digne d'intérêt n'a été révélée...

— Vous avez eu accès à un dossier top secret. En violation d'un ordre direct.

— Un dossier introuvable...

Pour la première fois, Harwood marqua un temps d'arrêt. Était-ce bien une pointe d'incertitude que décelait Helen ?

— Si j'ai pris ce dossier, prouvez-le. Alors vous pourrez me sortir le règlement. Mais en attendant, je vous suggère de rentrer dans votre niche et de me laisser faire mon boulot. La vie d'une jeune femme est en jeu et quiconque perturbera notre enquête ferait mieux de se préparer à en subir les conséquences si les choses tournent mal. Je n'aimerais pas avoir ça sur la conscience. Ni symboliser une issue fatale à cette histoire.

Long silence. Harwood ne prononça pas un mot, mais Helen sentit qu'elle avait semé le doute en elle. Harwood ne permettrait jamais que soit ternie son image publique ou sa réputation professionnelle. La sécurité avant tout, c'était sa devise, et Helen le savait.

— Vous resterez affectée à cette enquête, pour l'instant, finit par capituler Harwood. Mais vous devrez coopérer pleinement avec l'anti-corruption. Notamment, vous me fournirez tous vos mots de passe et vos codes, afin que l'on puisse avoir un accès total à vos ordinateurs, téléphones, tablettes, et cetera. Vous ne retournerez pas non plus à votre appartement et vous ne mentionnerez cette affaire à aucun officier en service. Si vous désobéissez à l'un de ces ordres, de quelque manière que ce soit, je vous retire votre badge. Est-ce que c'est clair ?

Helen longea le couloir d'un pas raide, la rage au ventre. La vie ne cessait de la surprendre par l'inventivité de son sadisme, mais jamais elle ne se serait attendue à ça. Comme Harwood devait la mépriser pour agir ainsi ! Cette femme était déterminée à la détruire. Son avenir au commissariat central de Southampton ne tenait plus qu'à un fil pourtant Helen bouillait d'une arrogance farouche.

Tout à coup, elle sut exactement ce qu'elle devait faire pour s'assurer que la balance penche de son côté une bonne fois pour toutes.

93

Le capitaine Lloyd Fortune remua, mal à l'aise, sur son siège. Déjà qu'il n'aimait pas les appels au public, il fallait qu'il participe à celui-ci qui était plus déchirant encore que les autres. Le visage souriant de Roisin s'étalait en grand sur les écrans derrière lui, toile de fond à l'intervention télévisée chargée d'émotions de Sinead pour solliciter des informations sur sa fille. La mère éplorée avait prononcé trois phrases avant de fondre en larmes. Depuis, c'était le statu quo. Du bon spectacle, clairement, qui pourrait même aider à réveiller la mémoire d'un témoin ou titiller sa conscience, mais terriblement éprouvant à regarder. Sinead geignait – tout son optimisme, toute son énergie lui avaient été ôtés par la tournure tragique des événements. Les souvenirs heureux de Roisin qu'elle évoquait semblaient la briser davantage ; elle les mentionnait pour que d'autres, chez les témoins, se manifestent, mais Lloyd craignait qu'ils ne servent qu'à souligner sa propre culpabilité et à accroître sa souffrance.

Lorsqu'elle commença à parler de Kenton, les choses empirèrent. Sinead s'exprimait d'une voix quasi inaudible, étouffée par ses lourds sanglots, et Lloyd fut contraint de voler à son secours. Mais difficile de prendre sa place au pupitre sans paraître insensible ou inhumain. Malgré son physique avantageux et ses facilités d'éloquence, Lloyd n'était pas à l'aise devant les caméras et il détestait se retrouver sous le feu des projecteurs. Ça le rendait nerveux : sous l'effet de la peur, il avait tendance à rentrer dans sa coquille ou à se couvrir de ridicule, ce qui lui donnait l'air distant ou hautain, l'expérience l'avait prouvé. Chaque fois qu'on le sollicitait pour servir de modèle aux campagnes de pub visant à inciter les minorités à s'engager dans la police, il tentait d'y échapper, en général sans succès. Les gens semblaient obsédés par le besoin de l'exposer à l'opinion publique, d'où la formation médiatique sans fin. Ici encore, Harwood avait insisté pour qu'il représente les forces de l'ordre dans l'appel à témoins du jour, même si l'évidence voulait que ce soit Helen Grace qui remplisse ce rôle.

Sinead s'était complètement tue maintenant, si bien que Lloyd finit par se pencher en avant, poser une main réconfortante sur son bras tout en redirigeant l'attention de la mère en pleurs sur le script qu'ils avaient établi avant le début de la conférence de presse. Sinead le fixa à travers ses larmes, puis, rassemblant ce qui lui restait de contenance, elle poursuivit.

— Roisin était... une mère, une fille magnifique et aimante.

Nouvelle longue pause, Sinead reprenait son souffle.

— Elle nous a été cruellement arrachée et quelqu'un quelque part sait pourquoi. Si vous possédez la moindre information au sujet de la disparition de ma Roisin... Je vous en prie, contactez la police. Elle a tellement souffert au cours de sa vie. Son père l'a abandonnée. Son petit ami aussi. Elle méritait mieux dans l'existence mais elle ne l'a pas eu.

Enfin, elle leva les yeux de la table et regarda droit dans l'objectif de la caméra la plus proche.

— Ne laissez pas son meurtre impuni.

94

— Ne laissez pas son meurtre impuni.

La garce qui chialait comme un veau semblait s'adresser directement à lui. Il l'inonda d'injures : qu'est-ce qu'elles connaissaient à la souffrance, elle et sa pétasse de fille ?

Hurler sur la télé raviva sa douleur. Allongé sur le canapé dans le salon crasseux, une poche de glace posée sur l'arrière de son crâne, il sentit les élancements dans sa tête reprendre de plus belle. Des boîtes vides de Naproxin, un ibuprofène superpuissant qu'on lui avait prescrit des années auparavant, traînaient par terre. Il avait gobé quatre fois la dose recommandée mais sans effet apparent. C'était la pire migraine de toute sa vie : une douleur forte et lancinante à la base du crâne.

Mais pire encore était la brûlure de la trahison de Summer. Comment avait-il pu se faire berner aussi facilement ? Et aussi cruellement ? Il avait cru qu'elle lui était revenue, qu'elle voulait le satisfaire, mais en réalité elle planifiait avec soin son attaque, attendant qu'il ouvre son cœur et baisse sa garde.

Malgré sa commotion, il l'avait ramenée dans sa cellule en la tirant par les cheveux et, une fois sur place, il l'avait tabassée sans relâche avec une violence inouïe. Il ignorait combien de temps il s'était acharné sur elle et même si elle avait survécu. Au bout d'un moment, il avait épuisé toutes ses forces et l'ampleur du subterfuge lui était apparue. Elle avait retiré le montant métallique du lit, puis glissé une chaise dessous pour soutenir le cadre et lui donner une apparence normale pour l'effet de surprise. Quel couillon il était ! L'achat de tous ces articles chez Boots n'avait servi qu'à lui permettre de récupérer une pièce en métal. Pourquoi n'avait-il rien vu venir ?

Il se leva du canapé, fourra deux comprimés de plus dans sa bouche, et fit le serment de ne plus jamais se montrer aussi naïf. Elle l'avait eu une fois ; il ne la laisserait pas recommencer. À partir de maintenant, ça allait changer.

95

Ruby était étendue dans l'obscurité. Elle transpirait et frissonnait en même temps, son corps ne sachant comment réagir à l'importante hémorragie et aux os fracturés. Elle avait perdu connaissance au début de l'agression, les traumatismes répétés sur sa nuque mettant un terme rapide à son combat. Lorsqu'elle était enfin revenue à elle, la douleur se trouvait momentanément étouffée par la stupeur – et l'horreur – d'être toujours en vie. Pour la première fois, elle regrettait sincèrement de ne pas être morte.

Lui avait-il brisé la mâchoire ? Cassé des côtes ? Elle n'en avait aucune idée. Elle avait mal absolument partout et son corps entier était poisseux : du sang coagulé s'accrochait à ses lèvres, son visage, ses cheveux. Pourquoi l'avait-il épargnée ? Elle l'avait attaqué. Elle l'aurait tué si elle avait eu l'esprit plus vif. Allait-il revenir l'achever ?

Tout à coup, Ruby essaya de se redresser. Elle agit sans réfléchir, poussée par son instinct et la crainte des souffrances à venir. La douleur irradia dans tout son corps, partant de sa cage thoracique pour fuser jusqu'à l'épicentre de son cerveau. Elle réussit quand même à se mettre à quatre pattes. Aussitôt, un haut-le-cœur la secoua et elle vomit, mais prise dans l'action, elle n'y prêta aucune attention, elle se tourna et rampa jusqu'au lit. Il était toujours calé sur la chaise et semblait l'inviter à s'y réfugier. Elle se précipita dessous, tirant la couverture autour pour se dissimuler.

Elle était loin d'être en sécurité ici, mais se cacher la rassurait. Ruby croisa les mains et se surprit à marmonner à nouveau des semblants de prières. Ses paroles étaient confuses, leur sens nébuleux, mais l'intention était claire. Cette fois, Ruby ne priait pas pour sa libération, mais pour sa mort.

96

Sanderson balaya les alentours du regard, à l'affût du danger. Le garage qu'elle venait inspecter se situait au bout d'une allée étroite à Portswood. Il n'y avait pas d'éclairage public, pas de caméras de surveillance, ici on pouvait disparaître de la surface de la terre sans que personne n'en sache rien. Elle se maudit d'avoir repris la vérification des propriétés de Simpson sans renfort ; jamais elle n'aurait dû laisser les intrigues du commissariat mettre sa sécurité en péril. C'était la règle de base.

Elle tourna les talons pour repartir, pressée de quitter cette ruelle nauséabonde. Elle avait fondé de grands espoirs sur ce garage. Il était éloigné et isolé, et ne ressortait pas dans leur premier examen des biens immobiliers de Simpson. Pour des raisons obscures, l'acte de propriété de ce local était au nom de l'épouse défunte de Simpson. Une erreur ou une magouille pour les impôts peut-être, mais Sanderson en doutait. Tout ce que faisait Simpson était prémédité et contrôlé. Il ne laissait rien au hasard. Dès son arrivée, elle avait compris qu'elle n'aurait pas de témoins potentiels à interroger dans cette partie de la ville et qu'il était peu probable qu'elle puisse pénétrer dans le garage. La seule et unique entrée était cadenassée de lourdes chaînes. Pas moyen d'éviter le mandat de perquisition.

À mi-chemin de l'allée, Sanderson s'arrêta, le regard levé vers une petite fenêtre sur le flanc du bâtiment. La vitre encrassée, fendue et brisée, pendait légèrement ouverte. L'ouverture n'était pas large, mais suffisamment pour permettre à Sanderson d'y faufiler sa mince silhouette.

Un conteneur sur roulettes abandonné attendait non loin. Qu'y avait-il eu dedans auparavant ? Des déchets alimentaires ? Un cadavre de chien écrasé ? Elle n'en savait rien mais les vers y étaient à la fête en tout cas. Elle ravala la bile qui lui montait à la gorge et referma le couvercle d'un coup sec avant de pousser la poubelle contre le mur et de monter dessus. Depuis son perchoir, le rebord de la fenêtre n'était plus qu'à un petit bond. À la première tentative, ses doigts glissèrent et elle manqua faire basculer le conteneur en retombant, mais la seconde fois, elle agrippa l'appui avec force. Elle introduisit la pointe de sa botte dans les aspérités du mur abîmé et grimpa avec agilité. En dix secondes, elle était à l'intérieur.

Quand elle sauta au sol, un nuage de poussière se souleva autour d'elle pour l'accueillir, s'insinuant dans ses narines et dans ses yeux, lui provoquant de violents éternuements. Le bruit qu'elle causa sembla se répercuter dans tout le garage, soulignant son isolement et sa vulnérabilité. Elle attrapa son iPhone dans sa poche zippée et le mit en mode torche pour observer autour d'elle.

Bordel, c'était quoi cet endroit ?

Chaque centimètre carré était occupé par des cartons qui s'élevaient en pile du sol au plafond. Tous étaient marqués et identifiés. Sanderson s'intéressa à celui qui se trouvait juste à côté d'elle. Malgré la poussière, l'étiquetage paraissait récent, l'écriture fraîche. Elle hésita, elle savait qu'examiner le contenu du carton mènerait droit à un sac de nœuds juridique ; surtout si ce qu'elle découvrait conduisait à un procès. Mais elle se rassura plus ou moins en songeant que ce pas avait déjà été franchi quand elle était entrée par effraction. Et puis surtout, Ruby devait être leur priorité absolue maintenant.

Elle enfila une paire de gants en latex et souleva tout doucement le couvercle. Qu'espérait-elle trouver ? Des vêtements ensanglantés ? Un kit du parfait petit kidnappeur ? Des aveux rédigés en lettres de sang ? Quelles qu'aient été ses attentes, elle s'étonna quand même de ce qu'elle découvrit à l'intérieur. Le carton était rempli de cassettes. Des cassettes vidéo.

Un contenu qui intrigua profondément Sanderson qui n'avait repéré aucune caméra aux alentours immédiats des propriétés de Simpson. Elle étudia la tranche d'une des cassettes et sa curiosité fut piquée encore plus : « septembre 2013 » était-il écrit au stylo bleu. Elle passa en revue une douzaine d'autres vidéos : « juin 2013 », « août 2013 ». Elle sortit une des cassettes de son étui en carton et l'examina de plus près : rien n'était marqué dessus. En revanche, l'étiquette glissée à l'intérieur l'arrêta net.

Écrit au stylo, un unique mot qui bouleversait tout. *Ruby.*

97

Charlie sut qu'il y avait un problème dès qu'elle entra dans la maison. Elle revenait juste du kiosque à journaux : l'*Evening News* du jour proposait un long article sur la piste du tatouage de merle bleu dans l'affaire des « cadavres de la plage » et Charlie avait hâte d'en lire les détails. Sauf que quelque chose clochait dans l'atmosphère de la maison. Était-ce le résultat de ses années de service dans la police ? Ou les séquelles de son enlèvement par Marianne ? Tous ses sens étaient particulièrement aiguisés désormais et elle sentait qu'elle n'était pas seule chez elle.

Elle resta immobile, tâcha de calmer sa respiration, forte et rapide. Sa matraque se trouvait à l'étage, au fond d'un tiroir ; elle pivota et repartit vers la porte d'entrée qu'elle venait de franchir, prenant garde à ne pas faire craquer le vieux parquet. Autrefois, elle aurait affronté l'intrus sans une hésitation et sans aucune peur, mais c'était hors de question aujourd'hui avec son gros ventre. Pourtant, quand elle posa la main sur la poignée…

— Charlie.

Une voix féminine. La voix d'Helen. Charlie fit volte-face, prête à enguirlander sa patronne pour lui avoir fichu une telle frousse, mais en remarquant l'angoisse qui peignait son visage elle ravala son énervement.

— Je suis désolée. Je ne voulais pas te faire peur. Il fallait que je te voie, mais je ne pouvais pas prendre le risque de te contacter directement.

Intriguée, Charlie la conduisit dans le salon.

— Qu'est-ce qu'il se passe ?

Helen lui fit signe de s'asseoir. Une fois sur le canapé, elle se rapprocha de Charlie.

— Harwood a contacté l'anti-corruption. Ils sont en train de retourner mon appart en ce moment même.

— Mais pourquoi ?

— Toute cette histoire avec Robert...

Helen se tut, frappée à nouveau par la cruauté du plan d'Harwood.

— Toute cette histoire était bidon.

Charlie la dévisagea, incrédule.

— Je ne crois pas qu'il y ait eu de bagarre à Northampton, je ne pense même pas que Robert ait jamais vécu là-bas, poursuivit Helen. Ce n'était qu'un stratagème pour me pousser à accéder à des informations classées confidentielles...

— Un motif de licenciement.

Helen acquiesça. Charlie secoua la tête. Harwood était-elle vraiment tombée aussi bas ?

— Qu'est-ce qu'ils ont ?

— Un enregistrement de ma rencontre avec le commandant Marsh. Seul, c'est insuffisant. Elle va devoir prouver que j'ai le dossier en ma possession, d'où la fouille de mon domicile.

Voilà, Charlie comprenait pourquoi Helen était venue la trouver.

— Je m'en occupe tout de suite, assura-t-elle en se levant.

— Merci, répondit Helen qui se leva à son tour et se dirigea vers la cuisine.

Sur le seuil, elle s'arrêta.

— Oh, et Charlie : je changerais la serrure de la porte de derrière si j'étais toi. Un jeu d'enfant...

Charlie prit la pique avec philosophie et se précipita à l'étage. L'anti-corruption ferait, ou pas, le lien entre Helen et elle, mais inutile de tenter le diable. Elle remercia sa bonne étoile qu'Helen ait jugé plus prudent de lui confier le dossier photocopié. Sans ça, sa chef aurait été suspendue ou pire à l'heure qu'il était. Et Charlie et Sally Mason se seraient retrouvées elles aussi dans le viseur. Peut-être Steve s'en serait-il accommodé, mais ce n'était pas ainsi que Charlie voulait voir sa carrière s'achever. Elle leur devait à tous de refermer le couvercle sur cette casserole une bonne fois pour toutes.

Ses mains tremblaient quand elle craqua l'allumette. Le moment n'était pas approprié pour un feu de cheminée mais tant pis ! Elle finit par réussir à enflammer les bûches et rapidement le feu crépita agréablement. Charlie n'hésita pas une seconde, alimentant les flammes avec les pages du faux rapport, puis avec le dossier entier. Une étrange nervosité l'habitait tandis qu'elle contemplait les feuilles se tordre et disparaître dans des crépitements, comme si les services de l'anti-corruption pouvaient débarquer à tout moment. Mais la maison, la rue même, était paisible et bientôt les papiers incriminants furent réduits en cendres. Charlie se demanda si cela suffirait. Elles avaient déjoué le plan initial d'Harwood pour faire tomber Helen, mais jusqu'où allait son plan ? Avaient-elles laissé passer quelque chose ? L'idée d'un commissariat central de Southampton sans Helen était grotesque et, pourtant, c'était la mission que semblait s'être donnée le commissaire principal. Et Charlie savait d'expérience que lorsque Harwood voulait quelque chose, il était rare qu'elle ne l'obtienne pas.

98

C'était une embuscade. Dès qu'il ouvrit la porte, elle lui sauta dessus en lui collant sa plaque sous le nez.

— Bonjour, monsieur Simpson. Vous ne travaillez pas aujourd'hui ?

Un instant, Andrew Simpson resta muet, trop stupé-fait par la brusque apparition d'un officier de police sur le seuil de sa maison pour répliquer. Il se balança avec embarras d'un pied sur l'autre.

— Je suis allée sur votre lieu de travail, poursuivit Sanderson ; on m'a dit que vous étiez en retard. Je tombe mal, peut-être ?

— Pas du tout, se hâta-t-il de répondre.

— Tant mieux. Car il se trouve que j'ai d'autres questions à vous poser au sujet de Ruby Sprackling. Je peux entrer ?

Un lourd silence suivit cette requête. Était-ce de la peur dans le regard de Simpson ? Du doute ? Sander-son jeta un rapide coup d'œil derrière l'homme pour examiner l'intérieur de la maison. C'était un vrai capharnaüm ! Empli de honte ou mû par un senti-ment plus complexe, Simpson tira la porte dans son dos pour lui cacher la vue.

— Vous avez un mandat ?

— Non. Mais en obtenir un ne sera pas long…

— Dans ce cas, je suggère que l'on aille ailleurs.

Sanderson le dévisagea, cherchant par son irritation et sa suspicion évidentes à susciter une réaction. Il ne cilla pas, il la fixait droit dans les yeux d'un regard dur et inébranlable.

— Un interrogatoire au commissariat implique de la paperasse, répliqua Sanderson. Et donc du temps en plus. Ce serait vraiment plus simple pour tout le monde si vous me laissiez entrer quelques instants…

— Faisons ça au poste. Vous êtes en voiture ?

— Oui, concéda Sanderson.

— Allons-y, alors, fit Simpson en claquant la porte derrière lui d'un geste décidé.

99

Ruby se réveilla en sursaut ; un bruit à l'étage. Combien de temps avait-elle perdu connaissance ? Et qu'est-ce que ce fracas signifiait ?

À son grand étonnement, l'homme n'était pas revenu depuis qu'il l'avait tabassée. Du coup, elle se demandait ce qu'il préparait. Depuis le jour funeste de leur rencontre, elle avait eu le sentiment qu'il se retenait, qu'il gardait quelque chose pour lui. Elle avait eu en de rares occasions un aperçu des émotions qui pouvaient l'habiter – l'étincelle du désir, l'éclat de la colère –, mais chaque fois, il était parvenu à les contenir ; à paraître maître de la situation. Pendant qu'il se défoulait sur elle, en revanche, Ruby avait vu la fureur à l'état brut, la volonté de la détruire ; et elle ne comprenait pas comment elle pouvait être encore en vie. Maintenant qu'elle avait réduit son fantasme à néant, qu'elle l'avait berné, qu'est-ce qui le retenait ?

Cette pensée fit tressaillir Ruby. Elle ne craignait plus la mort, mais la perspective de souffrances supplémentaires la rendait malade. Elle devait déjà avoir tous les os brisés, mais comment savoir quelle nouvelle douleur il pourrait lui infliger si l'envie lui prenait ? Elle pressa les paupières, tâcha de repousser l'idée de sa vengeance terrible s'abattant. Au souvenir de son désir pour elle, un frisson de dégoût la parcourut. Seigneur, non, pas ça…

La caresse légère d'un souffle frais la fit se retourner. La brique cassée la narguait. Elle se rapprocha du mur et en retira les fragments branlants. Puis elle sortit les écrits de leur cachette et les étala par terre autour d'elle. Elle savait désormais sans l'ombre d'un doute qu'elle allait mourir dans cette cave. Elle n'avait plus qu'une seule chose à faire : laisser un message, une trace de son passage, de sa vie et de sa mort dans ce simulacre de foyer. Elle trouva le feutre, en retira le bouchon et le secoua avec vigueur. Alors, dans un coin encore vierge d'une feuille, elle commença à écrire.

Rien.

Elle agita de nouveau le stylo, passa la langue sur sa pointe pour l'humidifier. Le goût amer de l'encre lui mit du baume au cœur et elle débuta son message. Mais au bout de trois lettres – je m'… –, terminé. Malgré tous ses efforts, Ruby ne parvint pas à poursuivre. Le feutre était à sec.

Elle s'allongea au milieu des lettres, découragée, furieuse et emplie d'un désespoir profond. Elle ne se préoccupa même pas de dissimuler les écrits secrets ; à quoi bon ? C'était tout ce qui lui restait à présent. Son seul lien avec un monde en dehors de son ravisseur. Elle laisserait ces témoignages où ils étaient, éparpillés par terre autour d'elle. Elle vivrait le reste de ses jours en compagnie de trois filles mortes.

100

La fille entra dans la salle de bains d'une crasse répugnante. Elle ferma la porte et commença à se déshabiller. Bientôt, elle fut entièrement nue. Debout devant le miroir fendillé du petit placard, elle se regarda. Elle se pencha en avant, tourna la tête d'un côté puis de l'autre comme en quête d'imperfections sur son visage. Puis, lasse de cette inspection, elle grimpa dans la baignoire, tira le rideau en plastique transparent et ouvrit le robinet. Un jet timide sortit avec réticence du pommeau, l'eau coula sur son visage, son cou, tout son corps.

Helen arrêta la cassette. La jeune femme sur la vidéo était Ruby Sprackling. La prise en plongée donnait à la scène comme un point de vue divin.

— Tous les détecteurs de fumée sont-ils équipés de caméras ? Ou juste ceux des salles de bains et des chambres ? interrogea Helen d'une voix neutre malgré le profond mépris que son interlocuteur lui inspirait.

Andrew Simpson, flanqué de son avocat, ne pipa mot.

— Nous avons ici la liste complète de vos propriétés. Nous pouvons tout à fait inspecter chacune d'elles pour vérifier par nous-mêmes. Je suis sûre que vos locataires seront ravies d'apprendre que vous les espionnez…

— Juste les chambres et les salles de bains.

— Dans combien d'appartements ?

Une nouvelle pause, puis :

— Vingt.

Helen secoua la tête de dépit comme de dégoût. En évitant de lui dissimuler le fond de sa pensée, elle espérait énerver Simpson. Mais l'homme se contenta de la fixer d'un regard éteint. Sanderson comprenait maintenant pourquoi quatre-vingt-dix pour cent de ses locataires étaient des femmes.

— Ça dure depuis combien de temps ? Et avant que vous n'envisagiez de me mentir, se hâta de poursuivre Helen, sachez qu'une équipe se trouve sur place, dans votre garage de Valmont Road. Alors ne vous faites pas d'illusions, nous connaissons l'étendue exacte de vos « activités ».

Simpson étudia ses mains ; Helen s'étonna de les voir couvertes de coupures. Il releva les yeux.

— Un peu plus de dix ans maintenant.

— Combien de cassettes possédez-vous ?

— Des centaines.

— Pourquoi faites-vous ça, Andrew ?

Simpson interrogea son avocat du regard qui lui répondit d'un petit hochement de tête.

— Parce que j'aime les regarder, répondit-il à voix basse.

— Que ressentez-vous quand vous visionnez ces cassettes ?

— À votre avis ?

— Est-ce que vous vous masturbez ?

— Des fois.

— En quoi ça vous excite ? C'est leur corps ? Le fait qu'elles ignorent que vous les observez ? Ou bien le pouvoir que vous avez sur elles ?

Simpson soutint son regard un instant.

303

— Pas de commentaire.

— Oh, il va falloir trouver mieux que ça, Andrew, intervint Sanderson en prenant le relais. J'ai vu l'intérieur de votre garage. Je sais reconnaître un comportement obsessionnel. Pourquoi faites-vous ça ?

— Mon client se refuse à tout commentaire, alors je vous suggère de passer à autre chose, intercéda l'avocat.

La soixantaine approchante, en surpoids et autoritaire, l'avoué était la preuve criante de la misogynie de Simpson. Celui-ci aimait épier les femmes mais il n'en prendrait jamais une pour le défendre. Sanderson consulta ses notes et changea de tactique.

— Lorsque nous vous avons interrogé la première fois au sujet de Ruby Sprackling, pourquoi nous avoir mis sur la piste de Nathan Price ?

— Je répondais à vos questions. Vous m'avez questionné à son sujet, je vous ai dit la vérité. Il avait les clés de l'appartement de Ruby...

— Et vous n'en aviez pas un jeu supplémentaire ? Juste au cas où vous auriez besoin de vérifier que les détecteurs de fumée fonctionnaient ?

— Non, se contenta de répondre Simpson en refusant de réagir à son sarcasme.

— Nous ne trouverons donc pas de double de clé chez vous, dans vos affaires ?

— Je vous l'ai dit : non.

Sanderson se rencogna dans son siège et le dévisagea, l'incrédulité peinte en grosses lettres sur son visage.

— Où étiez-vous vendredi soir ?

— Chez moi.

— Vous vivez seul ?

— Oui.

— Et vous êtes resté seul toute la nuit ?

— Tout à fait.

— Avez-vous utilisé votre voiture à un moment ou à un autre ?

— Non.

— Possédez-vous d'autres véhicules ?

— Non.

Il sembla légèrement agité en donnant cette réponse. Helen jeta un regard à Sanderson, qui rédigea une courte note dans son calepin.

— Nous avons également découvert des enregistrements vidéo de Roisin Murphy, Pippa Briers et Isobel Lansley dans votre collection. Les trois victimes de Carsholt Beach. Vous y êtes déjà allé ?

— Je n'aime pas la plage, répondit Simpson.

— Nous vérifierons. Le sable de cette plage contient un minéral très particulier. Si des échantillons de sable sont retrouvés à votre domicile ou dans votre véhicule, nous serons en mesure d'affirmer d'où il provient. Combien d'heures de vidéo de Ruby avez-vous ?

Simpson parut surpris par le brusque changement d'angle d'Helen.

— Soyez honnête avec moi, Andrew.

Le visage de Simpson se fronça un peu à la mention de son prénom. Il n'aimait peut-être pas que les femmes s'adressent à lui ainsi ? Ou alors il n'aimait pas son prénom ? Y avait-il un traumatisme quelconque là-dessous ? Helen songea qu'il lui faudrait creuser de ce côté.

— Je ne sais pas.

— Est-ce que c'est beaucoup ? Un peu ? Quelque part entre les deux ?

— Beaucoup.

— Est-ce que vous l'aimiez plus que les autres ?

Andrew détourna le regard.

305

— Vous savez qu'elle a des parents, une sœur et un frère, à qui elle manque énormément. Des gens qui l'aiment.

Helen laissa le mot flotter un instant dans les airs.

— Je sais que vous la désiriez, Andrew. Je sais que vous l'avez prise. Et je vous demande maintenant de la laisser partir. Prouvez-nous que vous valez mieux que ça. Montrez-nous que vous pouvez être clément.

Simpson considéra Helen, comme s'il cherchait à la déchiffrer. Elle détestait implorer les hommes dans son genre, mais puisqu'il aimait que les femmes soient soumises, elle s'y plierait.

— Je n'ai aucune idée de l'endroit où elle se trouve. Je ne sais rien du tout au sujet de ces filles.

— Moi, je pense le contraire, répliqua Helen. Je dirais que vous en savez sacrément long sur elles. À quoi elles ressemblent quand elles sont nues, quand elles vont aux toilettes. Quand elles font l'amour, quand elles se masturbent. Vous savez tout ça, Andrew. Et plus encore.

Une fois de plus, Simpson baissa les yeux pour échapper au regard intense d'Helen. Était-ce un soupçon de honte qu'elle percevait ?

— Et vous savez quoi ? Bientôt le monde entier le saura aussi. Quand vous vous tiendrez à la barre des témoins, ils ne vous lâcheront pas, Andrew. On vous interrogera sur vos petits films amateurs, sur les sous-vêtements et les bijoux que vous avez volés, sur ce que vous faisiez en pensant à ces filles. Imaginez une seconde comment ce sera. Le juge, les jurés, les médias, le public, tous ces gens qui vous fixent, pendant qu'on vous oblige à raconter ce que vous aimiez faire…

— Commandant, je vous saurais gré de ne pas harceler mon client, essaya d'intervenir l'avocat.

— Mais je peux vous aider, Andrew, reprit Helen, pas démontée pour un sou. Je peux vous éviter tous ces regards scrutateurs. Toute cette humiliation.

L'homme garda la tête baissée.

— Mais pour cela, il faut que vous coopériez. Vous devez me dire où trouver Ruby. Si elle est toujours en vie, alors nous pouvons passer un accord. Libérez-la, acceptez de plaider coupable et ces informations ne sortiront pas de cette pièce. Ce sera notre petit secret.

Enfin, Simpson leva les yeux sur Helen. Elle s'étonna de discerner du mépris dans son regard.

— Je ne sais pas où elle est.

— C'est votre réponse ?

— Vous n'avez rien contre moi ! cracha-t-il brusquement.

— Toutes ces femmes étaient vos locataires. Vous les avez harcelées, épiées ; vous saviez tout d'elles. Leurs habitudes, leur intimité, leurs points faibles. Elles ont disparu de vos propriétés, parce que vous aviez les clés. Vous les avez enlevées, séquestrées, et quand vous en avez eu assez, vous les avez tuées.

— Vous ne savez rien.

— Je sais que vous êtes un sale petit pervers. Votre mère est encore de ce monde, n'est-ce pas Andrew ? Que va-t-elle ressentir quand toute cette histoire sortira au grand jour ?

— Allez vous faire foutre.

— Je n'ai pas de temps à perdre. Ruby non plus. Alors je vais vous reposer la question encore une fois : où est-elle ?

— Je vous ai dit tout ce que j'avais à vous dire. Et si vous me menacez encore une fois, espèce de salope...

— Où est-elle ?

Helen s'était avancée au milieu de la table, elle empoignait le suspect par le col de sa chemise. Sanderson sauta sur ses pieds et retint sa supérieure, l'écartant de Simpson qui d'instinct avait levé le poing, prêt à riposter.

— Je crois que nous allons en rester là pour le moment, s'empressa de dire Sanderson en coupant l'herbe sous le pied à l'avocat furibard. Et à votre place, je conseillerais à votre client d'envisager sérieusement de coopérer.

Sanderson éjecta la cassette puis marqua une pause, avant d'emboîter le pas à Helen qui quittait la pièce :

— C'est la seule carte qu'il peut encore jouer.

101

Tim l'attendait de pied ferme lorsque Ceri Harwood rentra chez elle. Il n'avait pas arrêté de l'appeler toute la journée, sans qu'elle décroche, si bien qu'à la fin, pour avoir la paix, elle avait dû éteindre son portable. Elle n'avait fait que repousser l'inévitable face-à-face.

La journée avait été longue et harassante. Sa confrontation avec Helen Grace l'avait épuisée, et pire encore, elle l'inquiétait. Elle rêvait de ce moment depuis des mois – depuis qu'elle avait mis la machine en branle –, et c'était un fiasco. L'arrogance et la certitude perçaient avec trop d'aplomb dans la voix d'Helen quand elle prétendait sortir indemne de cette dernière attaque. Et que l'anti-corruption n'ait trouvé aucune trace du dossier manquant n'arrangeait rien.

— Je t'ai appelée.

— Je sais, répondit Ceri sans enthousiasme, en laissant tomber son sac par terre avant de s'affaler sur le canapé.

Impossible d'échapper à cette conversation, pourtant elle ne se sentait pas de l'affronter. Elle était épuisée et n'avait qu'une envie : se mettre au lit et rester seule.

— Il faut qu'on parle.

Existait-il phrase plus horrible à entendre ?

— Alors parle, répliqua-t-elle en fixant le plafond.

— Je suis vraiment désolé, Ceri. Que tu aies vu ça. Que tu l'aies découvert de cette manière. Je... J'aurais dû te le dire plus tôt. J'en avais l'intention mais on ne se voit plus jamais.

— Donc c'est ma faute ?

— Non, bien sûr que non, chérie.

— Ne m'appelle pas comme ça.

Le regard qu'elle lui lança était si dur que Tim leva les mains en signe de reddition, reconnaissant son erreur.

— Ce que j'essaie de dire c'est que j'aurais dû t'en parler. Mais c'est une réalité dans nos vies que nous ne passons plus autant de temps ensemble qu'avant.

Il y avait une grande part de vérité dans ses paroles, mais plutôt mourir que de l'admettre.

— Je ne blâme personne, poursuivit-il. Mes affaires requièrent ma présence et ton travail est très exigeant.

— Pourquoi l'as-tu amenée ici ? demanda Ceri, fatiguée de ses autojustifications.

— Parce que je suis un idiot. Et que je ne réfléchis pas.

— Pourquoi elle ?

Long silence. Elle observa son mari avec attention pendant qu'il cherchait les mots justes. C'était la seule question pour laquelle elle voulait vraiment une réponse.

— Parce que je l'aime bien. Et parce qu'elle a envie de passer du temps avec moi.

— Et qu'elle soit jeune et jolie n'a rien à voir là-dedans ?

— Non, il ne s'agit pas de ça. Tu ne me croiras peut-être pas, mais je ne lui ai pas couru après. C'est elle qui m'a abordé.

— Charmant.

— Je t'en prie, Ceri. J'essaie de t'expliquer. Je ne voulais pas te faire de mal. Je n'ai jamais été infidèle avant. En toute franchise, je n'aurais jamais cru que je le serais un jour. Je ne voulais pas être comme tous ces types.

— Quelle déception pour toi alors.

— Mais elle avait envie d'être avec moi. Et c'était très agréable.

— Et moi je ne veux pas, c'est ça ?

— Tu as envie d'être avec moi ?

Cette répartie souffla tellement Ceri que d'abord elle ne sut pas quoi répondre.

— Bien sûr. Tu es mon mari.

— Je ne le suis plus depuis longtemps.

— De toute évidence.

— Je ne parlais pas de moi, Ceri.

Elle le dévisagea. Il ne semblait éprouver aucun remords maintenant, ce qui accrut son agacement.

— On se voit à peine depuis deux ans. On vit ensemble mais… on ne fait que se croiser. On fait des activités avec les filles le week-end, mais à quel moment est-ce qu'on se voit vraiment nous deux ?

— Au cas où ça t'aurait échappé, j'ai géré l'enquête la plus importante de ma carrière l'année dernière.

— Je le sais. Ella Matthews était une grosse affaire. Mais c'était il y a dix mois. Et je ne te vois pas plus maintenant que je ne te voyais à l'époque.

— Enfin, Tim. Tu sais ce qu'il s'est passé après la fusillade. L'enquête officielle, l'audience devant la commission indépendante…

— Tout ça est terminé depuis longtemps. Ella Matthews n'est pas le problème. C'est cet endroit.

— La maison ?

— Southampton. Depuis que nous avons emménagé ici, les choses vont mal.

— Je croyais que tu te plaisais ici. Nous sommes près de tes parents, les filles adorent la ville, tu peux faire de la voile…

— D'accord, ce que je veux dire c'est que *tu* vas mal.

Ceri le regarda sans mot dire. Elle voulait contester, crier et hurler, lui rabattre le caquet. Mais il y avait une pointe de vérité dans ses propos. Ses yeux filèrent malgré elle vers son sac dans le couloir, puis revinrent se poser sur Tim.

— J'ai fait entrer quelqu'un d'autre dans ce mariage, reprit-il. Et j'en assume l'entière responsabilité pour la douleur que cela te cause. Mais tu as fait pareil…

— C'est faux…

— Tu crois que le monde entier est obnubilé par Helen Grace. Tu ne cesses de t'en plaindre. Mais c'est toi qui es obsédée, Ceri. C'est toi qui nous as fait nous éloigner. Et tant que tu ne l'admettras pas, nous n'aurons aucune chance de nous en sortir.

102

— Je n'ai pas été à la hauteur, s'excusa Helen auprès de Daniel Briers dans sa chambre d'hôtel.

— Je suis sûr que vous avez fait pour le mieux, répondit-il.

Elle le considéra, cherchant à déterminer s'il lui en voulait, mais son ton comme son expression étaient indéchiffrables. Elle espérait qu'il lui pardonne, qu'il balaie ses sentiments d'échec et de honte d'un coup de baguette magique. Mais il garda le silence.

— Nous reprendrons l'interrogatoire de Simpson demain matin ; une nuit en cellule lui remettra peut-être les idées en place. Il encourt un long procès, alors s'il a un peu de jugeote, il se montrera coopératif...

Helen croyait-elle vraiment ce qu'elle disait ? Simpson avait affiché un tel air de défi, une telle résolution dans son refus à reconnaître la moindre culpabilité... Allait-il persister sur cette voie et essayer de s'en tirer à bon compte ? Ou y avait-il anguille sous roche ? Son attitude était-elle un signe d'innocence ? C'était peu probable – il collait au profil sur plusieurs points. Néanmoins, cette perspective obsédait Helen et la mettait sur les nerfs.

Devant le mutisme de Daniel, elle poursuivit :

— Quoi qu'il en soit, je suis navrée d'avoir empiré la situation pour vous. Si j'avais gardé mon calme, j'aurais peut-être pu l'inciter à coopérer. Je n'ai pas d'excuse. Parfois je... Je vois rouge, c'est tout. Je ne peux pas m'en empêcher. C'est dans mes gènes.

Helen ne savait pas jusqu'où elle pouvait se confier, ni ce que Daniel savait déjà sur elle, mais elle se sentait dans l'obligation de lui expliquer la débâcle de la salle d'interrogatoire.

— Parfois, face à un type comme Simpson, j'ai l'impression d'avoir à nouveau douze ans. Je ressens l'impuissance, le désespoir, qu'une victime comme Ruby éprouve... Et je nous revois, Marianne et moi. Dans cet appartement. Je me rappelle les choses que faisait mon père, celles qu'il voulait faire, celles que Marianne a dû endurer pour me protéger. Je revois ces hommes, je repense à elle et... quelque chose en moi se brise.

Helen garda les yeux baissés, elle redoutait le jugement de Daniel. Elle voulait seulement lui dévoiler qui elle était, une bonne fois pour toutes.

— Une part de moi a envie de les détruire. C'est horrible, je sais, mais c'est la vérité. Leur arrogance et leur violence me rendent malade. Je devrais être capable de me contenir, mais ces sentiments sont toujours présents. Il y a une haine profonde en moi. Je ne la veux pas mais je ne peux pas m'en défaire. Est-ce que tout cela a un sens pour vous ?

Enfin, elle releva les yeux. Qu'espérait-elle ? De la compréhension ? Des critiques ? De l'indignation ? N'importe laquelle de ces réactions lui aurait convenu mais, à sa grande surprise, Daniel regardait par la fenêtre, une expression absente au visage qui la choqua : il avait l'air de s'ennuyer.

Au bout de plusieurs longues secondes de silence, Daniel se tourna vers elle, semblant enfin prendre conscience qu'elle avait fini de parler.

— Pardon, vous n'avez pas besoin d'entendre tout ça, déclara Helen, la colère le disputant à un puissant sentiment de honte.

Jamais auparavant elle n'avait confié ainsi ses émotions les plus intimes.

— Non, j'aimerais en apprendre davantage sur vous, se pressa de lancer Daniel, mais Helen sentit le mensonge.

— Je n'aurais pas dû venir...

— Helen, attendez...

Mais celle-ci était déjà à la porte. La main sur la poignée, elle murmura :

— Je suis désolée, Daniel.

Sur ces mots, elle était partie.

103

Helen quitta l'hôtel avec précipitation. Quelle imbécile ! Quelle pauvre idiote, naïve et désespérée ! Quel genre de flic était-elle pour s'accaparer la vulnérabilité et le chagrin d'un père en deuil et compter en retirer quelque chose pour elle-même ? Elle avait voulu s'en nourrir. Non, faux. Elle avait espéré y puiser du réconfort, y gagner un semblant de paix, y trouver sa place.

Qu'allait-il penser d'elle à présent ? Elle s'était fourré le doigt dans l'œil jusqu'au coude à propos de la situation ; elle avait imposé ses propres besoins à un homme qui n'avait ni sentiments ni considération pour elle. Comment lui en vouloir de trouver ennuyeuse la faiblesse d'Helen ? Il avait bien assez à gérer comme ça !

Elle s'avança vers sa moto ; elle ne savait pas où aller mais elle voulait partir loin, s'éloigner du théâtre de sa dernière boulette en date. Elle s'emparait de son casque quand elle vit dans le rétroviseur une silhouette qui approchait à grands pas. Sorti de l'ombre et profitant de l'effet de surprise, l'homme se trouvait déjà sur elle. Sans hésiter, elle fit volte-face, balançant à bout de bras son casque avec force et détermination. L'individu leva les mains pour parer le coup ;

trop tard : le casque cogna violemment contre son crâne. Il recula en titubant et Helen bondit sur lui pour le plaquer contre le trottoir. Elle leva son poing serré, prête à l'abattre sur la trachée de l'homme.

L'impact fut léger : elle avait ralenti son geste en reconnaissant son assaillant.

Jake.

Son poing rebondit sur le cou de Jake qui se cacha le visage derrière les mains pour se protéger d'attaques à venir. Le sang coulait déjà d'une profonde entaille à l'arcade sourcilière gauche.

— Merde, Jake ! Qu'est-ce que tu fous là ? J'aurais pu te tuer.

— À ton avis ? riposta-t-il avec colère en la repoussant pour se mettre debout tant bien que mal.

— Qu'est-ce qui te prend de me sauter dessus par surprise comme ça ?

— Tu étais avec *lui* ?

Et soudain, tout devint clair.

— Jake… Est-ce que tu me suis ?

Il la regarda avec un air de défi dans les yeux, sans nier quoi que ce soit.

— Depuis combien de temps ?

— Presque une semaine.

Helen baissa la tête pour réfléchir. Avait-elle eu la sensation d'être suivie ? En effet, lorsqu'elle était rentrée de Northampton, par exemple. Elle avait rejeté ces vagues impressions de danger. Elle ne leur prêtait jamais beaucoup d'attention, elle savait prendre soin d'elle-même. Mais surtout, jamais elle n'aurait imaginé que Jake pourrait la filer. Ils étaient bien sur la même longueur d'ondes, non ?

— Tu l'aimes ? demanda-t-il, en faisant voler en éclat les dernières illusions d'Helen.

— Enfin, Jake, ce n'est pas…

317

— Alors ?

— Va te faire voir ! cracha-t-elle en tournant les talons pour monter sur sa bécane.

— Ne pars pas, s'il te plaît. Il faut qu'on parle.

Helen marqua un temps d'arrêt, puis enfila son casque.

— Il n'y a plus rien à dire.

Elle mit les gaz et déguerpit, regardant Jake rapetisser dans son rétroviseur. S'il disparaissait pour de bon, là tout de suite, elle n'en aurait rien eu à carrer. Le bilan de cette affreuse soirée était sans appel : sa vie n'était qu'une énorme mauvaise blague. Et les dieux ne se lasseraient jamais de se moquer d'elle.

104

Elle sortit l'ordinateur de son étui et le posa avec précaution sur la table de la cuisine. Elle était seule à présent, la maison plongée dans un silence écrasant, et pourtant elle hésita. Abandonner serait-il une marque de faiblesse ? Ou bien la preuve qu'elle acceptait la simple vérité ?

Tim était parti une heure plus tôt. Il avait livré le fond de sa pensée et s'en était allé. Les événements s'enchaîneraient à une allure folle maintenant et ils auraient beau en rediscuter sans fin – les aléas de la fin d'un mariage –, elle savait que Tim avait déjà pris sa décision. Ils ne s'en remettraient pas. Il ne l'aimait plus. Cette idée aussi brute que blessante pouvait paraître incongrue, elle n'en était pas moins vraie. Il avait rencontré quelqu'un qui le rendait heureux. Et ce n'était plus son épouse.

Bizarrement, Ceri n'éprouvait aucun besoin de lutter pour le reconquérir. Non pas parce qu'elle ne l'aimait pas – au contraire ! et se sentir rejetée la piquait au vif –, mais parce qu'elle savait reconnaître une bataille perdue d'avance. À quoi bon faire durer l'agonie ? Elle s'en voulut un peu de sa résignation ; l'usage n'exigeait-il pas que l'épouse trompée se batte pour son homme ? Mais, tout à coup, elle n'en avait plus ni l'énergie ni la volonté. Que lui arrivait-il ?

Elle marcha jusqu'au réfrigérateur et se servit un verre d'eau. Ses émotions étaient à fleur de peau aujourd'hui – une profonde tristesse couplée à un étrange sentiment d'excitation – et elle avait envie de s'accorder un moment pour se ressaisir. Toute la journée, elle avait eu l'impression d'être au bord de la crise de nerfs ; sur le point d'éclater de rire ou de fondre en larmes. Elle se ressaisit et vint s'asseoir à la table de la cuisine.

Elle alluma l'ordinateur qui s'anima avec un petit bourdonnement. Aussitôt, une boîte de dialogue apparut, exigeant le mot de passe principal. Ceri fit planer ses doigts au-dessus du clavier. Avoir rapporté le portable d'Helen chez elle était déjà limite – elle l'avait « emprunté » à son contact de l'anti-corruption –, mais fouiller dans ses dossiers personnels était encore pire.

Helen lui avait fourni tous ses codes d'accès et, non sans un frisson d'excitation transgressive, Ceri entra le premier. Le bureau s'ouvrit aussitôt à l'écran. Elle cliqua sur un dossier et fut accueillie par une nouvelle fenêtre lui demandant un nouveau mot de passe. Harwood le tapa avec application et le fichier s'ouvrit sous ses yeux. Pas très intéressant : une liste de contacts. Elle secoua la tête et persévéra, ouvrant et fermant les dossiers, entrant toujours plus de mots de passe, plongeant petit à petit plus profond dans le système informatique d'Helen.

Elle accédait maintenant aux données les plus privées, les rouages internes de l'esprit du commandant Grace. Elle s'imprégna du rapport détaillé de sa surveillance de Robert Stonehill puis de sa prise de contact avec lui. Elle lut les nombreux e-mails qu'elle lui avait envoyés, alors qu'elle cherchait désespérément à le localiser. Puis dans les recoins les plus sombres de la machine, elle trouva la mine d'or. Un journal qu'Helen tenait avec plus ou moins d'assiduité depuis ses débuts dans la police : elle y notait sa fierté de porter l'uniforme, le sentiment de sécurité et de puissance que lui procurait son travail, ainsi que les doutes profonds qu'elle nourrissait sur elle-même à mesure que sa carrière progressait.

Il était tard, mais Ceri poursuivit sa lecture, se délectant des confessions intimes d'Helen : sa colère, sa haine d'elle-même et les reproches dont elle s'accablait, le tout perdu au milieu de moments de joie et d'optimisme. Helen était vraiment maudite, songea Ceri. Malgré sa réussite, elle était animée d'un désir de chasser des démons qui ne cessaient de lui échapper. Son enfance dans cet appartement sordide, son passage dans les foyers d'accueil l'avaient meurtrie et laissée à vif. Savoir que certaines de ses blessures ne guériraient jamais n'apportait guère de satisfaction à Ceri.

Assise dans l'obscurité, son verre d'eau intact, elle cliqua sur la page suivante. Complètement hermétique à tout ce qui l'entourait, elle était absorbée dans son étude approfondie d'Helen Grace. Son échange avec Tim était depuis longtemps oublié et, pendant quelques instants, elle aurait même pu croire qu'il ne s'était jamais produit.

105

Pour la discrétion, on peut repasser quand on fait la taille d'une baleine. Une raison qui expliquait pourquoi les femmes flics enceintes jusqu'aux yeux se retrouvaient assignées à la paperasse dans un bureau.

Le jour se levait à peine et les résidents de Georges Avenue émergeaient tout doucement. On ouvrait les rideaux, on vidait les tasses de thé et les lève-tôt montaient déjà dans leur véhicule, jetant à l'occasion un coup d'œil interrogateur vers l'inconnue au gros ventre adossée au réverbère.

Charlie se sentit tout à coup fatiguée et ridicule. Steve et elle ne possédaient qu'une seule voiture et même s'il ne s'en servait pas aujourd'hui, elle n'avait pas voulu la prendre. Steve adorait sa voiture et il la bichonnait. Sans être du genre à vouloir tout contrôler, il n'aurait pas manqué de remarquer les kilomètres supplémentaires au compteur qu'un aller-retour à Northampton aurait impliqués. Voilà pourquoi elle avait pris un taxi, puis un train, et enfin un autre taxi, pour se faire déposer dans un village du Northamptonshire où il ne lui restait plus rien d'autre à faire que patienter. Ça lui avait coûté les yeux de la tête, ses pieds la faisaient atrocement souffrir et un fond de mal de crâne la titillait... Pourtant, elle ne regrettait pas une seconde sa décision de venir jusqu'ici. Malgré elle, elle avait joué un rôle dans une conspiration qui visait à avoir la peau d'Helen. S'il y avait la moindre chance qu'elle puisse influer sur la procédure, Charlie se devait de la saisir.

Une porte d'entrée claqua et elle leva les yeux. À mi-chemin de sa voiture, le commandant Tom Marsh s'arrêta et se retourna pour faire signe à son épouse qui s'encadrait dans la fenêtre. Charlie s'avança vers lui.

— Je peux vous aider ? lui demanda l'homme avec un regard interrogateur. Vous cherchez Rose ?

— Non, Tom. C'est vous que je viens voir.

Tout à coup, Marsh parut moins sûr de lui. Du coin de l'œil, Charlie remarqua son épouse qui les surveillait depuis son poste derrière la fenêtre. Elle se demanda quels faux pas romantiques Marsh avait commis par le passé et en quoi ils pourraient servir sa cause. Un face-à-face avec une femme enceinte en colère ne lui rapporterait pas de bons points avec sa moitié – pas plus qu'avec ses voisins.

— Désolé, je ne vous connais pas et je dois aller travailler, dit-il en essayant de la contourner.

Charlie lui empoigna le bras avec fermeté, l'arrêtant dans son élan.

— Vous ne me connaissez pas, non, mais je suis officier de police et je suis une amie d'Helen Grace.

En son for intérieur, Charlie se réjouit de voir le sang déserter le visage de Marsh.

— Vous avez pris part à un vilain petit complot et je serais ravie d'en informer votre épouse. Elle semble déjà se poser beaucoup de questions. Mais j'imagine que vous n'avez pas très envie d'avouer combien on vous a payé pour votre contribution. Est-ce qu'elle sait que vous touchez des pots-de-vin ?

Marsh jeta un regard anxieux vers sa femme. Celle-ci lui posait en silence mille questions et

Charlie jubila de voir la sueur perler au front de l'homme.

— Je vous épargnerai cet affront si vous me dites où et quand Harwood vous a contacté pour la première fois. Si vous me donnez ces informations et acceptez d'en témoigner par écrit...

— Harwood ? Je ne connais pas Harwood.

— Allons, Tom. Je sais qu'elle vous a prévenu qu'Helen Grace viendrait vous trouver. Qu'elle vous a demandé d'enregistrer...

— Je n'ai pas été contacté par une femme, l'interrompit Marsh.

La porte d'entrée venait de s'ouvrir et Marsh y lança un autre coup d'œil nerveux.

— Par qui alors ? Qui vous a demandé d'enregistrer votre conversation ?

— Il a dit qu'il s'appelait Latham, le commandant Latham. Un faux nom, à mon avis. Mais je saurais le reconnaître. Un grand Black avec un accent du sud.

— Un grand Black ?

— C'est ça, répliqua Marsh en se tournant pour faire face à son épouse inquiète.

— Que se passe-t-il, Tom ? s'enquit Rose Marsh, les yeux rivés sur Charlie et son gros ventre.

— Désolée de vous avoir dérangés. Il n'y a personne au n° 80 et je me demandais si vous saviez quand ils seraient de retour, lança Charlie à la hâte.

Elle les remercia d'un sourire et s'éloigna, se contrefichant que son mensonge soit passé ou pas. Marsh méritait bien que quelques nuages viennent troubler sa paix conjugale. Tandis qu'elle sortait son portable pour appeler un taxi, l'esprit de Charlie carburait déjà à plein régime pour déterminer ce qu'elle devait faire ensuite.

L'heure était venue d'avoir une petite conversation avec Lloyd Fortune.

106

Les deux hommes étaient assis en silence, le petit déjeuner étalé devant eux sur la table. Lloyd préparait chaque jour ce repas pour son père – thé, œufs à la coque, pain complet – et, d'habitude, la régularité de cette routine le réconfortait. Aujourd'hui, il était sur les nerfs.

Il avait à peine fermé l'œil cette nuit. Et il n'avait pas plus dormi celle d'avant. Depuis son entrevue avec Ceri Harwood, un profond malaise l'habitait. Qu'elle lui ait fait des avances était déjà pénible, mais son rentre-dedans présageait d'une chose infiniment plus grave et inquiétante. Ceri Harwood, le roc Ceri Harwood, qui avait insisté sur les bénéfices qu'il retirerait de sa participation au plan qu'elle avait élaboré pour débarrasser le commissariat central de Southampton du cancer que représentait Helen Grace, ce roc était maintenant en train de se fissurer, les drames personnels et les déceptions professionnelles se percutaient pour former un cataclysme majeur. Quel imbécile il avait été de la croire sur parole ! À sa décharge, elle avait démontré une assurance sans bornes et la voie avait paru s'ouvrir devant Lloyd. En reprenant le poste d'Helen, il serait devenu le plus jeune commandant des services de police du

Hampshire ; il aurait enfin pu combler les exigences de son père.

Il leva les yeux de son assiette intacte et vit que Caleb l'observait.

— Est-ce que tu as peur de moi, fiston ?

— Bien sûr que non, répondit-il avec virulence mais sans conviction.

— Alors pourquoi ne me parles-tu pas ?

Lloyd baissa la tête. Il existait un million de réponses à cette question. La peur d'être jugé. De ne pas être à la hauteur. De ne pas être aimé. Mais comment avouer cela à son père ?

— Tu rumines ce problème de travail depuis des jours maintenant. Raconte-moi. Je pourrai peut-être t'aider.

— Papa…

— Je t'en prie, fiston. Je n'aime pas voir mon fils préféré malheureux.

Lloyd se sentit rougir, d'embarras et de honte. Ce n'était pas correct de la part d'un parent de parler d'enfant préféré et le sentiment de culpabilité qu'il éprouvait n'en était que renforcé.

— Je crains de t'avoir déçu.

— Impossible. Je ne le montre pas toujours et je te pousse beaucoup mais…

— Je t'ai trahi et je me suis trahi moi-même.

L'amertume dans sa voix était tranchante comme une lame. Caleb ne répondit pas, il couva son fils d'un regard interrogateur, l'incompréhension peinte sur son visage.

— J'ai manqué de professionnalisme, j'ai commis un acte… illégal. Pour décrocher une promotion, pour obtenir plus de prestige… Toujours est-il que j'ai mal agi, papa. J'ai sacrifié quelqu'un d'autre pour arriver à mes fins.

Voilà, c'était dit.

— Ce que j'ai fait va à l'encontre de tout ce que tu m'as inculqué, tout ce que j'ai toujours voulu être. Et maintenant, je n'arrive même plus à te regarder dans les yeux.

Lloyd continuait de fixer son assiette, attendant la rafale de reproches. Mais, à sa grande surprise, il sentit la main rêche de son père lui prendre le menton, le soulever. Il fit face à son visage tanné et lut dans son expression de la bienveillance, pas du jugement.

— Pour qui as-tu fait ça, mon fils ? Pour moi ? Ou pour toi ?

— C'est pareil, répondit Lloyd en toute honnêteté.

Aussitôt, il vit le visage de Caleb s'assombrir mais impossible de déterminer si c'était à cause de la honte ou du regret.

— Dans ce cas, si tu dois en vouloir à quelqu'un, c'est à moi, affirma son père à voix basse.

— Tu n'as rien fait. C'est moi le responsable.

— Non, c'est faux. Je suis en tort. J'ai toujours beaucoup exigé de toi. Je voulais que tu deviennes un meilleur homme que je n'ai été.

Avec honte, Lloyd sentit les larmes perler à ses yeux.

— Comment ça ? Tu es le meilleur homme que je connaisse !

— Ne dis pas ça.

La voix de Caleb trembla, mais pas de colère.

— Je sais que tu m'as toujours mis sur un piédestal, Lloyd, poursuivit-il. Et je t'aime pour ça. Mais si je me suis montré si dur envers toi, si j'attendais autant de toi, c'est à cause de ce que j'étais.

— Tu as travaillé comme un chien pour t'occuper de nous. Tu t'es ruiné la santé, tu...

— Ce n'est pas le travail qui m'a brisé, le coupa-t-il, réduisant son fils au silence. Ce n'était pas le travail.

— Quoi alors ? demanda Lloyd, soudain nerveux et assailli par les doutes.

Un long silence, puis :

— Je n'en ai jamais parlé à personne. Pas même à ta chère mère, finit-il par déclarer. Mais j'ai volé.

Lloyd le dévisagea avec incrédulité. Il comprenait les paroles de son père mais elles n'avaient aucun sens.

— À l'époque, quand on bossait sur les docks, il fallait faire partie d'une bande. D'une équipe. D'un gang.

Lloyd le contempla, se demandant ce qui allait suivre.

— J'ai choisi d'appartenir à un gang. De piquer un peu de marchandises par-ci par-là, quand elles transitaient par mon secteur. Je les refourguais et je touchais un peu de fric. J'avais besoin de cet argent pour vous tous, mais ça ne veut pas dire que je ne regrette pas. La fois où je me suis cassé le dos, ce n'était pas à cause d'une chute. C'était suite aux représailles d'un gang rival. J'ai fait ce qu'il fallait pour survivre et si j'étais si dur avec toi, c'était parce que je voulais que tu deviennes quelqu'un de bien meilleur que moi. Tu comprends ?

Lloyd hocha la tête mais ses émotions le submergeaient. Il ne savait plus quoi penser ni quoi ressentir.

— Et vous mentir, à ta mère et à toi – même à tes fainéants de frère et sœur –, me faisait horreur. Je me suis détesté pour ça. Mais essaie de comprendre… Parfois on se rend compte qu'on est allé trop loin et qu'il est impossible de revenir en arrière. Alors ne te compare pas à moi. Tu vaux dix fois l'homme que je ne serai jamais.

Les larmes remplissaient les yeux de Caleb. Lloyd sanglotait, sans honte, serrant le bras de son père. Il pleurait à cause des mensonges qu'on lui avait racontés, du sentiment d'échec qu'il éprouvait depuis des années. Mais surtout, il pleurait à cause de sa crédulité, car il savait maintenant qu'il avait sacrifié sa carrière sur l'autel d'un dieu bidon.

107

Helen sentait peser sur elle le regard de Sanderson qui cherchait à déceler des signes d'instabilité ou de violence. Elles étaient prêtes à reprendre l'interrogatoire d'Andrew Simpson et, sans qu'elles aient eu besoin d'en parler, Helen savait que sa subalterne craignait un autre éclat de sa part. À juste titre. Après une nuit blanche, Helen paraissait encore plus épuisée et à cran que la veille. Normal que sa collègue soit nerveuse.

Simpson, de son côté, semblait aussi imperturbable qu'à son habitude, mais plus tendu. Il se frottait sans cesse le visage et se massait les tempes : il avait l'air stressé et inquiet, comme s'il souffrait.

— Vous voulez la bonne ou la mauvaise nouvelle, Andrew ?

Simpson glissa un regard prudent à Helen, ignorant à quel jeu elle avait décidé de jouer ce matin.

— La bonne nouvelle, c'est que nous avons fouillé vos propriétés de fond en comble et que nous n'avons découvert aucune trace de Ruby Sprackling. La mauvaise, c'est qu'on a trouvé assez d'éléments de preuves sur des surveillances illégales et des partages de fichiers à caractère pornographique pour intéresser le procureur.

Elle rêvait ou le sourire de l'avocat avait vacillé ?
Helen espérait ne pas se tromper.

— Conclusion : il va établir les chefs d'accusation
dès cet après-midi, à moins que je ne lui fournisse
une raison valable de s'abstenir.

— Telle que ? s'enquit l'avocat, intervenant enfin.

— Telle qu'une coopération pleine et entière. Je
veux passer en revue chaque fichier, chaque vidéo,
chaque élément de la vie de ces filles, avec vous.
Je veux le détail de leurs activités, et des vôtres.
Bien entendu, vous n'êtes pas obligé de décider sur-
le-champ. Vous pouvez, vous et votre avocat, vous
concerter…

— D'accord.

Il délivra sa réponse d'une voix basse mais ferme.

— Plus fort, monsieur Simpson, je vous prie. Pour
l'enregistrement.

— D'accord, je vais coopérer, répéta-t-il d'un ton las.

Helen se réjouit de voir la lueur de défi dans son
expression s'atténuer. Une nuit en cellule lui avait fait
du bien. D'un hochement de tête à Sanderson, elle lui
donna le feu vert. Le lieutenant aussi avait passé une
nuit blanche, et elle l'avait mise à profit en examinant
de près le résultat des dix années que Simpson avait
passées à espionner et suivre ces femmes.

— Vous aimez la nouveauté, monsieur Simpson ?
Ou préférez-vous la routine ?

L'homme considéra Sanderson d'un air perplexe
avant de répondre :

— Un peu des deux, j'imagine.

— Mais en ce qui concerne ces filles ?

— La nouveauté, je suppose.

— Pourquoi ?

— Je m'ennuie vite.

— D'observer les mêmes filles ?

331

Il haussa les épaules, mais ne nia pas.

— Vos habitudes en matière de voyeurisme sont donc variées. Et vous bénéficiez d'un important va-et-vient de locataires.

— Exact.

— Quel est votre genre, Andrew ?

La question était posée avec nonchalance, mais Helen savait que Sanderson était concentrée à cent pour cent sur la réponse. Tout comme elle, d'ailleurs...

— On voit des filles très différentes sur vos vidéos. Des rondes, des petites, des blanches, des noires, des brunes, des blondes. Avez-vous des préférences ?

— Je ne suis pas difficile... Mais je préfère les blondes. Surtout les fausses blondes, quand leurs poils sont... ben vous savez...

Il laissa sa phrase en suspens, hésitant à la terminer, comme s'il prenait soudain conscience des deux femmes qui l'observaient. Pour la première fois depuis le début de sa garde à vue, il rougit.

Helen se leva.

— Pour les besoins de l'enregistrement : le commandant Grace quitte la salle. Le lieutenant Sanderson va poursuivre l'interrogatoire et, monsieur Simpson, rappelez-vous les termes de notre arrangement : tous les détails.

Elle le fixa d'un regard appuyé et il acquiesça d'un petit signe de tête. Sanderson reprit avant même qu'Helen soit sortie, l'esprit déjà ailleurs. Une seule certitude, aussi déplaisante qu'indéniable, ressortait de cet entretien : Simpson n'avait pas de goût particulier en matière de femme. Le tueur qu'ils pourchassaient n'enlevait que des brunes aux yeux bleus. Simpson, a contrario, semblait rechercher la nouveauté plutôt que des physiques, des couleurs d'yeux et de cheveux,

332

spécifiques. L'apparence de son sujet semblait ne pas compter, seul importait de les observer à leur insu. Les craintes qui tenaillaient Helen depuis un moment étaient sans doute fondées : Andrew Simpson n'était pas leur coupable. Ni des meurtres de la plage. Ni de l'enlèvement de Ruby Sprackling.

108

— J'ai décidé de libérer sous caution Andrew Simpson, une fois que nous aurons fini de l'interroger.

Son équipe réagit avec surprise et malaise. Malgré les rumeurs qui circulaient déjà, l'annonce d'Helen les prit au dépourvu.

— Bien entendu, on le met sous surveillance et d'autres chefs d'inculpation lui pendent au nez. S'il nous apporte sa pleine et entière coopération et que sa participation nous permet de boucler cette enquête, nous pourrons réviser ces charges. Mais, poursuivit Helen sans tenir compte des regards noirs de certains des officiers féminins, sauf avis contraire de ma part, Andrew Simpson n'est plus notre principal suspect.

Ses paroles provoquèrent un léger tollé dans l'assistance. Helen se tourna vers Lloyd Fortune. En tant que capitaine, il aurait dû se trouver à ses côtés, mener l'enquête de front avec elle, mais il était curieusement absent ces derniers temps, tant physiquement que mentalement. Comme elle, il paraissait au bout du rouleau.

— Andrew Simpson n'a pas de type spécifique en ce qui concerne les femmes qu'il espionne. Le lieutenant Sanderson et moi-même ne pensons pas qu'il corresponde au profil du criminel que nous recherchons.

— C'est retour à la case départ, alors ? intervint Lucas pour ne rien arranger.

— Pas tout à fait, répliqua Helen consciente de l'impact qu'une impasse pouvait avoir sur le moral de ses troupes. Nous connaissons le genre du tueur. Et l'efficacité et la facilité avec lesquelles il procède à l'enlèvement de ces filles nous laissent supposer qu'il bénéficie d'un accès à leurs domiciles ou en tout cas de la confiance de ses victimes.

— C'est peu probable vu qu'elles sont si différentes les unes des autres, ajouta McAndrew.

— Arrêtons-nous sur ce point deux minutes, reprit Helen. Pippa Briers était une jeune active. Roisin une mère célibataire qui subsistait grâce aux allocations. Ruby Sprackling était une jeune fille difficile. De ce que nous en savons, Isobel Lansley était une étudiante introvertie qui sortait rarement de chez elle. Où en sommes-nous avec ses parents ?

— Ils sont dans l'avion. Ils devraient arriver dans l'après-midi, répondit Edwards.

— Bien. Nous avons donc quatre femmes d'horizons variés, qui habitaient à des kilomètres les unes des autres, mais qui se ressemblaient physiquement et vivaient seules. Comment les approche-t-il ? Commençons par Pippa.

— Elle habitait à Merry Oak, travaillait chez Sun First Travel à WestQuay. Elle aimait sortir à Bedford Place, énuméra Lucas.

— Trouvez-moi le nom de son généraliste. De son dentiste. De ses amis, ses collègues, des membres de son club de lecture. Commencez tout en bas et remontez au fur et à mesure. Qu'en est-il de Roisin ?

— Elle vivait seule dans un appartement à loyer modéré de Brokenford. Plusieurs petits amis, certains en même temps. Roisin aimait séduire. Elle n'a jamais travaillé, elle a participé à quelques réunions de jeunes mamans, elle se rendait au bureau de poste une fois par semaine pour récupérer son chèque d'allocation. Elle passait le reste de son temps à faire du lèche-vitrines, à boire et à rêver d'une autre vie.

— OK, retrouvez les petits copains, tous autant qu'ils sont. Interrogez l'employé du bureau de poste, et dressez la liste des autres participantes à ces rencontres de mamans. Pour Ruby, on sait mais repassons tout en revue : ses anciens camarades de classe, les copains de Shanelle Harvey, tous ceux qui connaissaient son adresse… Que savons-nous sur Isobel ?

Un silence gêné s'installa puis le lieutenant McAndrew décida de se jeter à l'eau :

— Pas grand-chose en fait. Elle vivait seule, elle était très discrète. Elle avait quinze abonnés sur Twitter.

Deux ou trois jeunes agents se mirent à ricaner. Quinze abonnés, c'était l'équivalent de la mort sociale selon eux.

— Étudiante au centre océanographique. Elle était à la moitié de sa formation quand elle a disparu. Ce sont ses parents qui la soutenaient financièrement, elle n'avait pas besoin de travailler pour subvenir à ses besoins. Selon des sources non confirmées, elle se rendait en cours et rentrait directement chez elle ensuite.

— OK, concentrons-nous sur elle. Elle ne buvait pas, ne sortait pas, ne faisait pas la fête. Quel est le professionnel avec lequel elle aurait été en contact qui pourrait la relier aux autres femmes ? Comment opère-t-il ? Comment les approche-t-il ? Isobel présentait des traces de résidus de trichloréthylène dans les cheveux – quelle importance revêt cet élément ? Le coupable a-t-il accès à cet anesthésiant ou son dérivé dans le cadre de son travail ? Vérifiez-moi tout ça.

Le calme régna un instant dans la salle quand Helen eut terminé.

— Allez, au boulot !

L'équipe se dispersa, chaque officier fonçant vérifier plutôt deux fois qu'une les pistes. Helen était furieuse contre elle-même : elle avait perdu un temps précieux avec Price et Simpson. Qu'elle n'ait pas pu y couper ne serait d'aucun réconfort pour Ruby. Si cette fille mourait, Helen ne se le pardonnerait jamais. Cette dernière carte qu'ils jouaient leur donnerait-elle l'avantage, ou était-il déjà trop tard ?

109

La porte s'ouvrit à la volée, Ruby se réveilla en sursaut. Combien de temps avait-elle dormi ? Quel jour était-on ? Pourquoi revenait-il ?

Soudain, le lit se mit à bouger. Il le souleva et le renversa sur le côté, découvrant Ruby recroquevillée dessous. Sous la lumière crue, elle cligna des paupières, arrachée à son sanctuaire et jetée en pâture. Petit à petit, ses yeux s'accoutumèrent à la luminosité ; elle vit avec étonnement qu'il tremblait encore de colère. Comme s'il ne l'avait jamais quittée.

— Écoute bien, Summer, parce que c'est ta dernière chance.

Son ton était dur et cassant.

— Tu m'as déçu. Profondément déçu en fait. Je devrais t'oublier complètement. Mais je suis prêt à te pardonner. Je sais que tu regrettes ton erreur.

Ruby ne répondit pas. Elle ne savait pas où cette conversation surréaliste allait mener et elle se sentait tout à coup très fatiguée de ce petit jeu.

— Mais je ne te laisserai plus me faire de mal. Si tu me déçois encore, tu seras punie. Est-ce que tu comprends ?

— Comment est-ce que vous me punirez ? se surprit-elle à demander d'une voix pleine de défi.

Mais d'où lui venait une telle témérité inconsciente ?

— Ne pousse pas. Tu as fait assez de...

— Vous me punirez comme vous avez puni Roisin ?

Elle attrapa la carte de vœux grossièrement confectionnée et la lui jeta au visage.

— Ou comme vous avez puni Pippa ?

Elle lui lança le journal improvisé à la figure ; une rage féroce émanait de tout son être. L'homme recula aussitôt, comme si le papier était toxique.

— Elle était une erreur...

— Et moi alors ? Je suis quoi ?

— N'essaie pas de me piéger, Summer.

— Je m'appelle Ruby Sprackling.

— Summer...

— Je m'appelle Ruby Sprackling et je vous hais !

Du bras, il repoussa Ruby qui alla cogner avec violence contre le mur. Elle eut le souffle coupé : il avait sa main autour de sa gorge et serrait de plus en plus fort.

— Encore un mot et je te crève ! Je le jure, fulmina-t-il d'une voix rauque, lui postillonnant au visage.

— Je me fous de vos menaces ! rétorqua-t-elle. Pour vous, je suis déjà morte.

Du plus profond de son être, Ruby réussit à puiser le courage d'esquisser un sourire triomphant. L'effet fut immédiat. Il la lâcha comme une pierre, et la regarda s'affaler au sol.

Il s'éloigna à pas rapides avant de s'arrêter sur le seuil où il pivota ; il revint vers elle en courant et lui assena trois coups de pieds furieux dans les côtes. Tandis qu'elle se roulait en boule pour tenter de se protéger, il se pencha et l'empoigna par le cou.

— Tu vas le regretter.

Il la rejeta à terre et se dirigea vers la table de nuit où il s'empara de son inhalateur.

— Non, pas ça !

Elle rampa vers lui, la main tendue, implorante. Mais il fut trop preste pour elle : il traversa la chambre et mit la clé dans la serrure.

— Adieu, Ruby.

La porte claqua derrière lui.

110

Il s'éloigna d'un pas furieux en marmonnant des obscénités. La seconde porte franchie, il tourna pour prendre le couloir de gauche vers la troisième et dernière porte qu'il déverrouilla puis referma à double tour. Il gravit l'échelle qui menait au rez-de-chaussée.

La maison était encore plus sale et en désordre que d'habitude, reflétant parfaitement son humeur. Il avait l'esprit éparpillé, sa tête l'élançait vivement. Il donna un coup de pied dans une chaise et, avant même de s'en rendre compte, il la ramassait et la jetait contre le mur. Elle se brisa en plusieurs morceaux. Il n'éprouva rien d'autre qu'un vide oppressant.

Déjà, il sentait la noirceur l'envahir à nouveau. Ces sentiments familiers d'affliction extrême, de profonde solitude. Il était maudit depuis sa naissance, il le savait. Fils d'une putain, né dans une misère crasse, il n'aurait jamais survécu enfant sans Summer. Il l'avait toujours idolâtrée – pour son amour, sa patience, sa gentillesse. À présent, sa bienveillance lui manquait cruellement ; pourquoi l'avait-elle abandonné pour mourir ? Pourquoi l'avait-elle livré à *ça* ?

Leur amour était-il une malédiction ? Elle avait toujours été là, lui montrant comment naviguer dans les eaux périlleuses de la vie, lui apprenant à donner et à recevoir de l'amour. Ces dernières années, elle était absente bien sûr, mais elle lui revenait chaque fois. À la fin, elle revenait.

Tandis qu'il ramassait les débris de la chaise, les fourrait dans la poubelle déjà pleine à ras bord qui vomit le surplus, il mesura l'étendue de sa bêtise. Pourquoi se laissait-il berner aussi facilement ? Elle était là dehors, si près, et chaque fois qu'une de ces filles entrait dans sa vie, prétendait être elle, il tombait dans le panneau. Il y *croyait*. Il ne pouvait pas s'être trompé encore une fois, quand même, si ? Celle-ci, il l'avait observée pendant des mois, il avait contemplé la vacuité de sa vie, assisté aux disputes avec sa prétendue famille. Ils ne la connaissaient pas, ne la comprenaient pas, mais lui oui, et il l'avait vue qui le cherchait. Qui cherchait son autre moitié. Mais s'il s'était trompé ? Il était pourtant si sûr de lui...

Cette pensée aspira toute l'énergie qui lui restait et sans prévenir, il s'écroula à terre. Roulé en boule au milieu des éclats de bois, des déchets en train de pourrir et de la saleté, il fondit en larmes. Ça ne lui arrivait jamais, mais impossible de se retenir aujourd'hui. Il pleurait sur les déceptions et les souffrances subies toutes ces années. Sur les faux départs et l'idolâtrie mal placée. Et sur la fille qu'il avait aimée et perdue.

111

Emilia Garanita éteignit son ordinateur et attrapa son sac. Elle était déjà en retard – à coup sûr, la maisonnée serait un joyeux bordel à l'heure qu'il était – et elle avait passé une journée frustrante à tenter de remanier l'histoire des « cadavres de la plage » pour donner l'impression de livrer de nouveaux éléments.

Elle se trouvait à mi-chemin de la porte quand le téléphone fixe sur son bureau se mit à sonner. Après cette journée pourrie, la tentation était grande de l'ignorer mais les vieux instincts ont la peau dure. Pour un journaliste, un appel est une histoire en devenir. Elle revint donc sur ses pas et décrocha le combiné.

— Garanita.

— J'ai une femme au téléphone pour toi. À propos d'un tatouage de merle bleu.

Le moral d'Emilia tomba encore plus bas. Depuis qu'ils en avaient parlé dans le *Southampton Evening News*, ils croulaient sous les appels de tarés en tout genre, d'opportunistes, d'aspirants détectives, tous monopolisant leur ligne avec des pistes qui ne menaient à rien. Chacune était plus absurde que la précédente. Elle en venait à regretter d'avoir accepté d'aider Helen Grace.

— Passe-la-moi, maugréa-t-elle, pressée d'en finir avec cette comédie.

— Allô ?

À l'autre bout du fil, la voix était fêlée et tremblotante.

— Emilia Garanita. En quoi puis-je vous aider ?

— C'est vous la journaliste ?

— Tout à fait.

— Vous cherchez des infos sur un tatouage de merle bleu ?

— En effet.

Une pause, puis :

— Il y a une récompense ?

Emilia soupira intérieurement. Cette conversation prenait une tournure d'une familiarité déprimante.

— Seulement si le renseignement fourni conduit à une arrestation.

— Oui ou non ?

La voix exprimait à présent une brusquerie qui retint l'attention d'Emilia.

— Oui.

— Combien ?

— 20 000 livres.

— Quand est-ce que je les toucherai ?

— Nous pourrons en discuter quand vous vous présenterez à mon bureau. Mais avant de nous rencontrer, je dois connaître la nature de votre information.

— Ma fille avait un tatouage comme ça. Elle est morte maintenant. Mais elle avait un merle bleu tatoué.

Emilia se rassit à son bureau et sortit en toute discrétion son portable de sa poche pour ouvrir l'application de Notes.

— Pouvez-vous me décrire votre fille ?

— Elle était mince, un style un peu vulgaire, je dirais. Mais elle avait un petit quelque chose. Comme sa mère.

La voix brisée émit un gloussement, qui sonna plus amer que joyeux.

— De quelle couleur étaient ses yeux ? Ses cheveux ?

— Ah ça, elle passait pas inaperçue ! Brune avec de grands yeux bleus.

Emilia se tut, laissant planer son doigt sur l'écran de son portable.

— Comment s'appelait-elle ?

— Summer. Dieu la bénisse.

— Et vous dites qu'elle est décédée ?

— Une overdose. C'est son frère qui l'a trouvée.

— Elle avait un frère ? s'exclama Emilia qui peinait à contenir l'excitation dans sa voix. Comment s'appelait-il ? Et où se trouve-t-il en ce moment ?

Une longue pause s'ensuivit puis la femme lâcha :

— Je vous le dirai quand on se verra. Rien n'est gratuit dans la vie, ma petite dame.

Sur ce, elle raccrocha.

112

Inerte, Ruby était étendue par terre. Elle était secouée de tremblements incontrôlables ; pour autant, elle n'essaya pas de regagner le lit. Ses poumons la brûlaient, sa gorge se resserrait et elle se sentait bien trop faible pour se lever.

La bataille était terminée, Ruby le savait. Pourquoi l'avait-elle poussé à bout ? Espérait-elle le briser ? Non, les paroles agressives qu'elle avait servies à son ravisseur n'étaient qu'un acte ultime de désespoir. L'agonie de sa résistance. Elle ne reverrait jamais ni sa mère ni son père, Cassie ou Conor. S'ils reposaient un jour les yeux sur elle, ce serait dans ce trou, en train de pourrir.

L'essoufflement la terrifiait avant – séquelle de ses séjours à l'hôpital quand elle était jeune –, mais à présent elle accueillait cette sensation avec gratitude. Elle n'était pas une jeune fille très exigeante et n'attendait pas beaucoup de la vie, mais elle espérait qu'on lui accorderait un peu de clémence maintenant. Une lente asphyxie serait une bénédiction, un moyen de le priver des châtiments et des humiliations qu'il comptait lui infliger plus tard. Ce serait une victoire minime, mais une victoire quand même.

Si elle sombrait dans l'inconscience, là par terre, alors peut-être qu'elle reverrait sa famille. Peut-être qu'il y avait une vie après la mort ou un endroit où elle serait en paix. C'était possible, non ? Elle n'avait jamais eu foi en une puissance supérieure avant, mais maintenant...

Non, elle n'y croyait pas. N'y avait jamais cru. Et la vie lui avait appris à ne pas rêver d'une fin heureuse. Ruby savait dans son cœur qu'elle souffrirait jusqu'au bout. Il n'y aurait pas d'échappatoire pour elle, et cet endroit, cette étrange maison de poupée, serait son tombeau.

113

Lloyd marcha jusqu'à sa voiture, les pensées tourbillonnant dans son esprit. L'investigation que menait l'anti-corruption sur Helen Grace était en cours et pourtant le commandant était toujours en place, dirigeant l'enquête avec assurance et énergie. Ceri Harwood, quant à elle, se planquait. Elle se faisait porter pâle. Lloyd avait brièvement envisagé de la contacter, mais son bon sens l'avait rattrapé. Tant que la situation restait floue, mieux valait garder ses distances, même si cette absence de clarté le mettait très mal à l'aise. Avait-il parié sur le mauvais cheval ? Il balaya ses doutes et déverrouilla sa voiture. Il avait du pain sur la planche avec l'affaire Ruby Sprackling.

Il s'installa derrière le volant et mit le contact. Avant qu'il n'ait commencé à manœuvrer, la portière côté passager s'ouvrit. Prêt à protester, Lloyd s'arrêta net dans son élan en découvrant Charlie qui montait à bord et s'installait à côté de lui. Elle referma doucement la portière.

— On va faire un tour, Lloyd ?

Elle attendit qu'ils soient loin du poste pour se lancer. Dans le lourd silence qui précéda, Lloyd tenta de deviner ce qu'elle savait, et comment elle l'avait appris, mais sans succès. Il ne douta pas une seconde cependant qu'elle était venue mener la contre-attaque. Charlie était une alliée fidèle et loyale d'Helen Grace, depuis toujours, et sa soudaine apparition ne pouvait que signifier le début d'une nouvelle phase potentiellement décisive dans cette guerre de l'ombre.

— Je ne crois pas que tu sois quelqu'un de méchant, Lloyd. En tout cas, j'espère que non. Mais ce que tu as fait ne te fait pas honneur, ni sur le plan personnel ni sur le plan professionnel.

Lloyd ne pipa mot, il se contenta de lui décocher un regard en coin. Portait-elle un micro ? S'agissait-il d'un piège ?

— Personne ne sait que je suis ici, poursuivit Charlie comme si elle lisait dans ses pensées. Et je n'enregistre pas notre entrevue. Je crois qu'il vaut mieux gérer ça de façon officieuse, qu'en penses-tu ?

Après quelques secondes, Lloyd acquiesça d'un signe de tête. Elle avait l'air sincère, mais pouvait-il lui faire confiance ?

— Je ne sais pas si elle t'a proposé de l'argent ou autre chose et, pour être honnête, je m'en fous. Mais très bientôt, cette histoire va sortir au grand jour, elle va faire du bruit même, et chacun doit accorder ses violons. L'usage dans ce genre de situation, c'est de tout mettre sur le dos de celui tout en bas de l'échelle, de lui faire porter le chapeau de l'incompétence et de la corruption de ceux qui sont au-dessus de lui. Mais je préférerais qu'on évite ça dans notre cas. Je sais qui est à l'origine de ce complot et c'est elle que je veux.

— OK, répondit Lloyd avec prudence.

— Je ne vais pas te mentir, Lloyd. Tu es en terrain plus que glissant, là. Mais il y a un moyen de sauver ta peau et peut-être même de garder ta plaque. Il est possible que tu voies ça comme un acte de trahison, mais c'est ta seule carte à jouer, là. Tu dois la dénoncer à l'anti-corruption et leur révéler tout ce que tu sais. Leur dire qu'elle a fait pression sur toi, qu'elle a menacé de te virer si tu ne coopérais pas. S'il faut que tu en rajoutes un peu pour sauver tes miches, vas-y, mais tu dois leur raconter la vérité à son sujet. La première fois où elle t'a contacté, ce qu'elle t'a demandé de faire, quand tu es entré en relation avec le commandant Marsh.

Voilà, on y était. Le premier élément de preuve solide était déballé. Charlie avait lancé sa petite bombe l'air de rien, mais l'impact sur Lloyd fut dévastateur.

— J'ai parlé à Tom Marsh. Je suis allée chez lui à Bugbrooke. J'ai rencontré son épouse aussi ; Rose, une gentille femme. Il va coopérer pour tirer son épingle du jeu et je te conseille vivement d'en faire autant. Tu as jusqu'à la fin de la journée pour prendre ta décision. Tu peux me déposer ici.

Lloyd ralentit la voiture et s'arrêta sur la voie de bus. Comme Charlie sortait, elle ajouta :

— Oh, et cette conversation n'a jamais eu lieu.

Elle claqua la portière et rejoignit au pas de course les gens qui attendaient le bus. Lloyd repartit sur les chapeaux de roues, fouillant des yeux chaque coin de rue à la recherche de caméras de surveillance qui auraient pu saisir leur rencontre. D'ordinaire si calme sous la pression, il s'étonna de sentir sa chemise trempée de sueur.

Derrière son volant, dans les rues de la ville, il vit défiler différents scénarios, chacun plus mauvais que le précédent. Harwood l'avait menacé de le briser s'il ne coopérait pas. Maintenant, Charlie allait le jeter en pâture s'il ne la dénonçait pas. Il était perdant sur les deux tableaux. Néanmoins, Charlie venait de précipiter les choses et il allait devoir choisir son camp.

L'heure des décisions était arrivée.

114

D'habitude, dans ce contexte, il était le maître, il avait le contrôle total. Du coup, c'était une sensation nouvelle et assez étrange que de se retrouver en difficulté, de se sentir gêné et intimidé devant elle.

En entendant les trois bips familiers à l'interphone, Jake s'était précipité pour ouvrir. Il avait cru qu'Helen l'éviterait pendant un moment, qu'elle le punirait par son absence, mais elle était là, dès le lendemain matin. Quand elle entra, il ne réussit pas à analyser son humeur : elle fixait le sol. Pourtant, avant tout autre chose, elle s'inquiéta de comment il allait, ce qui le remplit de joie. Elle l'interrogea sur ses blessures et il lui raconta sa virée tardive aux urgences. Quelques points de suture à l'arcade avaient été nécessaires, mais la plaie guérirait vite et il n'y aurait pas de séquelles.

À l'évidence, Helen avait hâte d'en finir et, sans surprise, elle alla droit au but. Elle voulait connaître l'étendue de sa filature. Jake décida de ne rien lui cacher ; elle méritait une confession entière et franche. Mais à mesure que les détails faisaient surface, la profondeur des sentiments qu'il éprouvait à son égard devenait d'une évidence aussi douloureuse pour lui que pour elle. Il n'avait pas eu l'intention de s'impliquer autant, mais malgré lui il tenait à elle, et maintenant Helen n'arrivait plus à le regarder dans les yeux.

— Jake, je te suis vraiment reconnaissante de tout ce que tu as fait pour moi…

— Je t'en prie, Helen, pas ça.

Jake savait pertinemment où elle voulait en venir et il devait l'arrêter avant qu'elle n'exprime sa décision à voix haute.

— Tu m'as aidée plus que tu ne peux l'imaginer, poursuivit-elle sans se démonter. Plus que je ne le mérite. Mais nous savons tous les deux que ça doit se terminer maintenant.

— Bien sûr. Nous pouvons revenir à ce que nous avions, une relation purement prof…

— Je veux dire que « nous » devons arrêter, le coupa Helen. Nous avons franchi une ligne que nous n'aurions jamais dû franchir.

— Pourquoi ? rétorqua Jake, sa colère prenant enfin le pas sur son sentiment de honte.

— Parce que je ne le souhaite pas. Et ce n'est pas juste envers toi de prétendre le contraire.

— Ce sont des conneries ! Je te connais, Helen. Tu n'es pas différente des autres, mais tu persistes à repousser tout le monde.

Helen le dévisagea comme s'il était fou. Mais il avait vu sa vulnérabilité, son besoin de réconfort et d'amour… Alors ce devait être elle la folle, non ?

— Je suis navrée, Jake, mais ma décision est prise. Je ne veux pas te faire souffrir, ça n'a jamais été mon intention, mais je ne reviendrai plus ici.

— Dans ce cas, tu seras seule pour toujours, cracha-t-il.

Il n'avait pas cherché à être aussi amer, mais il poursuivit quand même :

— À cause de ta fierté, à cause de ta peur, tu seras seule jusqu'à la fin de tes jours.

Tout en parlant, il ouvrit brusquement la porte d'entrée. Sa seule présence semblait le narguer désormais et il voulait qu'elle disparaisse. Comme elle repartait, sortant de sa vie définitivement, il ne put s'empêcher de décocher un dernier coup.

— Bonne chance, Helen. Tu vas en avoir besoin.

115

Charlie referma la porte d'entrée derrière elle et s'y appuya. Elle s'était sentie bizarre toute la journée, à ne pas savoir où donner de la tête, et maintenant, elle était lessivée. Avait-elle eu raison d'affronter Lloyd directement ? Elle ne le connaissait pas très bien, il pourrait réagir avec colère, voire avec violence, à ses accusations. Heureusement qu'elle n'avait pas trop réfléchi à ça plus tôt sinon elle ne serait pas allée jusqu'au bout. Et elle le devait ; après tout, elle avait joué un rôle malgré elle dans le guet-apens destiné à piéger Helen et elle était déterminée à réparer les pots cassés. Elle refusait de se laisser arrêter par la lâcheté ou la prudence. Sûr que Steve n'aurait pas vu les choses sous cet angle s'il lui était arrivé quoi que ce soit...

Maintenant, elle n'avait qu'une envie : s'effondrer sur le canapé, mais ses jambes refusaient de bouger. Ses batteries étaient complètement à plat, comme disait son père. Elle resta donc sur place, adossée à la porte. Quelque chose ne tournait vraiment pas rond. Elle se sentait plus que bizarre maintenant, elle se sentait mal. Le bébé s'était montré moins remuant aujourd'hui, ce qui l'avait d'abord inquiétée puis intriguée quand elle avait éprouvé quelques crampes. S'agissait-il de fausses contractions ou d'un phénomène plus significatif ? Elle n'était pas du genre à s'alarmer pour un rien, mais là, les choses paraissaient différentes.

Baissant les yeux, elle fut surprise de voir des taches sur son legging. Elle posa les mains sur ses cuisses et découvrit qu'elles étaient humides. Après un examen plus poussé, aucun doute ne subsista. Elle avait perdu les eaux. L'heure était venue.

Le bébé dont elle rêvait depuis si longtemps allait enfin arriver.

116

Elle n'avait jamais envisagé l'échec. Ne l'avait jamais anticipé. Si bien qu'une fois au pied du mur, elle ne sut pas trop comment réagir.

L'insistance avec laquelle la sonnette de la porte d'entrée tintait n'avait pas décidé Ceri Harwood à y répondre. Tim était là, rappelé au domicile conjugal par la culpabilité ou l'incertitude. Ils étaient censés « discuter », et elle avait beau ne nourrir aucun espoir sur la pertinence et l'utilité d'une conversation aussi éprouvante, elle n'allait pas laisser le facteur ou un démarcheur les interrompre.

Voilà que les coups de sonnette se transformaient en coups de poing contre la porte. Leur présence dans la maison ne faisait aucun doute avec les fenêtres de l'étage ouvertes et la lumière du salon allumée ; se cacher était vain. Ceri prépara mentalement une réplique bien cinglante pour se débarrasser de l'importun, mais, lorsqu'elle ouvrit la porte, les mots lui manquèrent. À leur costume mal taillé et leur expression sinistre, elle savait exactement qui étaient les visiteurs ; quand bien même, les mots qu'ils prononcèrent l'assommèrent :

— Anti-corruption. On peut entrer ?

Ceri Harwood – déléguée des élèves, major de sa promotion à Hendon, plus jeune commandant de police en chef féminin de la Met – se retrouvait nez à nez avec l'échec, voire pire peut-être, la disgrâce.

— Tim, je crois qu'il vaut mieux qu'on remette notre discussion à plus tard. J'ai des questions de procédure à régler.

Il savait qu'elle mentait. Que ce soit parce que le sang avait déserté son visage ou parce qu'elle était très mauvaise comédienne, elle échouait à masquer l'angoisse qui la tenaillait.

— On peut faire ça ici ? demanda-t-elle sous le regard de son mari qui ne semblait pas décidé à partir.

— Ce serait mieux au poste, lui répondit-on avec sobriété.

— Est-ce bien utile ? répliqua Ceri qui, avec un sursaut d'aplomb dû à son rang hiérarchique, fixait ses interlocuteurs d'un œil perçant.

— Oui, nous préférerions que vous nous suiviez de votre plein gré, mais si nous devons vous arrêter…

— OK, OK.

Maintenant que la menace était lancée, inutile de faire traîner en longueur. Elle attrapa son sac et salua Tim d'un hochement de tête ; elle vit avec surprise que les larmes perlaient au bord des yeux de son mari. Lorsqu'elle avait mis cette machine en branle, elle l'avait fait avec la conviction d'obtenir le résultat escompté : faire partir Helen Grace du commissariat central de Southampton et redevenir la patronne. Couronnée de succès, intouchable, victorieuse. Elle s'arrêta sur le seuil pour offrir un sourire penaud à Tim en guise d'au revoir et sut à cet instant que sa défaite était totale. Elle était arrivée au bout du chemin.

117

Furieux contre lui-même, contre le monde entier, il s'agaçait sur sa machine sans chercher à dissimuler sa colère. Les clients allaient et venaient comme toujours mais si d'habitude il plaisantait volontiers avec eux, aujourd'hui il s'en occupait dans un silence pesant, son regard noir coupant court à toute envie d'échanger des banalités.

Une douleur fulgurante l'arrêta net. L'esprit ailleurs, il avait laissé la lame lui entailler le pouce.

— Merde !

Il cracha le mot avec hargne, mais sa virulence ne l'apaisa pas. La coupure était profonde, le sang coulait à flots. Après avoir éteint la machine, il se précipita dans l'arrière-salle et enroula du papier absorbant autour de son doigt blessé. Le sang, d'une couleur sombre, ne tarda pas à suinter à travers le mince papier vert clair.

Quel nul ! Quel bon à rien il était ! Est-ce qu'il allait passer toute sa vie à mener cette quête impossible, à chercher encore et encore… pour ne trouver que tristesse et désolation ? Comment avait-il pu se tromper à ce point ? Il voyait bien maintenant qu'elle n'était pas Summer. Il avait voulu se convaincre en dépit du bon sens que sa froideur et sa rudesse témoignaient en réalité de l'amertume qu'elle refoulait après leur longue séparation. En fait, elle était juste une sale pétasse insignifiante. Qu'est-ce qui lui avait pris de lui accorder tant d'attention, de la chérir et de l'aimer, oui de l'aimer, alors qu'elle, tout ce qu'elle savait faire, c'était lui jeter ses sentiments à la figure ? Qu'elle ne pensait qu'à retrouver sa famille rabat-joie qui ne voyait en elle qu'une source de problèmes. Il l'avait suffisamment observée pour savoir qu'elle repoussait et ridiculisait quiconque cherchait à l'aider. Pourquoi n'avait-il pas pris ces signes en compte ? Pourquoi s'était-il autant dévoilé ?

Le sang continuait de s'écouler de sa blessure. Il ne ferait rien de plus aujourd'hui, autant fermer boutique. Il était trop tôt pour baisser le rideau et quelques clients ne manqueraient pas de s'étonner de son absence inhabituelle. D'abord, il s'en ficha, mais la prudence – son mot d'ordre – reprit le dessus. Une fois la caisse éteinte, il entreprit de rédiger une pancarte sur laquelle il expliquait que, pour des raisons de santé, il devait fermer temporairement le magasin. Exercice compliqué car il n'avait pas l'habitude d'écrire de la main gauche. Il n'avait pas achevé son affiche que la clochette de la porte tintait, annonçant l'entrée d'un client.

— Nous sommes fermés, aboya-t-il sans lever la tête.

— Oh, s'il vous plaît, ça ne prendra qu'une seconde.

La voix féminine était douce et tendre. Pourtant il garda le nez baissé, concentré sur sa tâche.

— Vous voulez bien vous occuper de moi avant de fermer ?

Avec un soupir, il posa son stylo. Discuter ne servait à rien : il était beaucoup plus simple de plier pour qu'elle reparte d'où elle venait aussi vite que possible. Il se redressa et lui tendit la main.

— Oh, vous saignez. Est-ce que ça va ?

Sa voix était en harmonie avec ses traits, beaux et délicats. Elle avait un accent du coin subtil et la bienveillance dans son expression mettait tout de suite à l'aise.

— Je peux faire quelque chose ?

Il n'arrivait toujours pas à prononcer un mot. Cela semblait impossible, irréel, et pourtant c'était vrai. Comme si l'univers lui avait prêté une oreille attentive. Cette adorable jeune fille qui lui proposait son aide et son amitié était entrée tout droit dans son magasin, tout droit dans sa vie. Exactement comme il se l'était imaginé. Il la laissa examiner sa blessure, sans la quitter du regard un instant, hypnotisé par son nez fin, ses longs cheveux bruns et ses yeux bleus perçants.

118

Alastair et Gemma Lansley étaient comme pétrifiés, tout juste en mesure de respirer. Helen les observa avec attention. À l'instar de Daniel Briers, ils avaient eu beaucoup de mal à croire à la mort de leur fille. Ils avaient pourtant réagi en conséquence et pris l'avion depuis Windhoek, capitale de la Namibie, pour affronter la sinistre réalité du meurtre d'Isobel. La jeune femme était étendue sur la table d'autopsie devant eux, son corps recouvert avec pudeur d'un drap blanc. Seul son visage, amaigri et livide, était visible. Elle fixait ses parents de ses yeux aveugles, sans leur prodiguer l'amour qu'ils brûlaient de recevoir. Elle était morte depuis plus d'un an.

Helen s'étonna des réactions différentes des deux parents : Alastair était en larmes et Gemma restait impassible, comme si la signification de ce qu'elle voyait ne l'avait pas encore percutée. D'habitude, c'était le contraire, le mari s'efforçait de jouer les rocs pour son épouse. Mais pas dans le cas présent. Aux conversations qu'ils avaient déjà eues, Helen avait compris qu'Alastair était très proche de sa fille unique. Lorsque sa femme et lui étaient partis s'installer à l'étranger pour leur retraite, il s'était dit qu'Isobel finirait par les rejoindre – qui refuserait une vie au soleil ? Mais la jeune femme était profondément attachée à Southampton et à la poursuite de ses études. Dans les derniers textos et messages qu'elle avait postés sur Tweeter, Alastair avait senti une pointe de cynisme, parfois même de lassitude, qu'il avait attribuée à un changement de sentiment à l'égard de son environnement. Il s'était alors pris à rêver qu'ils seraient bientôt tous réunis. Mais il s'agissait en réalité de l'œuvre d'un individu malfaisant. Une révélation d'une atrocité insupportable pour ce couple âgé.

L'identification terminée, Helen les conduisit dans la salle réservée aux familles.

— Je sais que vous traversez une épreuve terrible, mais je voudrais que vous me parliez d'Isobel. Ses amis, son emploi du temps, ses habitudes. Nous pensons qu'Isobel ne connaissait pas son agresseur intimement, mais plutôt qu'elle l'aurait rencontré dans le cadre de sa vie de tous les jours.

— Ça, on aurait pu vous le dire, répliqua sèchement Gemma Lansley. Isobel n'avait pas d'amis.

— Gemma… murmura son mari comme un avertissement.

— Ils veulent des faits, Alastair, s'empressa-t-elle de rétorquer, la voix tremblante pour la première fois. Enrober les choses ne sert à rien.

Un silence, puis Alastair planta son regard dans celui d'Helen.

— Quand Isobel… Quand elle était ado, elle a été agressée sexuellement.

— Continuez.

— Elle rentrait du collège. Elle a pris un raccourci à travers la lande. L'homme… Le coupable a été appréhendé et emprisonné.

— Huit ans avec réduction de peine pour bonne conduite, précisa Gemma d'un ton amer.

— Cet événement a profondément marqué Isobel. Elle détestait les grands espaces, détestait être dehors. Elle quittait rarement l'appartement et ne cherchait pas à se confier. Elle avait des difficultés à accorder sa confiance, selon le psy. C'est pour ça qu'elle vivait seule.

— Son cercle social était restreint ? demanda Helen.

— Restreint, c'est le moins qu'on puisse dire ! affirma Gemma. Elle se coupait volontairement de sa famille et de ses proches...

— Gemma, je t'en prie, tu n'aides pas...

— Elle se coupait de tous ceux qui se préoccupaient d'elle.

Gemma Lansley sombra dans le silence, submergée par le chagrin et la douleur.

— Elle n'aurait donc pas laissé entrer un inconnu chez elle ?

— Vous m'avez écoutée, commandant ? riposta Gemma d'un ton cinglant. Elle n'aurait même pas laissé entrer chez elle des gens qu'elle connaissait. Elle ne se sentait en sécurité que seule derrière une porte fermée à double tour.

Helen hocha la tête, saisie d'un brusque élan de compassion pour Gemma la revêche. Son amertume était la conséquence de la barrière que sa fille avait dressée entre elles. Avait-elle aussi espéré une réconciliation, un rapprochement futur ?

— Isobel se souciait-elle particulièrement des questions de sécurité ? poursuivit Helen avec douceur.

— Bien sûr. Sans aller dans les extrêmes parce qu'elle n'en avait pas les moyens. Son verrou était solide, sa porte avait un judas. Elle demandait aux livreurs de laisser ses colis sur le paillasson. Elle détestait être en contact avec des inconnus.

— Et pourtant elle a dû en croiser tous les jours en se rendant à la fac, non ?

— En effet, mais c'était selon ses propres termes. Elle faisait un trajet identique tous les jours, passait aux mêmes endroits, aux mêmes heures. Elle reconnaissait le visage de ceux qu'elle croisait, même si elle ne leur parlait pas, bien entendu.

Les muscles d'Helen se contractèrent, elle flaira une piste.

— Vous rappelez-vous son itinéraire ?

— Bien sûr. Nous l'avons emprunté plusieurs fois quand nous venions la voir. Nous séjournions à l'hôtel, évidemment.

— Votre aide nous est précieuse et je souhaiterais que vous donniez le détail de ce trajet à l'un de mes officiers. Savoir où elle se trouvait et à quel moment de la journée pourrait se révéler d'une importance capitale.

Gemma acquiesça sans enthousiasme.

— Vous croyez que celui qui a fait ça... qu'il l'a repérée sur le chemin de la fac... demanda Alastair sans aller au bout de cette idée déplaisante.

— Puisqu'elle n'avait que très peu d'amis et qu'elle veillait à sa sécurité, oui. Il pourrait l'avoir suivie jusque chez elle.

Alastair ferma les yeux, refusant d'imaginer la suite, mais Gemma ne se démonta pas. Elle voulait connaître les détails. Elle en avait besoin.

— Est-ce qu'il lui a fait du mal ? Est-ce que... ils se sont battus ?

— Nous pensons que non. Lorsque nous avons interrogé les voisins, aucun ne s'est rappelé avoir entendu de dispute. Il n'y avait aucune trace d'effraction, ni de lutte...

364

— Mais ça n'a aucun sens ! l'interrompit Alastair. Elle n'aurait jamais ouvert à quelqu'un. Il a dû forcer la serrure.

— À moins qu'il n'ait eu une clé.

La réflexion de Gemma flotta dans les airs un instant. Helen était parvenue à la même conclusion, mais s'était refusée à l'exprimer à voix haute.

— Aurait-elle pu confier une clé à quelqu'un ? Un proche ? Le représentant d'une autorité ? demanda Helen.

— Absolument pas. Pas même si elle était menacée d'expulsion ; elle n'aurait jamais compromis sa sécurité de cette manière, riposta Alastair. Je crois que vous cherchez dans la mauvaise...

— Elle avait fait changer sa serrure, déclara soudain Gemma.

— Quand ça ? rebondit Helen sans hésiter.

— Environ... six mois avant que selon vous elle a...

— Disparu. Pourquoi avoir changé la serrure ?

— Quelqu'un avait vandalisé la sienne. Il y avait de la superglue dedans. Sur le coup, on a cru que c'était une blague de gamins, mais maintenant...

Tout commençait à s'éclairer.

— Elle a donc fait changer sa serrure ?

— Oui. Ça a été toute une histoire. Elle a demandé à son professeur de lui tenir compagnie car elle ne voulait pas rester seule avec le serrurier. Il a dû croire qu'elle était folle mais il l'a fait quand même.

— Vous rappelez-vous qui a changé la serrure ?

— Non, mais la facture doit se trouver dans ses effets personnels. Elle était très méticuleuse pour ce genre de choses.

— Savez-vous combien de jeux de clés lui ont été fournis ?

— Deux, je pense. Elle en avait une sur son trousseau et en portait une autre autour du cou.

— Elle dormait avec la clé de son domicile autour du cou ?

— Non, elle n'était pas folle à ce point. Pourquoi ?

— Ce détail peut être important, mais concentrons-nous sur les clés. Selon vous, il en existait deux et elle était en possession des deux.

— Non, pas vraiment, intervint Alastair, attirant l'attention d'Helen. Elle avait fait faire des doubles. Elle nous en a envoyé un. Et elle a dû en donner un à son propriétaire, je crois. Ça ne lui plaisait pas, mais c'était le règlement.

— Savez-vous où elle a fait faire la reproduction ?

Un long silence s'installa pendant que les deux parents se torturaient l'esprit à la recherche d'un souvenir à moitié oublié parmi des événements infimes d'un autre temps. Alastair finit par relever la tête et déclara d'un air las :

— J'ai bien peur de ne pas en avoir la moindre idée.

119

Andrew Simpson leva brusquement la tête quand Helen déboula. Sanderson et lui étaient enfermés dans une des salles d'interrogatoire les plus isolées depuis des heures maintenant – la preuve en était son odeur corporelle musquée qui emplissait la pièce. Les dossiers du bailleur étaient étalés sur la table.

Oubliant les formalités, Helen se pencha vers l'homme et déclara bille en tête :

— Isobel Lansley avait fait changer sa serrure.

Simpson la dévisagea, encore sous le choc de sa brusque arrivée, avant d'opiner lentement du menton.

— Il me semble que quelqu'un avait mis de la colle dans sa serrure. Alors elle en a changé. Quel rapport ?

Il était sur la défensive, sentant approcher une nouvelle attaque.

— Comment se fait-il que vous vous en souveniez ?

— Qu'est-ce que vous voulez dire ?

— Vous vous foutez de vos locataires, de leurs vies et des trous à rats dans lesquels ils logent. Pourquoi vous rappelez-vous un détail aussi insignifiant qu'une serrure vandalisée ?

— Parce que c'est indiqué dans les dossiers financiers. Chaque fois qu'il se passe un incident de ce genre, je fais payer quelque chose. Pour les frais administratifs, quoi.

Ça ne m'étonne pas, songea Helen en ravalant sa répartie.

— Est-ce que les autres filles – Ruby, Roisin, Pippa – ont elles aussi, à un moment ou à un autre, fait changer leur serrure ?

Simpson réfléchit de longues secondes.

— Roisin, oui, c'est sûr. C'est son copain de l'époque qui le lui avait conseillé, je crois. Pour les deux autres, on peut vérifier dans leurs dossiers...

Helen fut ravie de constater que Sanderson était déjà en train de feuilleter le dossier de location de Pippa Briers. Elle fit courir son doigt au bas des colonnes à toute vitesse.

— Là. Des frais administratifs de 25 £. Est-ce que c'est ça ? demanda-t-elle en se tournant vers Simpson.

Il examina la ligne qu'elle lui montrait.

— Oui, c'est ça.

— Datée du mois précédant sa disparition.

— À cause de Nathan Price, déclara Helen tandis que les pièces du puzzle s'assemblaient. Elle avait peur de lui après leur rupture, alors elle a changé les serrures pour qu'il ne vienne plus chez elle.

— Et regardez là.

Sanderson tenait à présent le dossier de Ruby.

— Des frais administratifs de 25 £. Il y a six semaines. Tout juste un mois avant sa disparition.

— C'est pas surprenant, siffla Simpson. Cette fille est une vraie tête de linotte. Elle avait sûrement perdu ses clés ou on les lui avait fauchées. Elle était vraiment paumée.

— Il garde une clé.

Un frisson secoua Helen tandis qu'elle prononçait ces mots.

— Admettons qu'elles aient toutes fait faire leurs doubles au même endroit, un endroit central, que toutes connaissaient. Qu'est-ce qui empêche l'individu de reproduire une clé supplémentaire pour lui en même temps ?

— Rien du tout.

— Et quand elles reviennent chercher leurs clés, il les suit chez elles.

— L'exemple même du harceleur, renchérit Sanderson en suivant le raisonnement d'Helen. Il sait alors où elles habitent et peut les espionner comme bon lui semble. Il peut découvrir leur situation familiale, si elles sont en couple, si elles ont des colocs, quelles sont leurs habitudes quotidiennes...

— Mais ce qui différencie ce type des harceleurs ordinaires, c'est qu'il possède une clé, ajouta Helen. Il peut entrer chez elles quand il le souhaite. Il peut même procéder à des essais en leur absence, pour s'assurer que le rapt se passera sans encombre.

— Aucun signe de lutte, aucune trace d'effraction.

— Inutile, répondit Helen frappée par l'affreuse simplicité de ce mode opératoire. Parce qu'il se trouve déjà dans l'appartement lorsqu'elles regagnent leur foyer. Il les attend. Il attend qu'elles rentrent et qu'elles s'endorment.

Helen avait du mal à y croire, mais la logique était implacable.

— Elles pensaient retrouver la sécurité de leur domicile. En réalité, elles tombaient droit dans son piège.

120

Il resta à bonne distance, histoire de ne pas se faire remarquer. Quand enfin il avait retrouvé sa langue, il l'avait rassurée sur sa coupure avant d'accepter le travail qu'elle souhaitait lui confier – un banal ressemelage – en lui promettant que ce serait prêt dès le lendemain matin, en remerciement de sa bienveillance.

Après son départ, il était resté planté en comptant jusqu'à vingt. Ensuite, il avait éteint les lumières, tourné la pancarte « fermé » et s'était précipité en verrouillant la porte derrière lui. L'expérience lui avait enseigné à ne pas faire d'excès de prudence, au risque de perdre sa proie au milieu de la foule. Il fallait juste lui laisser le temps de quitter les environs immédiats du magasin.

Il regarda à droite puis à gauche et la repéra à une centaine de mètres plus loin, qui faisait du lèche-vitrines. Son tailleur bleu marine et ses cheveux bruns tirés en arrière dans un chignon élégant la faisaient ressortir au milieu des flâneurs qui peuplaient cet endroit. Lasse de rêvasser, elle se remit en marche. Et il lui emboîta le pas, respectant toujours une distance de sécurité.

Elle rentrait chez elle en traînant. Elle avait fini sa journée de travail – elle avait vraiment une allure chic et professionnelle –, mais n'était visiblement pas pressée de regagner son domicile. Elle s'arrêta pour admirer plusieurs vitrines, acheter un exemplaire du magazine *Big Issue* à un SDF, mais elle donnait l'impression de passer le temps. Comme si elle attendait que quelque chose arrive. Ou quelqu'un.

Ils traversèrent Bedford Place puis Portswood jusqu'aux appartements de piètre qualité qui se dressaient derrière l'université. Malgré son apparence soignée, elle ne devait pas rouler sur l'or à loger parmi les déchets de la ville. *Normal*, songea-t-il en réprimant un sourire. *On grandit mais on ne change pas vraiment.*

Il stoppa net. Il s'était perdu un instant dans ses souvenirs et s'était rapproché un peu trop près d'elle. Elle s'était arrêtée à une porte, à moins de dix mètres devant lui. Si elle se retournait, elle le verrait. Il accéléra le pas, la dépassant sans qu'elle le remarque. Il traversa la rue et risqua un coup d'œil en arrière, juste à temps pour la voir entrer dans un immeuble miteux.

Il tourna au coin de la rue en rasant les murs et trouva un bon poste d'observation derrière une haie. Il regarda avec intérêt les lumières s'allumer au premier étage. Il hésitait : devait-il rester ou s'en aller ? L'après-midi touchait à sa fin et les travailleurs allaient bientôt grouiller dans les rues. Il ne pouvait pas courir le risque de se faire repérer ou pire, dénoncer. Mais comme toujours, elle prit la décision à sa place en venant s'encadrer dans la fenêtre du premier étage.

Impossible de partir maintenant. Sa cachette était idéale pour l'observer, l'admirer, absorber le moindre détail de sa vie. Elle ne tira pas les rideaux, se contenta de contempler la rue en contrebas. Y cherchant l'espoir. L'amour.

Le cherchant, lui.

121

— Pourquoi m'avez-vous menti ?

— Comment ça ?

— Je vous ai demandé explicitement si Roisin avait fait changer sa serrure et vous m'avez répondu que non. C'était faux, n'est-ce pas, Bryan ?

L'ex-petit ami mal à l'aise de Roisin essaya de conduire Helen vers un coin plus tranquille du garage, mais elle resta campée là et sur ses positions.

— Pourquoi avoir menti ?

Bryan jeta un regard à ses collègues mécaniciens qui détaillaient avec une curiosité non dissimulée l'éblouissante femme en train de passer un savon à leur apprenti. Était-ce du respect qui brillait dans leurs yeux ?

— À cause de Jamie, finit-il pas murmurer.

— Qui est Jamie ?

— L'ex de Roisin. Avant moi, je veux dire. Il habitait avec elle. Il avait toujours sa clé. J'ai découvert qu'il venait encore à l'appart, il entrait comme il voulait…

Inutile de lui faire un dessin. En profond manque d'affection, Roisin ne faisait pas la difficile et prenait ce qu'on lui donnait.

— Vous lui avez donc demandé de changer la serrure.

— Je ne pouvais pas l'empêcher de le voir si elle en avait envie. Mais je n'allais pas laisser ce type penser qu'il pouvait se pointer quand ça le chantait, de jour comme de nuit.

— Vous avez conscience que mentir à la police est un délit ?

— Je le sais bien, oui… Mais je n'allais pas tout balancer avec *l'autre* juste à côté.

Il parlait de la mère de Roisin, son ex-belle-mère. L'avait-il bouclée pour éviter de passer pour un pauvre type ou pour ne pas révéler à Sinead Murphy que sa fille était infidèle et dispensait ses faveurs avec générosité ? Helen espérait que la dernière explication était la bonne.

— Qui s'est occupé de changer la serrure ?

— Un pote. Stuart Briggs chez LockRite.

— Il va me falloir ses coordonnées.

— Bien sûr, mais il n'a rien à voir là-dedans.

— On verra. Avez-vous fait faire des doubles ?

— Oui. On nous avait fourni que deux clés, avec la serrure. Et il en fallait une pour sa mère, alors…

— Où ? Où êtes-vous allés faire la reproduction de clé ?

Helen dissimulait avec peine la note d'urgence dans sa question.

— C'est Roisin qui s'en est chargée. Mais elle m'a quand même tapé le fric.

— Où ça, Bryan ?

— Elle m'a montré la facture, mais il n'y avait que le prix d'indiqué dessus, cinq livres. C'était juste un ticket de caisse.

Helen considéra Bryan, consciente qu'elle n'en tirerait rien de plus. Leur meurtrier, qui qu'il soit, était méticuleux, précis et d'une prudence poussée à l'extrême. Un vrai pro. Ce profil ne fit que renforcer la détermination d'Helen à le coincer. À mesure que chaque pièce du puzzle s'emboîtait, elle sentait qu'elle se rapprochait du moment fatidique de leur face-à-face. Dans des situations comme celle-ci, Helen ne songeait plus du tout à sa propre sécurité – elle crèverait en faisant son boulot, elle le savait –, et elle attendait leur rencontre avec impatience. Cette enquête atteignait son apogée, Helen en avait la certitude, et elle se tenait prête pour le grand final.

122

— Je n'attends pas votre pardon, et je ne le mérite pas. Je pourrais essayer de m'expliquer, de vous donner mes raisons, mais je refuse de me ridiculiser. J'ai mal agi, tout simplement. Je vais rassembler mes affaires, signer ma lettre de démission et vous foutre la paix.

Pas une seule fois Lloyd Fortune n'avait levé les yeux pendant son petit discours, les mots sortant de sa bouche avec précipitation. À l'évidence, il avait hâte d'en finir.

Ils avaient beau être enfermés à l'écart dans le bureau d'Helen, Lloyd savait que le reste de l'équipe, de l'autre côté de la porte, les surveillait, et il voulait échapper à leur curiosité et à leurs reproches.

— J'aimerais savoir pourquoi, Lloyd, demanda lentement Helen. Parce que je pense que vous êtes un excellent flic et un homme correct. Alors j'aimerais savoir pourquoi.

Lloyd baissa la tête, il craignait cette question.

— Mais nous n'avons pas le temps de nous attarder là-dessus, reprit Helen. D'autres officiers sous mes ordres ont démissionné pour raisons personnelles, des officiers que je regrette aujourd'hui, alors je vous demande de ne pas écrire cette lettre.

Lloyd leva les yeux sur elle, pris de court.

— Nous sommes au beau milieu d'une enquête majeure que vous devriez m'aider à diriger, mais votre concentration se porte ailleurs ; voilà ce qui est réellement impardonnable.

Il encaissa le coup, c'était mérité.

— Cependant, nous avons besoin de tous les agents disponibles sur le pont. Et je crois aux secondes chances. Alors, commençons par retrouver Ruby. Ensuite, nous nous occuperons de votre cas, d'accord ?

— Les clés. Concentrons-nous sur les clés.

L'équipe au grand complet était réunie dans la salle des opérations. Helen, flanquée de Lloyd Fortune et de Sanderson, menait la discussion.

— Nous croyons que c'est ainsi qu'il accède à leur appartement. Nous devons donc vérifier chaque entreprise de serrurerie à Southampton. C'est une tâche herculéenne, mais nous n'avons pas d'autre choix. Nous commencerons par le centre et avancerons vers la périphérie. Afin de restreindre un peu nos recherches, intéressons-nous d'abord aux magasins situés sur le trajet qu'Isobel Lansley effectuait pour se rendre à la fac. McAndrew ?

— Voici le détail complet de son itinéraire, enchaîna l'intéressée avec sérieux en distribuant des feuilles agrafées aux agents. Vous trouverez la liste des rues empruntées ainsi qu'un plan indiquant son trajet en rouge. Elle quittait son appartement sur Dagnall Street, tournait à droite sur Chesterton Avenue où elle passait devant plusieurs boutiques. Elle longeait ensuite Paxton Road en direction du centre-ville, avant de couper par WestQuay pour prendre Lower Granton Street. De là…

McAndrew exposa le déroulé du parcours en soulignant les lieux d'intérêt potentiels. Helen avait fait venir deux ou trois membres du département d'analyse de données : une aubaine maintenant. Rapides dans les recherches informatiques, ils avaient déjà répertorié plusieurs magasins de reproduction de clés situés sur le trajet. Sanderson en nota les noms au tableau et assigna des officiers à leur visite. Même s'ils avançaient à petits pas, Helen était ravie de voir qu'ils travaillaient enfin tous main dans la main. Même Sanderson et Lucas semblaient avoir trouvé un terrain d'entente.

Tandis que les officiers réquisitionnés filaient, Helen s'adressa à ceux qui restaient.

— Quant à vous, concentrez-vous sur les autres filles. Nous devons établir des correspondances avec le parcours d'Isobel qui limiteront encore les recherches. Pippa pouvait redescendre par Chesterton Avenue pour gagner le centre-ville et nous savons qu'elle travaillait dans le centre commercial de West-Quay, ce qui nous fait deux pistes pour commencer. Examinons leur routine quotidienne et voyons ce qui en ressort. Roisin ne travaillait pas, Ruby non plus. Alors où allaient-elles ? Que faisaient-elles ?

Helen se tut un instant avant de terminer, boostée par la lueur de détermination qui brillait sur les visages en face d'elle.

— Trouvons le lien et nous trouverons notre homme.

123

— Avant toute chose, je refuse que mon nom soit mentionné. J'ai bien assez de problèmes comme ça.

— Bien entendu. Nous ne publierons rien sans votre accord.

Emilia avait sorti ce petit mensonge à de nombreuses reprises au cours de sa carrière. Curieusement, cette fois, elle le pensait ; si cette piste se révélait utile pour résoudre l'affaire des « cadavres de la plage » alors sa source serait traitée comme une reine. Emilia étudia la femme assise en face d'elle. Elle devait avoir la petite cinquantaine mais elle paraissait plus âgée. Souffrant d'un léger embonpoint, elle avait le visage d'une alcoolique, rougeaud et flasque, et les doigts et les dents jaunes des fumeurs. Sa voix était profonde et un éclat dans ses yeux, une étincelle de cynisme et de fourberie, attirait et captivait. Si elle croisait cette femme dans la rue, elle s'accrocherait à son sac à main et accélérerait le pas, mais aujourd'hui Emilia avait enfilé son masque professionnel et affichait un air ravi, assise avec elle dans ce pub d'une ruelle sombre.

— Un autre verre, Jane ?

Jane Fraser hocha la tête et Emilia revint bientôt avec une pinte de bière et un double whisky.

La femme but le whisky d'une traite, puis se mit à siroter la bière.

— Parlez-moi de ce tatouage.

— Et si vous me donniez une petite avance d'abord ? se hâta de répliquer Jane.

Emilia, qui s'y attendait, glissa aussitôt une enveloppe marron sur la table.

— Cinq cents livres. C'est tout ce que je peux faire pour l'instant.

Jane ne répondit pas, fusillant Emilia d'un regard noir. Pendant une seconde d'horreur, cette dernière craignit qu'elle ne se lève et s'en aille. Mais la femme ramassa l'enveloppe et se mit à compter les billets. Ouf !

— Le tatouage, Jane.

Celle-ci empocha l'argent, renifla bruyamment, puis répondit :

— Elle se l'est fait faire quand elle avait quinze ans. Son frère et elle sont allés au salon de tatouage ensemble, ils avaient sûrement piqué l'argent dans mon porte-monnaie, et ils se sont fait tatouer tous les deux. Un petit merle bleu tout moche sur l'épaule. Parfait pour ces deux tourtereaux.

Emilia lorgna le prodigieux étalage de tatouages sur les bras et les épaules de Jane. Ils n'étaient pas beaux, ils étaient agressifs et à forte connotation sexuelle.

— Pourquoi un merle bleu ?

— Qu'est-ce que j'en sais ? J'ai jamais demandé. Peut-être bien qu'ils voulaient s'envoler tous les deux ?

Elle s'esclaffa avec grossièreté avant d'être prise d'une quinte de toux grasse. Une fois calmée, elle s'alluma une cigarette. Fumer était interdit à l'intérieur du pub évidemment, mais personne dans ce bouge n'allait l'en empêcher.

— Que lui est-il arrivé ?

— Ma Summer est morte. Overdose d'héroïne. Ben est parti à sa recherche car elle n'était pas rentrée à la maison. Il l'a trouvée dans le parc. Dans une mare de son propre vomi, les yeux fermés. Le pauvre idiot a cru qu'elle dormait ; il était convaincu qu'elle allait se réveiller et que tout redeviendrait normal. Il voulait pas la laisser partir, qu'ils ont dit.

— Ben ? C'est votre fils ?

Jane grommela un oui.

— Il se droguait aussi ?

— Ça non, alors ! Son frère n'avait pas les couilles pour ça et c'était un gamin quand elle est morte. Il devait avoir douze ans.

Emilia nota ces informations et réfléchit à sa question suivante.

— Que lui est-il arrivé ?

— Il est resté un peu mais lui et moi, ça n'a jamais collé. Au bout de quelques semaines, il a mis les voiles.

Emilia avait le mauvais pressentiment que tout ceci allait finir en impasse.

— Et vous ne l'avez pas revu depuis ?

— J'ai pas dit ça. Je l'ai vu il y a quelques mois – en ville, vous savez.

— Et où habite-t-il ?

— J'en sais rien.

— Allons, Jane. Vous venez de dire…

— Il a pas voulu me le dire. Il devait avoir peur que je m'y pointe.

Emilia n'insista pas : elle comprit à l'expression entendue sur le visage de Jane Fraser qu'il y avait autre chose. La femme s'approcha d'Emilia, si près que celle-ci put sentir l'odeur de tabac dans son haleine quand elle murmura :

— Mais je sais où il travaille.

124

Allongé sur le lit crasseux, il avait l'esprit qui fourmillait de pensées aussi étranges qu'excitantes. Il avait été aveugle si longtemps, à essayer de déceler l'or dans le cœur d'une traînée bonne à rien. À présent qu'il avait recouvré la vue, il ne pouvait plus se retenir de sourire. Il se sentait aussi léger qu'une plume. Il était resté planté là, à observer Summer jusqu'à ce qu'elle ferme les rideaux et se retire à l'intérieur. Il avait alors effectué un repérage de la rue, vérifiant l'emplacement des caméras de surveillance, l'éclairage public, ainsi que le nom sur les interphones de sa maison. Comme toutes les demeures du quartier, elle avait été divisée en appartements. Il devait veiller à passer inaperçu auprès des voisins. Mais pas de problème : il avait de la pratique dans ce domaine après tout.

Sur le chemin du retour, sa tête était remplie d'images d'elle. Ce regard ensorcelant, la tendresse de sa main sur la sienne, son accent du Sud délicat – semblable au sien bien sûr. Après avoir délicatement embrassé le bout de ses doigts, il les avait posés sur son tatouage ; avant de rire sous cape devant l'extravagance de son hommage. Les gens devaient le prendre pour un fou.

Submergé par les visions qui tourbillonnaient dans sa tête, il défit sa braguette et glissa la main dans son pantalon. Il se retenait depuis si longtemps, mais, aujourd'hui, ça paraissait naturel, justifié. Comme il fermait les yeux et laissait son esprit dériver, il les revit là-bas, deux petits conspirateurs se cachant dans le grenier. Chaque fois que leur mère rentrait à la maison, ils se précipitaient là-haut pour échapper à ses paroles acerbes et à sa main leste. C'était leur refuge – elle fumait comme un pompier et n'allait pas se fouler à monter jusque-là –, et pour eux c'était un royaume magique. Il était rempli de tout et de rien mais c'était leur monde. Ils ouvraient la vieille maison de poupée et jouaient avec les deux personnages craquelés à l'intérieur, imaginant toutes sortes de scénarios dans lesquels ils vivaient heureux, dans le luxe et le confort. Dans ces moments-là, la poussière et l'humidité du grenier n'existaient plus, ils étaient en sécurité dans le cocon de leur fantasme.

Parfois, leur monde imaginaire les enveloppait totalement, parfois la réalité s'y insinuait, en général à cause du raffut au rez-de-chaussée. Ils habitaient en haut d'une vieille maison mitoyenne délabrée et le craquement des marches branlantes de l'escalier commun les avertissait toujours de l'arrivée de leur mère. Si elle montait d'un pas vif, cela signifiait qu'elle était de mauvaise humeur ou qu'elle faisait une crise. Si ses pas étaient lents et irréguliers, elle était défoncée. Et si on en entendait plusieurs paires, elle avait de la compagnie.

Ben détestait la drogue, il n'y avait jamais touché, mais sa mère, elle, n'en avait jamais assez. Elle finançait son passe-temps en fraudant, volant et de temps en temps en ramenant des marins d'horizons lointains qu'elle ramassait dans les bars des docks.

Ils ne payaient pas beaucoup mais ils venaient et repartaient vite. Quand elle les « divertissait », Ben et Summer restaient allongés sans bouger, à épier à travers les lames du plancher la seule chambre de l'appartement. Au début, ils ne comprenaient pas ce qu'ils voyaient – ils croyaient que ces hommes faisaient du mal à leur maman –, mais à la fin tout le monde avait l'air content. Au bout d'un moment, ils ont commencé à entrevoir que ces hommes à moitié nus qui grognaient prenaient en fait du plaisir et que, à l'occasion, leur mère aussi.

Quand ils furent plus grands – Summer avait quatorze ans et lui onze –, ils comprirent vraiment. Il avait été surpris, mais pas dérangé, que Summer glisse la main dans son pantalon.

Après, ils étaient allés plus loin, explorant le corps de l'autre quand leur mère s'occupait de ces hommes en dessous. Leur petit secret à eux. Leur mère soupçonnait-elle quelque chose ? Si oui, elle n'en dit jamais rien. Tant qu'elle avait Summer sous la main pour courir lui chercher sa dose au parc, elle se fichait du reste.

Cette pensée le mit en colère. Il tenta de se concentrer sur son fantasme, mais il sentait son désir lui échapper. Sa fureur envers sa mère qui lui avait arraché Summer pour la plonger dans le monde vil et cruel de la drogue brûlait encore avec ardeur. Il avait vu cette femme horrible trois mois plus tôt. Quel choc de la croiser ! D'instinct, il avait eu envie de la tabasser. Il était plus vieux et plus fort maintenant. Elle n'aurait eu aucune chance. Mais elle n'en valait pas la peine et lui avait mieux à faire ; il lui avait donc servi quelques paroles bien senties et l'avait renvoyée d'où elle venait.

Continuer ne servait à rien, il était trop en colère pour se concentrer sur son plaisir maintenant. Il remonta sa fermeture Éclair, se leva du lit et descendit au rez-de-chaussée. L'esprit en ébullition, il se dirigea droit dans l'ancienne buanderie. La pièce ressemblait à un labo de chimie de collège et puait tout autant. Pourtant, il avait toujours aimé cet endroit. Confiné dans cet espace exigu, il éprouvait un sentiment d'accomplissement. Il avait mis du temps à maîtriser l'art de distiller le trichloréthylène, mais quand il y était parvenu, il avait ressenti une joie enfantine. Il se rappelait la première fois qu'il en avait respiré, la sensation d'étourdissement agréable. Il souriait en repensant à ses expérimentations de dosage. La maison était infestée de rats mais pourquoi chercher à s'en débarrasser quand ils pouvaient lui servir pour ses expériences ? Il en avait tué quelques-uns avant d'atteindre les niveaux de saturation corrects… Comme on dit, c'est en forgeant qu'on devient forgeron.

Cette idée le coupa dans son élan. Si intense que soit son excitation à l'égard de l'avenir, il fallait tout de même s'occuper du présent. Maintenant que la véritable Summer était revenue, *l'autre* était de trop et il voulait qu'elle disparaisse. Aussi, il déverrouilla la porte de la cave et descendit dans l'obscurité avec résolution.

125

— Vous croyez qu'elle est réglo ?

Le cœur d'Helen battait à tout rompre, son ton était pressant.

— En toute franchise, je trouve ça trop bizarre pour que ce soit faux.

Emilia et Helen se tenaient dans la petite cour adorée des fumeurs du commissariat central de Southampton. Par chance, elles y étaient seules aujourd'hui.

— Je ne pense pas que Jane Fraser ait assez d'imagination pour inventer un truc pareil. On dirait que ces deux gamins étaient très proches. Ils ont toujours partagé le même lit, ils ne sont jamais allés à l'école, ils étaient tout le temps collés l'un à l'autre. Et qui leur en voudrait, franchement ? Leur mère ne les aimait pas. Elle ne savait même pas qui étaient leurs pères...

— Ils étaient donc tout l'un pour l'autre...

Emilia acquiesça puis poursuivit :

— Apparemment, le fils, Ben, est devenu ingérable après le décès de Summer. La police, les médecins, les services sociaux, personne n'arrivait à le dompter.

— Parce qu'il était fou de chagrin.

— Et il l'est encore, ajouta Emilia en faisant écho aux pensées d'Helen.

— Vous êtes certaine de cette adresse ?

— Je n'y suis pas allée mais je connais.

— Super. Merci, Emilia.

Helen était à mi-chemin de la porte quand Emilia la rappela.

— Comme d'habitude ?

— Vous aurez votre exclu, lança Helen par-dessus son épaule en rentrant dans le commissariat.

— L'adresse correspond à un atelier de ressemelage et de reproduction de clés dans le centre commercial de WestQuay. Ça s'appelle WestKeys.

Nul ne releva le mauvais jeu de mots. L'équipe était suspendue aux lèvres d'Helen, enregistrant ce nouvel élément crucial.

— Il me faut des volontaires pour surveiller l'endroit.

Une douzaine de mains se levèrent, au grand plaisir d'Helen.

— Avant de nous y rendre, revérifions les faits. Pippa Briers travaillait dans le centre commercial de WestQuay, y faire reproduire ses clés aurait été pratique pour elle. Idem pour Isobel Lansley, qui traversait le centre tous les jours pour se rendre à ses cours.

— Roisin Murphy a participé à une réunion de jeunes mamans qui s'est tenue dans une crèche du centre commercial, intervint McAndrew.

— Et Ruby ?

— Ruby traînait dans ce centre avec ses copines. Elles glandaient ou faisaient du lèche-vitrines.

— Donc, ça colle. Elles y ont apporté leurs clés et sont entrées dans la vie de Ben Fraser. Elles ressemblaient à sa sœur, alors il a conservé un double, les a suivies et les a enlevées.

— Mais pour qu'elles soient parfaites, qu'elles deviennent des sosies de sa sœur, il les a « personnalisées », ajouta Sanderson.

— Le tatouage, approuva Helen. Et sans doute plus encore.

— Où se procure-t-il l'anesthésique, par contre ? Le trichloréthylène ? demanda Grounds.

— D'après Jim Grieves, expliqua Helen, le trichloréthylène est utilisé dans les agents nettoyants, les solvants et aussi le cirage. On doit pouvoir l'extraire du cirage…

— Sans jamais attirer l'attention. Comme ça, aucune trace.

— Mais pourquoi les affame-t-il ? S'il aime ces filles ?

La question de Lucas flotta dans les airs un instant, puis Helen répondit :

— Et si on allait le lui demander directement ?

— Bonjour, Ruby.

La jeune femme, qui avait rampé dans un coin, leva sur son geôlier des yeux emplis d'une terreur brute.

— N'aie pas peur. Je ne vais pas te faire de mal.

Ruby garda le regard rivé sur lui. Plus il répétait que tout irait bien, plus elle était convaincue du contraire.

Il s'assit sur le lit à quelques mètres d'elle et observa la chambre comme si c'était la première fois qu'il la voyait.

— J'ai un aveu à te faire.

Il souriait à présent, l'air réellement heureux.

— J'ai commis une erreur.

Elle le dévisagea. Qu'est-ce qu'il mijotait ? Où voulait-il en venir ?

— Je me suis trompé de fille. Je n'aurais pas dû te prendre. Je suis désolé.

Ses remords paraissaient sincères. Et lui, curieusement détendu.

— Qu'est-ce que vous allez me faire ? demanda Ruby, la voix tremblante.

— À ton avis ?

Il s'esclaffa à moitié à ces mots, comme si c'était elle qui avait une case en moins, et pas lui.

— Je vais te laisser partir.

127

— Il y a une autre entrée ? aboya Helen en poussant Sanderson, sa frustration prenant enfin le pas sur elle.

— Pas d'après les plans, répliqua le lieutenant.

Ils avaient débarqué au centre commercial West-Quay – quinze policiers en civil pour passer pour des clients – et s'étaient dispersés, chacun prenant position. Quelques passages devant le magasin confirmèrent l'évidence du début : il avait beau n'être que 17 heures, la cordonnerie WestKeys était fermée.

Impossible de forcer le rideau sans se faire remarquer ni potentiellement alerter le suspect – ou ses amis – sur leur présence. Helen tenait donc à trouver une autre voie d'accès. Le magasin était exigu, un simple kiosque au milieu de boutiques plus grandes et plus clinquantes, et ne possédait qu'une entrée.

— Gardez l'œil dessus, ordonna Helen.

Elle confia la surveillance à Sanderson et se dirigea d'un pas décidé vers McAndrew qui avait l'oreille collée à son portable.

— Qu'est-ce qu'on a ?

McAndrew posa la main sur le micro et répondit :

— Le propriétaire de WestKeys est un certain Edward Loughton.

— Donc Ben Fraser n'est qu'un employé. On peut joindre Loughton ? S'il nous donne l'adresse du domicile de Ben Fraser, on pourra peut-être sauver Ruby.

— Loughton est décédé il y a trois ans. Il a une sœur qui vit dans le coin, on essaie de la localiser.

McAndrew reprit son appel, épelant le nom de la femme qu'ils recherchaient à présent. Pendant ce temps, Helen faisait les cent pas. Chaque seconde qui passait, chaque obstacle qui se dressait sur leur route pourraient leur coûter cher. Ils étaient si près de le démasquer, serait-ce trop tard ? Des visions d'Alison et de Jonathan Sprackling dansaient dans sa tête ; elle ressentait leur désespoir, leur désir de retrouver la fille qu'ils avaient secourue des années auparavant. Helen refusait de croire que leur gentillesse serait vaine, que Ruby connaîtrait le même sort cruel que les autres filles. Pourtant, elle était impuissante à influer sur le destin et que la cordonnerie soit fermée plus tôt que ses horaires habituels la remplissait d'inquiétude. Tout changement dans sa routine était mauvais signe pour eux.

Et surtout pour Ruby.

128

Dès qu'elle mit un pied dans le hall de l'hôtel Great Southern, Helen s'arrêta net. Perdue dans ses pensées, elle se dirigeait tel un automate vers les ascenseurs quand elle fut coupée dans son élan en voyant Daniel Briers à la réception. Il avait une valise avec lui et à son côté se tenait une femme grande et élégante, aux longs cheveux bruns et au ventre rebondi.

— Daniel ?

Il pivota et sourit en la découvrant. Un sourire forcé et peu convaincant.

— Vous partez ?

— En effet, répondit-il sans parvenir à la regarder dans les yeux. Je voulais rester le temps de l'enquête, comme vous le savez. Mais il se trouve que j'ai d'autres responsabilités, alors… Voici Kristy, ma femme.

— Commandant Helen Grace. Je dirige l'enquête sur…

— Je sais qui vous êtes, la coupa Kristy Briers en la gratifiant d'une brève poignée de main.

— Vous avez nos coordonnées, n'est-ce pas, au cas où il y aurait du nouveau… poursuivit Daniel.

Son inquiétude comme son intérêt étaient sincères, mais Helen sentait qu'il avait hâte d'en finir avec cette conversation.

— Bien sûr. En fait, je venais justement vous informer des dernières avancées. Nous avons fait des progrès significatifs dans...

— Vous venez toujours annoncer les nouvelles aux gens dans leur hôtel ? Le soir ?

Kristy avait posé la question d'une voix calme mais tranchante.

— Non, mais j'avais promis à votre mari de le tenir au courant des progrès de l'enquête. Je ne fais que tenir cette promesse.

Helen avait parlé d'un ton égal et ferme. En s'occupant elle-même de Daniel Briers, elle s'était mise dans une position gênante, c'était certain, mais ils n'avaient rien fait de mal. Pourquoi alors devrait-elle être fustigée pour avoir fait preuve de compassion ?

Prenant le couple à part, Helen leur expliqua que la police recherchait Ben Fraser et qu'elle espérait pouvoir bientôt procéder à une arrestation. Daniel posa quelques questions, mais la conversation toucha très vite à sa fin. Il n'y avait rien à ajouter.

— Merci, Helen. Pour tout. C'est très important pour moi que justice soit faite.

Il parlait avec son cœur, mais les mots résonnèrent curieusement aux oreilles d'Helen. Tout allait de travers ce soir. Daniel lui donna une poignée de main formelle et, avec un bref regard en arrière, il se dirigea vers la voiture qui attendait. Kristy fit mine de le suivre mais s'arrêta et se tourna vers Helen.

— Ne le prenez pas mal. Ça leur arrive à toutes à la fin.

— Je vous demande pardon ?

— Je suis avec Daniel depuis plus de dix ans maintenant. Je sais comment il est...

— Kristy, je ne sais vraiment pas à quoi vous faites allu...

— Le truc avec Daniel, c'est qu'il aime l'attention. Il adore qu'un joli minois le regarde, qu'on lui offre une épaule compatissante. Ou que quelqu'un lui tienne chaud la nuit. C'est comme une addiction, il n'y a pas d'autre mot. Mais il ne faut pas le prendre personnellement, ce n'est pas vous qui l'intéressez. Il ne s'intéresse qu'à lui.

Kristy fixa Helen du regard. Elle affichait un air triomphal mais quelle victoire amère pour une femme accoutumée à la trahison.

— Je devrais sans doute le quitter mais il est un peu tard pour ça, hein ? fit-elle en tapotant son ventre. Ne le contactez plus directement. S'il y a du nouveau dans l'enquête, qu'un autre policier nous prévienne. De préférence un homme.

Elle tourna les talons et marcha jusqu'à la voiture. Daniel lui tint la portière ouverte puis la referma doucement derrière elle. Il lança un regard penaud à Helen et partit. La laissant seule, avec le sentiment d'être la pire des idiotes.

129

Par beau temps ou sous la pluie, il y avait toujours quelque chose d'agréable dans les vendredis matin. Les nuages noirs qui s'amoncelaient au-dessus de Southampton arrosaient d'une légère bruine les travailleurs matinaux qui se pressaient dans les rues pour gagner bureaux et boutiques. Malgré cela, Ben Fraser décelait dans l'expression de leur visage l'optimisme et la joie. Encore quelques heures et le week-end débuterait. Qui pourrait retenir son sourire à cette idée ?

Son cœur à lui aussi était envahi par l'espoir ce matin. Il restait encore beaucoup à faire pourtant – des choses plaisantes et d'autres moins – mais lorsque le chemin est dégagé devant soi, la vie est facile. Il s'était levé tôt ; à 6 heures il était douché et habillé, et il quitta la maison peu après. Lors de ses parcours de reconnaissance, il revêtait toujours la tenue de rigueur des employés de bureau en été : jean, T-shirt, lunettes de soleil et sacoche à bandoulière qu'il portait à l'épaule droite. Aux yeux de tous, il ressemblait à un jeune homme se rendant quelque part. Et aujourd'hui, il avait bel et bien une destination.

Blenheim Road à Portswood était encore plus morose à la lumière du jour. La veille, la rue dégageait une atmosphère de prestige perdu mais là elle montrait son vrai visage : un refuge pour étudiants et paumés. Les jeunes actifs sans trop de moyens – comme Summer – s'y plaisaient car les loyers étaient bas mais le quartier rappelait un repaire étudiant à l'atmosphère lasse. C'était tout juste si on ne sentait pas les effluves de cannabis en remontant la rue.

Ben occupait son poste d'observation depuis à peine cinq minutes quand Summer apparut. Les dieux étaient vraiment avec lui aujourd'hui ! Elle était encore plus belle que dans son souvenir. Elle portait un chemisier blanc, un tailleur anthracite et de grandes bottes en daim dont le talon claquait sur le pavé.

Il sortit furtivement de sa cachette pour lui emboîter le pas, l'oreille collée à un téléphone – un iPhone qui avait rendu l'âme des années auparavant. Il marmonnait des paroles sans queue ni tête, s'amusant du carambolage des mots. Il se fichait de ce qu'il disait, concentré sur ce qu'il se passait cinquante mètres devant lui.

Elle s'arrêta dans un café Costa tout proche pour acheter un *latte* et un croissant, fourra ce dernier dans son sac pour le manger plus tard à son bureau. Ben se demanda si c'était son petit déjeuner habituel ; l'avenir le lui dirait. Elle marcha jusqu'à l'arrêt de bus et Ben la suivit, montant à bord du 28 à sa suite.

Comme il l'observait de près, il se sentit plus chanceux que jamais. La route avait été longue, mais Summer était enfin là. Là où elle devait être. Il absorba chaque détail de sa chevelure, de son visage, de ses vêtements, ses tics, ses manières. Il remarqua qu'elle laissait son sac ouvert, après y avoir pris son téléphone pour taper des messages. Un geste qui dénotait d'une confiance naïve, songea-t-il, mais d'une grande utilité : il jeta un coup d'œil à son trousseau de clés. Qu'y avait-il d'autre dans ce sac ?

Elle descendit à Nicholstown et Ben la suivit à pas de loup, prenant note dans sa tête de son itinéraire jusqu'au bureau de recrutement où elle travaillait. Elle n'avait absolument aucune conscience de sa présence, il réussit même à repérer le code qu'elle tapa pour entrer dans l'agence. Une information utile pour la suite.

Bientôt, elle disparut de son champ de vision, mais Ben ne se laissa pas abattre. Cette filature était une réussite. Bien plus encore qu'il n'aurait pu l'espérer. La chance était de son côté désormais, et lentement mais sûrement, il commençait à s'insinuer dans sa vie.

130

Allongée sur le lit, Ruby souriait. Elle n'avait pas fermé l'œil depuis la visite de Ben, trop excitée par ce nouveau rebondissement. Elle rentrait chez elle ! C'était, au cours de sa séquestration, la seule et unique conclusion qu'elle n'avait pas envisagée et voilà que ça arrivait. Bientôt, elle reverrait ses parents, Cassie et Conor. Elle retournerait chez elle.

Ses paupières étaient lourdes, son corps comme son esprit réclamaient le repos, mais Ruby résista encore. Avant, elle aurait cherché refuge dans les rêves, tenté d'échapper à la triste réalité de son quotidien dans cette cave. Maintenant, elle redoutait le sommeil. Elle craignait en s'endormant de rêver qu'elle était toujours enfermée ici, avec lui, piégée dans ce calvaire sans fin.

Elle se pinça, deux fois. *Il n'y en a plus pour long-temps, Ruby*, se rassura-t-elle en balançant les jambes hors du lit avant de se forcer à faire les cent pas. *Reste éveillée, reste sur tes gardes et bientôt tu reverras la lumière du soleil*. Cette pensée la fit rire, même si, en vérité, elle l'effrayait aussi un peu : l'éclat du soleil risquait de l'aveugler maintenant qu'elle était habituée à cette obscurité sinistre. Mais bon, ce serait un faible prix à payer pour la liberté.

Qu'est-ce qui avait provoqué ce revirement ? Pourquoi avait-il changé d'avis ? S'était-il lassé d'elle ? Ou s'était-il passé quelque chose à la surface ? Un lien avait-il été établi ? Une rançon payée ? C'était peu probable, mais quelle autre explication crédible y avait-il sinon ? Il négociait peut-être en ce moment même avec eux, troquant sa liberté contre celle de Ruby.

Cette pensée la transporta de joie. Et s'il ne revenait jamais ? La prudence voudrait qu'il révèle l'endroit où il la détenait et qu'il s'éloigne avant de se faire choper ou repérer. Oui, c'était sûrement son plan. À sa place, c'est ce que ferait Ruby en tout cas.

Pour une fois, son absence ne la dérangea pas. D'habitude, elle s'interrogeait sur ce qu'il préparait, ce qu'il pensait et faisait – et sur l'impact que ça aurait sur elle. Mais aujourd'hui, non. Aujourd'hui, elle était calme et se sentait bien, elle rêvait d'avenir. De *son* avenir.

131

Helen filait à travers le centre-ville, sa Kawasaki se frayant un passage entre les voitures à l'arrêt. Ils avaient enfin dégoté une adresse pour la sœur d'Edward Loughton. Si cette femme les aidait à localiser Fraser, il restait un espoir pour Ruby.

Plutôt que de prendre une voiture de police avec sirène et gyrophare, Helen avait préféré se rendre sur place à moto : elle irait plus vite et surtout son instinct lui soufflait de la jouer en solo. Ben Fraser habitait peut-être avec Alice Loughton et ils ne pouvaient pas se permettre d'arriver en fanfare. Sanderson, McAndrew, Lucas et Stevens suivaient de près dans des véhicules banalisés, mais Helen prenait la tête des opérations.

Elle freina brutalement et s'arrêta près du trottoir. Melrose Crescent était une rue impressionnante, bordée de somptueuses demeures victoriennes. Sans qu'on sache comment, elle avait survécu aux bombardements de la Seconde Guerre mondiale et rappelait avec fierté le passé architectural de Southampton. À la tête de plusieurs magasins, Edward Loughton s'en était à l'évidence bien sorti. Sans femme ni enfant, il avait légué ses biens à sa jeune sœur, même si, à soixante-quatorze ans aujourd'hui, Alice Loughton pouvait difficilement être qualifiée de jeune.

Helen retira son casque et secoua sa longue chevelure avant de gravir les larges marches en pierre qui conduisaient à l'imposante porte d'entrée. Elle appuya sur la sonnette et résista à l'envie de frapper au heurtoir. Inutile d'alarmer qui que ce soit – pour l'instant. Elle attendit avec une patience relative, dansant d'un pied sur l'autre à mesure que la tension montait en elle.

Aucun mouvement à l'intérieur, Helen sonna une nouvelle fois. *S'il vous plaît, faites qu'elle soit là.* Toujours rien. Elle se tourna vers la rue et vit Sanderson et McAndrew qui se garaient déjà plus haut. Elles étaient arrivées vite ; Helen espérait que ce n'était pas pour rien.

Un bruit la fit pivoter. Qu'est-ce que c'était ? Des pas. Oui, des pas lents, mesurés, approchaient de l'entrée. À travers la vitre en verre fumé, une silhouette se dessina. Un verrou qu'on tournait et la porte s'entrebâilla, le visage d'une femme âgée pointa au-dessus de la chaîne de sécurité.

— Oui ? demanda-t-elle avec prudence.

— Commandant Helen Grace, tonna Helen en montrant sa carte de police.

— Que puis-je faire pour vous ? répliqua la femme sans quitter la plaque des yeux.

— J'aimerais m'entretenir avec vous de votre frère. Et de Ben Fraser.

Alice Loughton plissa les yeux. Était-ce de la méfiance qu'Helen décelait dans son expression ? De la colère ? La vieille femme la fixa pendant ce qui lui parut une éternité, puis enfin elle fit glisser la chaîne de sécurité et lui ouvrit.

— Vous feriez mieux d'entrer alors.

Helen la remercia d'un signe de tête et franchit le seuil, la lourde porte se referma dans un bruit sourd derrière elle.

132

Ben se rendait au centre commercial WestQuay d'un pas léger. Après les récentes déconvenues, les choses semblaient s'arranger. Summer paraissait à nouveau elle-même ; quant à Ruby, eh bien… elle ne serait plus un problème très longtemps. Elle croyait qu'elle allait être libérée bientôt ; Ben disposait donc d'un jour ou deux avant qu'elle ne se mette à hurler et à geindre. À quel moment comprendrait-elle qu'elle avait été abandonnée ? Et comment réagirait-elle ? La première avait tenu presque deux semaines, à cogner contre la porte, à brailler comme une truie et à s'époumoner. Et la troisième avait été tout aussi terrible. En revanche, la deuxième, moins futée, avait laissé tomber plus vite, ce qui était bien moins drôle. Il aimait quand elles se déchaînaient et suppliaient. D'en haut, il ne pouvait pas les entendre, bien sûr, alors il descendait au sous-sol pour les écouter. Dès qu'elles percevaient ses pas qui approchaient, elles se mettaient à implorer. Il n'ouvrait jamais la porte, mais il lui arrivait de les taquiner en glissant la clé dans la serrure avant de la retirer d'un coup. À ce souvenir, un sourire étira ses lèvres.

Bien entendu, cette fois, se débarrasser du corps serait plus compliqué. Carsholt Beach était l'endroit idéal pour lui, isolé et sauvage... mais les derniers événements avaient tout chamboulé. Il avait déjà décidé d'enterrer Ruby dans le parc de New Forest. S'il l'y emmenait au milieu de la nuit, il ne serait pas dérangé. D'autre part, il fallait admettre que l'enterrer à l'endroit où il avait brûlé ses vêtements offrait une symétrie qui lui plaisait. En outre, la végétation très épaisse diminuait le risque que quelqu'un tombe sur sa sépulture.

Plongé dans ses pensées, Ben passa devant son magasin sans le voir et continua jusqu'au bout de l'arcade. Il secoua la tête à son étourderie et fit demi-tour, revenant sur ses pas pour rejoindre WestKeys. Déjà qu'il ouvrait plus tard que d'habitude, il ne fallait pas éveiller les soupçons...

Tout à coup, il s'immobilisa. D'instinct, il se tourna pour admirer la vitrine du magasin de chaussures contigu à la cordonnerie. Des gouttes de sueur perlèrent à son front et ses mains tremblèrent. Sa réaction était-elle exagérée ? Imaginait-il des choses ? Il entra dans la boutique pour se ressaisir et, pivotant, il scruta l'allée à travers la vitre. Installé au café en face de WestKeys, un jeune Black en veste et chemise concentrait toute son attention sur son magasin plutôt que sur le journal qui était ouvert, inutile, devant lui.

Tournant les yeux, Ben en repéra un autre. Une jeune femme en haut de l'allée. Elle faisait mine d'envoyer des messages sur son portable cependant son regard ne cessait de revenir sur la devanture de WestKeys. Ben ressortit du magasin de chaussures, marcha d'un pas régulier mais rapide et passa devant son atelier. En chemin, il en remarqua un de plus, un

402

jeune homme assis près de la fontaine, qui consultait sa montre comme s'il attendait quelqu'un.

Ben savait pertinemment qui il attendait et il n'allait pas lui donner cette satisfaction. Il se précipita vers l'issue de secours, déboula dans la cage d'escalier et dévala les marches jusqu'à la sortie.

133

La salle des opérations était déserte, ce qui semblait approprié. Seule au milieu de la pièce, Ceri Harwood examinait le tableau, s'imprégnant des photos de Pippa, Roisin, Isobel et Ruby. L'équipe au complet était partie en chasse, elle traquait Ben Fraser – cette grosse opération atteignait son apogée. Avec de la chance, Fraser serait bientôt en garde à vue. Pourtant, cette idée ne réjouissait Harwood qu'à moitié. Elle serait exclue de cette conclusion triomphale, isolée par sa défaite.

Comment avait-elle pu se tromper à ce point ? D'autres commandants, des femmes notamment, avaient menacé son poste auparavant. Elle les avait anéantis avec facilité, les exilant de leur unité, les remplaçant par des officiers ambitieux, conciliants, qui se pliaient à ses exigences. Mais Helen Grace avait refusé de céder, elle avait toujours réussi à éviter les pièges qu'on lui tendait. Le moment était peut-être venu pour Ceri de reconnaître qu'elle ne possédait pas l'imagination nécessaire pour s'occuper d'Helen Grace. Elle était peut-être trop enferrée dans le protocole, le règlement et les obligations pour mater une adversaire pleine de ressources et de surprises.

En fin de compte, elle n'était pas assez douée pour la vaincre.

Il était temps d'aller trouver Fisher. Elle avait tapé sa lettre de démission et préparé son discours d'excuses, le petit mensonge pratique comme quoi elle voulait passer plus de temps avec sa famille. Ce passage en particulier la faisait presque rire. Elle avait les filles, bien sûr, mais sa famille était à présent brisée – les week-ends avec leur père en seraient le rappel cuisant et constant. Cette idée lui paraissait encore tellement curieuse. Ils étaient venus à Southampton emplis d'optimisme et le résultat avait été catastrophique pour tout le monde. Elle allait devoir reconstruire sa carrière, sa vie, ailleurs maintenant. Et il faudrait que quelqu'un d'autre prenne la tête du service. *Pitié, que Fisher ne refile pas le poste à Helen Grace*, supplia mentalement Ceri Harwood en quittant la salle des opérations. Ce serait vraiment le coup de grâce.

134

Alice Loughton considéra Helen Grace avec insistance. Était-ce de la méfiance dans son regard ? Ou pire, de l'incompréhension ? Elle n'avait pas pipé mot depuis qu'Helen avait entrepris de lui exposer la raison, et le caractère urgent, de sa visite et Helen avait le mauvais pressentiment que la vieille dame ne saisissait pas l'importance de ses paroles. Au bout d'un moment, enfin, son hôtesse ouvrit la bouche et demanda d'une petite voix cassée :

— Vous êtes sûre ?

— Oui.

— Et depuis combien… ?

— Nous n'en sommes pas certains, mais nous pensons qu'il traque des femmes dans la région de Southampton depuis presque cinq ans.

— Je n'en crois pas un mot.

C'est ce que redoutait Helen.

— Je sais que c'est difficile à assimiler, et j'aimerais vous répéter que ni vous ni votre frère n'êtes en cause. Mais nous avons besoin de votre aide…

— Je ne l'ai rencontré qu'une fois ou deux, mais il m'a toujours paru un très gentil garçon.

— Je vous serais reconnaissante de…

— Edward l'a trouvé en train de dormir dans le centre commercial. Sur une aire de chargement. Il était si petit, il avait quatorze ans peut-être. Edward lui a proposé de le ramener chez sa mère, mais le garçon l'a supplié de ne pas le faire. Et il l'a installé dans une auberge de jeunesse à la place…

— Alice, où habite-t-il aujourd'hui ?

— Edward s'est occupé de lui après, répondit-elle comme si elle n'avait pas entendu la question d'Helen. Il lui a donné du travail au magasin. Il y travaille depuis, pff… dix ans au moins maintenant. Edward lui faisait confiance. Il était beaucoup plus fiable que certains des employés de ses autres commerces.

— Je comprends, Alice, mais il est vital que nous lui parlions tout de suite. S'il est innocent, alors nous pourrons l'exclure de notre enquête et poursuivre nos investigations.

— Edward était comme un père pour lui, c'est pour ça qu'il s'est montré si généreux dans son testament.

— Il lui a laissé de l'argent ?

— Non ! Edward n'aimait pas l'argent, pas dans le sens où vous l'entendez. Il aimait les biens immobiliers ; les maisons, les locaux commerciaux, ainsi de suite.

— Il a donc légué un bien à Ben Fraser ?

— Ne soyez pas si surprise. Ce n'est qu'une ruine dans un quartier mal famé de la ville, mais ces endroits changent avec l'expansion urbaine. Edward pensait qu'à long terme, ça profiterait à Ben.

— Et vous savez où elle se trouve ?

— Évidemment, je ne suis pas complètement sénile, rétorqua-t-elle en décochant un regard noir à Helen.

— Dites-le-moi alors, s'il vous plaît. La vie d'une jeune femme est en jeu.

La vieille jaugea Helen du regard, comme pour déterminer si elle pouvait lui faire confiance, avant de répondre enfin :

— Il habite au n° 14 sur Alfreton Terrace. C'est à moins de cinq minutes d'ici en voiture.

135

Ben poussa un rugissement et cogna le poing dans le miroir. Celui-ci se brisa et les morceaux tombèrent à terre tandis que le sang coulait de ses jointures entaillées. Sans une hésitation, il piétina les tessons, ses lourdes bottes les réduisant en poussière.

Comment ? Comment ? Comment ?

Comment l'avaient-ils retrouvé aussi vite ? Les corps avaient été déterrés moins d'une semaine auparavant et déjà ils étaient en planque devant sa boutique ? Il ne devait qu'à un coup de chance, et à leur incompétence, de ne pas s'être fait coincer sur place. Il laissa échapper un hurlement d'angoisse et se tapa la tête contre le mur de briques nues. Ce n'était pas possible, pas maintenant que Summer revenait dans sa vie, alors qu'il était si près du but...

Combien de temps leur faudrait-il pour découvrir cet endroit ? Le foyer qu'il avait bâti avec amour en prévision de leur bonheur à venir ? Ils n'allaient pas tarder maintenant. Une fois qu'ils connaîtraient le propriétaire de la cordonnerie, ils iraient voir la vieille. Avec de la chance, elle était peut-être maboule aujourd'hui, mais il ne pouvait pas courir le risque du contraire. Il ne lui restait plus qu'à disparaître.

Il possédait encore la camionnette. Ils ne devaient pas être au courant de la camionnette. Et les fausses plaques d'immatriculation leur compliqueraient la tâche pour le retrouver. Il pourrait rendre visite à Summer ce soir. Jamais il n'avait opéré une approche aussi directe auparavant, mais des mesures d'urgence s'imposaient dans le cas présent... S'ils étaient réunis avant que l'info ne fasse la une des JT du soir, alors ils pourraient disparaître tous les deux.

Ben se rendit dans la buanderie et s'empara du bocal. Le caoutchouc était encore fermement maintenu et il contenait assez de liquide pour ce qu'il avait à faire. Il ramassa deux ou trois vieux chiffons qu'il fourra dans sa poche. Il s'apprêtait à partir mais s'arrêta tout à coup. Cette maison serait une mine de pièces à conviction quand les flics débarqueraient. Le système de distillation, ses souvenirs de Summer, sans parler de cette chose dans la maison de poupée en bas. L'amertume lui serra le cœur quand il imagina ces policiers anonymes le juger tout en tripotant ses affaires...

Soudain, Ben sut ce qu'il devait faire. Il poussa les cartons sur le côté, fouilla dans le bazar de cette pièce exiguë et dénicha ce qu'il cherchait. Un grand flacon de térébenthine. Et à côté, sur l'étagère, un vieux briquet, vestige de son passé de fumeur.

Il s'empara des deux et gagna d'un pas décidé la trappe qu'il souleva sans hésiter.

136

Ruby vit avec joie la porte s'ouvrir à la volée. Ça y était, alors ? Pourtant, dès qu'elle remarqua l'expression sur le visage de l'homme, la dernière lueur d'espoir en elle s'éteignit. Il la considéra avec un mépris non dissimulé et pire, avec résolution. Comme il s'avançait vers elle, Ruby descendit du lit tant bien que mal et essaya de gagner l'autre côté de la table, mais elle ne fut pas assez rapide. Il lui assena un puissant coup de poing dans le ventre qui lui coupa le souffle.

Pliée en deux, elle reçut le genou de l'homme dans le nez et, pendant un instant, elle perdit connaissance. Quand elle revint à elle, elle était étendue par terre. Ses poignets la pinçaient et lui faisaient mal. Elle se tourna : il était en train de lui attacher les mains au cadre de lit métallique.

— Pitié.

Il l'ignora et sortit un flacon en métal cabossé dont il déversa le contenu sur le sol autour d'elle. L'odeur du liquide clair était irrespirable. Tout à coup, Ruby comprit ses intentions, mais pas leur logique. Ça n'avait aucun sens ! Pourquoi détruirait-il ce qu'il avait créé ? Que s'était-il passé ?

— Je vous en prie, ne faites pas ça. Je ferai tout ce que vous voudrez. S'il vous plaît, ne me tuez pas.

Le flacon vide, il le jeta au loin. Les supplications de Ruby n'avaient aucun effet sur lui ; il sortit un briquet de sa poche.

— Je serai votre Summer. Je suis votre Summer. S'il vous plaît, ne me faites pas de mal.

Sans un regard pour elle, il alluma le briquet. Un instant, il contempla la flamme qui dansait dans sa main puis un léger sourire apparut à ses lèvres. Enfin, il leva les yeux et les plongea dans les siens.

— On se reverra dans l'autre monde.

Sur ce, il lança le briquet aux pieds de Ruby.

137

Helen tourna l'accélérateur vers elle et la moto bondit en avant. Elle coupa par Queen's Drive et prit un virage serré pour rejoindre le périphérique, montant aussitôt à 150 kilomètres à l'heure. Enfin, ils tenaient une piste essentielle, celle qu'ils cherchaient depuis la découverte du cadavre de Pippa. Helen sentait dans chaque fibre de son corps que la moindre seconde comptait. Le temps s'était comme brusquement accéléré, les poussant vers une conclusion aussi incertaine que désespérée. Ils arriveraient en toute discrétion – ni sirène, ni gyrophare – et une fois que l'unité d'intervention armée débarquerait en renfort, ils passeraient à l'attaque. Nul ne savait comment un psychopathe tel que Ben Fraser réagirait en comprenant que l'univers qu'il s'était créé avec soin était sur le point d'imploser. Beaucoup de prédateurs en série tuaient leurs victimes avant de se suicider. D'autres cherchaient à emmener quelques policiers. Leur réaction était imprévisible.

Soudain, le cœur d'Helen eut un raté. Au loin devant elle, un mince panache de fumée s'élevait dans le ciel. Il savait. Comment ? Ça, elle l'ignorait. Elle ne pouvait pas affirmer avec certitude que la fumée provenait bien d'Alfreton Terrace mais comment expliquer autrement un spectacle aussi soudain qu'inattendu dans cette partie isolée de la ville ?

Pas de piétons aux alentours, Helen augmenta encore sa vitesse, fonçant le long de Constance Avenue pour rejoindre Alfreton Terrace. C'était là, le n° 14, pastiche laid et délabré d'une demeure victorienne. Sans âme, pourrissante et insignifiante, en dehors de la fumée qui filtrait désormais par les fenêtres mal ajustées.

Helen sauta de sa Kawasaki qui roulait encore, la moto abandonnée allant terminer sa course sur le flanc dans un jardin. Sanderson se trouvait derrière en voiture, à une minute ou deux à peine, et tout en se précipitant vers la maison, Helen pressa sa radio.

— Prévenez les pompiers. J'entre.

Sanderson protesta avec virulence, mais Helen ne l'écouta pas. Elle fourra la radio dans son blouson en cuir et courut vers la porte. Sans hésiter, elle fonça contre elle. La douleur fusa dans son épaule quand elle buta contre le bois. La porte branla un peu mais resta close, lui refusant le droit de passage. Un verrou en bas était tiré, lui barrant le chemin. Cela signifiait que leur tueur veillait à sa sécurité, et surtout, qu'il se trouvait à l'intérieur.

Helen sortit sa matraque et frappa du pied le verrou rebelle. Ses bottes au bout renforcé cognèrent et après deux ou trois coups, la serrure vola. La porte tomba à la renverse et alla s'écraser au sol, soulevant un nuage de poussière dans sa chute. Helen fonça à l'intérieur tandis que Sanderson et McAndrew se garaient juste à temps pour la voir disparaître dans la maison en flammes.

Helen inspecta les pièces à l'avant de la maison, mais ne décela aucune trace de vie. Son idée fixe était de trouver un accès au sous-sol. Les victimes avaient été séquestrées dans un endroit sombre, sans lumière. Une cave, très certainement.

Elle passa la tête dans le salon, consciente qu'elle risquait l'embuscade, mais la pièce était déserte. Elle souleva le tapis poussiéreux mais ne découvrit aucune trappe en dessous. Elle se dirigea alors vers la cuisine. Elle était recouverte d'un lino crasseux qui paraissait être tout d'un bloc aussi l'ignora-t-elle, fouillant le reste de la maison.

Elle la trouva enfin. La trappe. Deux verrous à l'extérieur empêchaient qu'on l'ouvre de l'intérieur, mais ils étaient tous les deux tirés, comme une invitation à entrer. Pour la première fois, Helen marqua un temps d'arrêt. La fumée s'en échappait en tourbillons et nul ne savait ce qui était tapi en bas. Ruby s'y trouvait-elle au moins ? Était-ce un piège ? Un ultime acte de résistance contre ceux qui interdisaient à Ben Fraser de vivre son fantasme ?

Un cri. Faible mais insistant. Et lancé par une femme, sans l'ombre d'un doute. Helen n'hésita pas plus longtemps, elle souleva la trappe et plongea dans les abysses. Les barreaux métalliques de l'échelle étaient déjà brûlants, mais ses gants en cuir la protégeaient et elle arriva rapidement en bas.

Elle releva la visière teintée de son casque et observa autour d'elle. L'endroit était incroyable : c'était un labyrinthe de galeries menant on ne sait où. À intervalles réguliers, des ampoules nues dans des boîtiers en plastique étaient accrochées aux murs, illuminant le chemin. L'effet donnait l'impression de se trouver dans une mine ; la preuve affligeante de la folie étudiée et précise de Ben Fraser. Cette pensée fit frémir Helen qui serra sa matraque un peu plus fort dans sa main.

Un nouveau cri, plus proche cette fois. Helen s'élança, agitant désespérément le bras devant elle pour chasser la fumée qui l'enveloppait. Elle remplissait ses narines, s'insinuait dans ses yeux, insupportable. Un feu dans ces conditions d'humidité allait engendrer une fumée considérable. Helen rabaissa sa visière. Elle y verrait moins bien mais elle pourrait garder les yeux ouverts.

Elle s'orientait au son maintenant, se laissant guider par les gémissements de Ruby. D'instinct, elle voulut l'appeler, la rassurer en lui promettant que les secours étaient en route, mais lui aussi se trouvait quelque part là en bas. Elle n'osa pas annoncer sa présence.

Helen percuta un mur de terre, arrêtée brutalement dans son élan. De sa main libre, elle tâtonna la paroi et tourna au coin, avançant avec prudence mais détermination. Soudain, la sensation de ne pas être seule dans cette épaisse fumée l'assaillit. Elle fit volte-face et leva sa matraque en position de défense. Mais elle frappa dans le vide, et dans l'obscurité oppressante, elle distingua seulement qu'il n'y avait personne d'autre.

Helen continua d'avancer. Elle voulait trouver Ruby et sortir d'ici. Il faisait de plus en plus chaud et respirer devenait de plus en plus difficile. Helen se retrouva soudain projetée à terre : son pied avait buté contre quelque chose. Près du sol, où l'air était plus dégagé, elle vit qu'elle avait trébuché sur le seuil d'une porte.

Elle se tourna et distingua une autre porte ouverte à quelques mètres devant elle. La chaleur était moins intense au ras du sol, sa vision meilleure, si bien que, en dépit des dangers évidents, Helen se mit à ramper en avant. Elle franchit le seuil et pénétra dans la pièce de l'autre côté.

Ce qu'elle y découvrit lui coupa le souffle. La chambre était en feu. Les flammes étaient en train de dévorer une table et une chaise en bois et allaient s'attaquer sans tarder au reste du mobilier – une vieille cuisinière et un lit en métal. Ligotée à son cadre, la silhouette frêle, Ruby Sprackling se tordait de douleur. Un cercle bien dessiné de flammes l'entourait. Le sadisme délibéré de la méthode d'exécution du tueur dégoûta Helen mais impossible de laisser cette fille mourir dans ce trou. Elle sauta par-dessus les flammes et courut vers elle. Une autre vague de chaleur la frappa alors. Le feu venait d'être allumé mais il était féroce ; elles ne disposaient que de quelques secondes avant de suffoquer.

Les mains de Ruby étaient liées par une corde de nylon, attachées au cadre par un nœud constricteur. Les poignets de la jeune femme étaient déjà à vif. Qu'elle parvienne à se dégager de ses liens était inenvisageable et la structure métallique était trop lourde et solide pour être cassée.

Cherchant désespérément un moyen de la libérer, Helen repéra des morceaux de briques dans un coin. Sans une hésitation, elle s'en empara. Aussitôt, elle se mit à frapper la barre métallique du lit avec son outil improvisé. Le montant auquel Ruby était ligotée résista quelques instants avant de se courber et de se briser en deux. Helen aida Ruby à se redresser puis fit remonter le nœud jusqu'en haut du montant cassé pour l'en sortir. Aussitôt, la jeune femme s'effondra dans les bras d'Helen qui la releva en la soutenant.

— Reste avec moi, Ruby, l'encouragea-t-elle en lui donnant une petite claque sur la joue.

Elle lui fit ensuite traverser les flammes, la tirant à moitié pour la mener vers la sortie.

— On continue.

Les yeux de Ruby roulèrent dans leurs orbites, la fumée emplissant ses poumons, embrumant son esprit. Helen sentait que la jeune fille était sur le point de perdre connaissance mais il fallait qu'elles continuent à avancer. Elle la pinça avec force, provoquant une faible réaction, et elles se remirent en marche.

— On n'est plus très loin maint...

Helen se figea, la fin de sa phrase mourant sur ses lèvres. Les lumières s'étaient brusquement éteintes, les plongeant dans le noir total.

L'homme se trouvait bien en bas, finalement.

138

— Écartez-vous de mon chemin !

— Je vous interdis d'entrer dans cette maison.

— Pour la dernière fois, poussez-vous ou je vous arrête !

Sanderson beuglait comme une folle à présent, nez à nez avec le sergent des pompiers qui lui barrait la route. Derrière eux, une fumée noire s'échappait de la maison de Ben Fraser.

— C'est mon affaire, maintenant ! hurla le pompier pour se faire entendre par-dessus les sirènes et le brouhaha général. C'est mon incendie. Et tant qu'il n'est pas maîtrisé, vous n'avez aucune autorité ici. Je vous invite donc à reculer...

Mais Sanderson qui l'avait pris à revers courait vers la maison en feu. Il était hors de question qu'elle laisse Helen seule là-dedans. Sa patronne était entrée depuis dix minutes déjà. La fumée à l'extérieur était insoutenable, et l'intérieur, près du foyer de l'incendie, devait être une fournaise ! Helen n'aurait aucune raison de s'attarder à moins qu'il ne se passe quelque chose de grave.

Au moment où elle franchissait le seuil de la maison, Sanderson fut ramenée loin de l'entrée. Deux mains rugueuses lui serraient les épaules. Elle se débattit, lutta pour repartir vers la maison mais les grosses paluches gantées du pompier la retenaient, la tiraient en arrière, lui collaient les bras contre les flancs avant de la contraindre à s'allonger au sol. Elle continua de s'agiter alors même que le soldat du feu enfonçait son genou dans le bas de son dos, rendant toute résistance inutile.

Étendue là, plaquée au sol et le souffle coupé, elle vit le visage furieux du pompier descendre à sa hauteur.

— Si vous bougez un sourcil, j'ordonnerai à vos collègues de *vous* arrêter. Je me suis bien fait comprendre ?

Sanderson le fusilla du regard, sans réagir à son ultimatum. Il ne faisait que son travail, certes, mais du point de vue de Sanderson, il condamnait par la même occasion Helen à une mort épouvantable. Et quand enfin elle reprit la parole, sa répartie fut amère et glaciale.

— Allez vous faire voir.

139

L'obscurité les enveloppait. La fumée emplissait leurs poumons. La chaleur brûlante devenait insoutenable. Le moindre mouvement risquait de révéler leur position à l'homme qui les traquait à présent. Mais elles n'avaient pas le choix : elles devaient sortir d'ici.

Faisant passer Ruby sur son flanc gauche, Helen leva à nouveau sa matraque. Elle avança, manqua trébucher sur le seuil de la deuxième pièce, mais elle n'hésita pas une seconde. Elles poursuivirent leur route, s'attendant à tout moment à une attaque de Ben Fraser. Un changement de température arrêta Helen. Elle tendit la main et sentit un mur en face d'elle, une voie de chaque côté. Un croisement. Elle n'en avait pas repéré à l'aller. S'était-elle trompée de chemin ?

Ruby était désormais un poids mort, affalée sur le bras douloureux d'Helen. Celle-ci se pencha et l'attrapa par les chevilles pour la soulever et la hisser sur son dos. Elle chancela un peu sous le poids, la douleur fusant dans son épaule meurtrie ; puis, se décidant en un éclair, elle prit à gauche et avança tant bien que mal.

Le coup la fit tituber sur le côté. La violence et la brusquerie du choc l'envoyèrent cogner contre le mur, lui firent lâcher Ruby. Un second coup l'atteignit aussitôt sur le flanc, lui coupant le souffle et lui cassant des côtes. À présent, Helen le voyait qui venait vers elle, un marteau levé à la main, une résolution farouche dans le regard. Elle brandit sa matraque, trop tard. Le marteau vint s'abattre sur sa tête, l'envoyant valser en arrière et fendillant sa visière. Il frappa encore une fois et elle était à terre, le casque brisé.

Il leva de nouveau son outil, résolu à lui fracasser le crâne, mais, cette fois, Helen riposta, sa matraque venant heurter avec puissance sa pomme d'Adam. Un instant, il parut sonné, et Helen en profita pour balancer son bras libre de toutes ses forces et lui arracher le marteau. Celui-ci tomba à terre dans un bruit sourd.

Elle se mit rapidement debout, mais reçut aussitôt son poing sur le sommet du crâne. Sa tête vint taper le sol avec brutalité, le casque déjà fendu s'ouvrit comme une noix, la laissant sans protection.

Voilà qu'il avait ses mains autour de sa gorge maintenant, serrant comme un forcené. La fumée était si épaisse qu'ils ne se voyaient plus, mais c'était sans importance. Ils se tenaient l'un l'autre, engagés dans un combat à mort.

Helen enfonça sa matraque dans l'épaule de l'homme, cherchant désespérément à lui faire lâcher prise, mais il appuya sur sa trachée encore plus fort. Il allait lui écraser le larynx d'un moment à l'autre et ce serait rideau pour elle. Helen le frappa à la tempe avec sa matraque mais sans effet. Son tueur ne ressentait rien.

De désespoir, elle roula sur le côté, l'écrasant contre la paroi. Il relâcha légèrement la pression et, le pied en appui contre le mur, Helen se propulsa dans l'autre direction. Comme elle l'espérait, l'autre tomba à la renverse. Elle grimpa sur lui à la hâte, avant qu'il ne se relève et, tenant sa matraque à chaque extrémité, elle appuya la fine barre d'acier sur sa gorge avec toute l'énergie qu'il lui restait.

Elle reçut son poing au-dessus de l'œil gauche, mais elle tint bon et pressa encore plus. Il commençait à étouffer, mais Helen ne lâcha rien. Il la griffa au visage, tenta de lui enfoncer les yeux dans les orbites. Elle tourna la tête pour lui échapper mais il lui attrapa les cheveux et la tira d'un coup sec vers lui.

Elle sentit la violente morsure à son oreille gauche et elle hurla de douleur, aspirant encore plus de fumée. Il la mordait avec une telle rage qu'il allait bientôt lui sectionner l'oreille. Helen sentait le sang couler sur sa joue et dans son cou.

Et puis, tout à coup, il se détendit. Juste un peu mais assez pour apprendre à Helen qu'elle était en train de gagner. Elle appuya encore plus fort sur sa gorge et sentit la mâchoire s'ouvrir. Il laissa échapper un râle en desserrant les dents sur son oreille. Le combat était terminé.

Relevant brusquement la tête, Helen s'éloigna en trébuchant de son cadavre. Aussitôt le tunnel se mit à tournoyer autour d'elle. Elle était prise de vertiges, de nausées, la fumée remplissait sa bouche et ses poumons, rendant sa victoire vaine.

Elle s'affala au sol. Ruby ne se trouvait qu'à un mètre d'elle à peine, mais Helen n'avait plus l'énergie de bouger. L'obscurité l'enveloppa et l'espace d'un instant, elle ne sut plus où elle était. Sa tête vint heurter la terre fraîche et s'immobilisa.

Les paupières d'Helen s'abaissèrent. Le visage innocent de Ruby serait la dernière chose qu'elle verrait. La dernière qu'elle verrait jamais.

140

Près de la barrière de sécurité, Sanderson fusillait du regard le sergent des pompiers qui l'ignorait avec superbe car il dirigeait les opérations de ses hommes entrés dans la maison en feu. Le lieutenant maudissait sa stupidité et sa lâcheté. Pourquoi avait-elle laissé Helen y aller seule ? Elle connaissait sa patronne – elle savait qu'elle foncerait sans penser une seconde à sa propre sécurité. Pourquoi n'avait-elle rien dit plus tôt ? Insisté pour que sa chef fasse le trajet avec elle, plutôt que de ravaler ses inquiétudes ? Sur le coup, elle était convaincue d'agir avec respect pour sa supérieure. À présent, elle se demandait si elle n'avait pas simplement fait preuve de faiblesse.

Elle jeta un œil vers McAndrew pour voir si elle aussi était tenaillée par la culpabilité mais elle aperçut soudain du mouvement près de la porte d'entrée. Elle enjamba la barrière et courut à la rencontre des pompiers qui revenaient avec Ruby dans leurs bras, suivis de près par d'autres des leurs portant le corps d'Helen. Faisant fi de leurs avertissements répétés de se tenir à l'écart, Sanderson les accompagna, cherchant désespérément des signes de vie. Ruby souffrait de quelques vilaines brûlures et était inconsciente. Mais qu'en était-il d'Helen ?

Sa chef était recouverte de suie et de poussière. Une épaisse couche de sang coagulé s'étalait sur le côté gauche de son visage, suintant d'une profonde entaille à l'oreille. Ses yeux roulaient dans leurs orbites ; elle était inconsciente et semblait ne pas respirer.

— Que se passe-t-il ? Qu'est-ce qu'il y a ?

Les ambulanciers qui prenaient le relais ignorèrent ses questions. Sanderson les regarda impuissante lui administrer de l'oxygène, lui faire un massage cardiaque et chercher son pouls. Pourquoi ne faisaient-ils pas davantage, merde ? Pourquoi prenaient-ils autant de précautions ? Alors, elle surprit un bref échange de regards entre deux ambulanciers, sobres et graves. Qu'est-ce que ça voulait dire ?

Les deux femmes étaient désormais sous oxygène et installées sur les brancards avant d'être poussées vers leur ambulance respective. Les deux véhicules d'urgence partirent sur les chapeaux de roues, sirène hurlante. Alors qu'elle les regardait disparaître au loin, Sanderson sentit les larmes lui piquer les yeux. Voilà. La vie d'Helen ne tenait plus qu'à un fil. Pourquoi n'avait-elle pas fait plus ?

141

La lumière était aveuglante. Elle leva la main pour protéger ses yeux de cette violente agression, mais un kaléidoscope de formes colorées continua de danser devant elle. Elle se détourna rapidement de l'eau, qui scintillait et brûlait du reflet d'un soleil étonnamment fort pour la saison, préférant reporter son attention sur la plage derrière.

L'automne commençait à s'installer et Steephill Cove était déserte. Ruby ignora la silhouette solitaire qui se tenait au bord de la mer. Dans son ancienne vie, elle aurait vu d'un mauvais œil l'étrange vacuité de ce décor – où étaient les vacanciers ? L'amusement ? Le rire ? –, mais là, cette ambiance correspondait parfaitement à son humeur.

Ils étaient venus ici presque dès sa sortie de l'hôpital, tant son désir était grand d'échapper à la frénésie médiatique de Southampton, de se retirer quelque part où elle se sentirait en sécurité. Ses brûlures guérissaient bien, mais elle avait encore un peu honte de son bras recouvert de cloques et de ses cheveux ras sur son crâne. Ici, elle pouvait s'habiller comme elle voulait, sans risquer de rencontrer des gens qui la fixeraient avec un sourire gêné. Partout ailleurs elle continuait de faire la une des journaux ; ici elle pouvait être Ruby tout simplement.

Le regard perdu sur cette plage magnifique flanquée de falaises déchiquetées, elle ne put s'empêcher de repenser aux nuits solitaires lors de sa séquestration quand elle s'imaginait ici ; des rêveries dont elle était souvent brutalement arrachée. Le fait que son ravisseur soit mort deux fois – d'abord des mains d'Helen Grace, puis dans la déflagration qui avait suivi – n'aidait pas Ruby à se sentir mieux ni plus en sécurité. Les souvenirs de son sentiment d'isolement et de désespoir étaient encore trop forts pour qu'elle ne tremble pas en pensant à lui et à la terrible épreuve qu'elle avait subie. Il continuait de la hanter la nuit, dans des cauchemars aussi vifs qu'horribles, et Ruby avait à peine fermé l'œil depuis sa libération. Des semaines après son sauvetage, elle se sentait encore faible, bousillée et perturbée.

Mais son ravisseur avait perdu et, avec le temps, elle espérait le rayer de sa vie complètement. La route serait longue – faire retirer le tatouage à l'hôpital avait été la partie facile – et le pire restait à venir. Elle avait gagné, elle devait se le répéter sans arrêt, et la preuve la plus parlante en était la vue qui s'offrait maintenant à ses yeux : cette crique n'était plus un fantasme illusoire de son esprit malmené mais une réalité rassurante. Ruby s'accroupit, faisant glisser le sable humide entre ses doigts encore et encore, refoulant ses larmes de soulagement.

Un cri lui fit lever les yeux. Ils étaient tous là : maman, papa, Cassie et Conor, qui venaient vers elle sans se presser. Ils la laissaient profiter de ses moments de solitude mais veillaient à ce qu'elle se sente aimée et soutenue chaque seconde de chaque jour. Chassant les larmes de ses yeux, Ruby se redressa et commença à marcher à leur rencontre. C'était ça son avenir maintenant, son bonheur.

Elle était enfin rentrée chez elle.

142

Helen n'avait jamais vu personne d'aussi heureux.
Alors qu'elles se promenaient dans le parc du Common
toutes les deux, le landau rouge tout neuf traçant son
chemin à travers les feuilles mortes, Charlie jacassait
avec enthousiasme à propos de la naissance de la
petite Jessica. La jeune maman se moquait gentiment
de la perte de dignité lors d'un accouchement, de sa
terreur pure les premiers jours qui avaient suivi et des
nombreux mensonges qu'on lui avait servis sur le fait
d'être mère. Toute l'expérience avait à l'évidence été
déconcertante, effrayante et douloureuse mais au final,
un peu extraordinaire aussi. Au regard de l'historique
de Charlie, cette grossesse comportait plus d'enjeux
qu'elle n'aurait dû, et Helen se réjouissait sincèrement
que tout se soit si bien passé pour elle.

En plein sauvetage de Ruby, Helen ignorait que
Charlie était en train d'accoucher. En fait, elle n'avait
appris la bonne nouvelle qu'une fois à l'hôpital, alors
qu'elle attendait d'être opérée de l'oreille. La blessure
n'était pas trop profonde et, même si la cicatrice était
encore affreuse, elle guérirait avec le temps. Charlie
l'avait interrogée sur le sujet, mais Helen avait rapidement dévié la conversation. Après les événements

des dernières semaines, elle voulait se concentrer sur des pensées plus gaies.

Tant de choses avaient changé, si vite. Ceri Harwood avait démissionné avec effet immédiat et personne ne l'avait revue depuis. On cherchait son remplaçant – le poste avait été proposé à Helen qui avait décliné. La disparition d'Harwood ne faisait que renforcer le mystère qui entourait Robert. À présent, lorsqu'elle repensait à cette machination déplaisante, elle ne ressentait plus de colère, juste une profonde tristesse qu'Harwood ait exploité à ses propres fins un vide dans la vie d'Helen.

Elle repoussa cette pensée. Elle avait tendance à être obsédée par les événements douloureux et difficiles, mais elle ne céderait pas à l'obscurité. Aujourd'hui était un jour de fête, l'occasion de célébrer le bon dans la vie. Comme la joie intense d'Alison Sprackling en retrouvant sa précieuse fille. Ou l'amour, certes discret mais tout aussi fort, que Charlie éprouvait pour son bébé.

Helen n'avait plus aucune famille désormais et, dans des moments comme celui-ci, elle avait pour habitude de se distancer du monde, de battre en retraite et de se cacher. Mais pour une fois, elle n'en avait pas envie. La journée était magnifique et elle se sentait en paix avec l'univers. Plus encore, elle se sentait connectée à lui. Grâce à Charlie, sans doute, qui lui avait fait deux énormes surprises au cours de leur matinée ensemble. D'abord, elle lui avait demandé d'être la marraine de Jessica, une offre qui l'avait laissée sans voix pendant quelques secondes. Bien entendu, une fois remise du choc, Helen avait accepté ce rôle avec joie. Tant mieux, car en hommage à leur amitié toujours plus profonde, Charlie avait couronné cette journée mémorable en lui révélant le deuxième prénom de la petite Jessica.

Helen.

10/18, une marque d'Univers Poche,
est un éditeur qui s'engage pour
la préservation de l'environnement
et qui utilise du papier fabriqué à partir
de bois provenant de forêts gérées
de manière responsable.

Imprimé en France par CPI

N° d'impression : 3040020
X07093/07